等待香港

Waiting for HONG KONG

我与无线的恩恩怨怨

林奕华——著

ZHEJIANG UNIVERSITY PRESS
浙江大学出版社

图书在版编目（CIP）数据

等待香港：我与无线的恩恩怨怨／林奕华著．—杭州：浙江大学出版社，2010.6
ISBN 978 - 7 - 308 - 07672 - 2

Ⅰ．①等…　Ⅱ．①林…　Ⅲ．①随笔 - 作品集 - 中国 - 当代
Ⅳ．①I267.1

中国版本图书馆 CIP 数据核字（2010）第 106972 号
浙江省版权局著作权合同　登记图字：11 - 2009 - 47 号

等待香港：我与无线的恩恩怨怨
林奕华　著

策　　划	李颖华
责任编辑	林　芸
装帧设计	王志弘
版式设计	韩　捷
出版发行	浙江大学出版社
	（杭州天目山路 148 号　邮政编码 310007）
	（网址：http://www.zjupress.com）
排　　版	北京京鲁创业科贸有限公司
印　　刷	北京中科印刷有限公司
开　　本	880mm×1230mm　1/32
印　　张	10.5
字　　数	260 千
版印次	2010 年 8 月第 1 版　2010 年 8 月第 1 次印刷
书　　号	ISBN 978 - 7 - 308 - 07672 - 2
定　　价	34.00 元

III │ 香港秀

IV │ 单向欲望，集体焦虑

V ｜ 十五分钟身败名裂

岁月风云不改

为香港回归十年赠庆的无线长剧名字终于曝光，一听之下，只觉主宰香港人价值观的大机器（陶杰叫它"大脑"）真是老化得俨如家中舍不得丢掉的古老大钟：明知道它比正常速度慢上一截，但是因为习惯、念旧，大家情愿被它拖住脚步也不愿换个追得上时代的。情况不是不像张爱玲笔下的"白公馆"——在《倾城之恋》中，白流苏的娘家犹如"过气钟摆"，致使她不得不用以下理由鞭策自己："这里住不下去了！"

香港人会因无线电视的僵化而考虑移民吗？你一定当我说了个不好笑的笑话：不知多少人每晚无《美女厨房》、《娱乐直播》、《15/16》和一系列的"港剧"不欢；不知多少人对被我认为毫无创意的电视机构感激不已，因为三十多年来风雨不改提供免费娱乐。要认同它只是抄袭猫，除非出示统计数据，否则不足以令高层正视。阁下认为把一张人脸硬挤至丝袜上看他如何变形无聊透顶，可觉得其乐无穷者却仍大有人在。反之，要求概念应该原创的人则少之又少。或，有要求者大可自掏腰包买舶来品欣赏。无线电视是大众电视台，大众接受现状，则任何改变都是多余。

但也不是一切维持现状。从开台至上月都有播映的粤语长片便将寿终正寝。凌晨时段改以旧节目旧剧集填补空隙，我猜是它们更能吸引广告之故，或整修旧片须花费资源。

外国的老好电影可藉有线频道承传，我们只能依靠小小一座电影资料馆，而可以肯定的是，即使粤语长片自成一条收费频道，也不见得有足够观众愿意以真金白银支持。

都怪"免费"这词成就了香港人"奉旨"的习性。到了一个地步，不只对剥削别人眼也不眨，反过来连权利被剥削了也毫无知觉——像《岁月风云》般没有性格的长剧剧名，真不明白为何有人提得出来，又有人认为它对得起昨日、今日和明日的香港。

林奕华

2006 年 9 月 29 日

I | 我与无线的恩恩怨怨

我与无线电视的恩恩怨怨（上）

"一个人的力量是不能改变什么的。"——最深得香港人喜爱并经常被当成是私人心得采用的这句话，到底是什么时候开始流行，又是由谁提倡及发扬光大的呢？若你问我，我会说那始作俑者，是电视。更准确地说，是香港电视广播有限公司，简称无线电视，又称中文频道翡翠台。

无线的翡翠台的确就是助长香港人以被动来面对无力感的一台巨型机器。甚至，根据我某个朋友的形容，香港人只是躯壳，无线才是脑袋。香港人想些什么，对什么事物有或没有反应，几时采取什么行动，全是听它使唤，由它支配。而在过去的二十多年，这只脑袋让香港大多数人接受了很重要的一个观念：没有事情是不可以被容忍或包涵的，只要它不损害个人利益，每个人都可以把水平降低、要求降低，就是真的降到低无可低了，我们仍然可以告诉自己——只要习惯就好了。同时借着培养"惯性"之便，我们还可以练就对不公平、不公义的无动于衷，或轻轻叹一口气："一个人的力量是不能改变什么的。"

因为，无线的翡翠台本身就是社会上最不求变却又代表"成功"的象征。它在节目编排、内容上的数十年如一日偏偏又在收视率上远抛对手，这"佳绩"表面上引来很多负面批评，骨子里却是香港人最乐意跟随的楷模。例如，正当舆论不断指出无线剧集如何千篇一律，如何不合情理，一代又一代的中学生、大学生对戏剧的概念和灵感却多数由这些剧集中撷取。也即是说，香港人口头上懂得分辨良币劣币，可到了切实执行，才暴露可悲的事实：我们的手脚早已不受控制，因为我们的思想叫 TVB。

你可以说，香港人在创意上有多追不上伦敦人东京人纽约人，以至上海人台北人和北京人，其实可以从我们有哪些电视节目，别的城市又有什么电视节目中寻到答案。就以无线从不缺乏的饮食节目为例好了，光是 BBC（英国广播公司）旗下已猛将如云，再加上 C4（第四台），形式和风格迥异的煮食节目早已征服全球。老中青的代表人物分别有走高级路线的 Gary Rodes，摩登主妇型的 Nigella Lawson 和鬼仔陈奕迅式的 Jamie Oliver。我们却只能在不同名称的饮食节目内听着相同的对味道的形容："好'弹牙'呀!"仿佛饮食文化真是只与牙齿有关。于电视游戏，香港抄台湾抄日本已是众所周知。号称 Asia's World City 的我们，在这方面连 B 拷贝都拿不到，只捡到个 C。至于电视剧，以往仗着 TVB 本身是明星工厂，剧集不好还有知名度高的艺人罩住，这已足令港剧手执东南亚市场的牛耳。但自从台湾和大陆也加入拍摄金庸作品的战团，无线早已再无必胜的皇牌。继而先有大陆历史剧抬头，后有台湾的偶像青春剧接力——《还珠格格》开创先河，《流星花园》再下一城——让无线犹如连吃两记重拳，兼且还击之力微乎其微——编剧群中一无学者，二无天才，唯有继续在大众的讥笑中表演顺手牵羊得抄便抄。数面皮厚，较早前有一出试图"结合"历史剧与青春剧的 TVB 典型产品《帝女花》，近期则有叫人边看边觉得"比死更难受"的《当四叶草碰上剑尖时》。

　　TVB 翡翠台的宗旨在某种程度上也是香港人的宗旨：敌不动我便不动。如此被动又不觉得有任何问题，可能是因长期身处安定的环境。久而久之，连一个人该有的自我启发、自我反思等思维上的主动机制，也会由放缓操作至完全关闭。"缺乏危机意识"是近一年来香港人讲得最多的自责语之一，依我看来，导致该种意识的减弱（特别是年纪较轻的族群），TVB 实在责无旁贷。只是在商言商，TVB 的发言人大可高调地站出来表示这类谴责是不合理的：说到责任，机构除了要向市民大众交代，更重要的，是面对股东。

赚钱才是正经。简单如这句话，已足够让 TVB 理直气壮地化整为零，把节目时段五马分尸。打开电视，很难不叫人怀疑有许多节目是先有特约赞助，才有节目内容。除了摆明车马的半小时广告杂志，现在更有分拆成五分钟一小块，十五分钟一大块的"信息节目"。播完一小块，再来一中块，或是一大块。这一块一块，题材看似是关于康健、争取公民权益、学英文等等，说穿了不过是各种商品的推销。愈来愈零碎的广告杂志式节目反映出翡翠台在节目制作方针上的被动，终于在营销上出现自食恶果的局面：由于过去二十多年它没有提升观众的智商和品位，以致高价货品的广告早已近乎完全绝迹该台，因此它亦唯有"将大屋间隔成多个小单位，以较便宜的价钱出租"。看见无线电视的这番局面，除了替它感到"可悲"，更不得不为香港人难过：这种使自己看来更 cheap（廉价）、更 lowbrow（低俗）的广告策略，岂不正好反映出目前社会的穷则变，变则更"穷"？（当香港的"小"经济因自由行获得回升而被政府大吹大擂，我则在内地电视台看见愈来愈多贵价消费品的广告!）然后，TVB 的员工还要面对"一人一骚"*和裁员。

香港人在眼界和胸襟上的狭窄，无疑是受到"脑袋"——TVB 的压缩所影响。真要改变现状，得看我们有多少决心与勇气挣脱它的控制。所谓"挣脱"，不应该是"从今拒看翡翠台"，那太容易了，而且难保根植在身体每个角落里的无线因子不会随时对我们进行反噬——躲得过看得见的无线节目，却逃不出肉眼看不见的无线影响。正如我在前面写过，无线的影响力不是在于一个半个的制作，却是在于那套被全城人奉为圭臬的"价值观"。

---

* 指无线为节省成本而实施的艺人薪酬新制度。具体为同旗下艺人一年只签一个骚（show），从而艺人一年从无线领到的工资仅数千元。而在改制前，艺人每人每年可接数十至过百个骚，接骚越多收入越高。

　　过去二十多年无线为香港制造了整整两代的愚民（满足于低层次精神生活的一些人）——当然你可以辩称"是先有鸡才有蛋"：如果香港不曾是殖民地，历史未必如是成为历史。但在一切已成定局的前提下，我们本来还有创造选择的机会，只是时间最后没有被无线用来开拓更多可能性，相反，它成功地令两代香港人学晓了主动放弃对选择的要求。纵然偶尔也有人会表示不满和愤怒，然而结果几乎是一致的：继续边看边闹。原因？"不看便会失去与别人沟通的话题。"却不计较更严重的后果："无线令人愈看愈蠢。"

　　既然本地电视文化对香港人素质下降的问题大有"贡献"，我们便有理由要求每个人正视自己与 TVB 的过去、现在与未来。由一九六七年至今，故事很多很多，只可惜内里几多变迁都只是人事上的，自七十年代后期之后，它在节目编排和内容上的变，都只有一个模式：换汤不换药——放眼全世界，我想不到还有哪个地方会像香港般，除非扭开电视看的不是翡翠台，否则晚晚都是三线剧集，如此晚晚一样，已经过了二十多年。二十多年！

2003 年 10 月

我与无线电视的恩恩怨怨（下）

香港人很少不爱"上电视"，不爱"上电视"便不是正宗的香港人了。因为我们早在无线电视于一九六七年开台后不久便有了让街坊上电视，跟其他街坊打招呼的"习俗"：谁不记得《欢乐今宵》（EYT）曾经星期一至五每晚都采直播制，而录影厂内除了艺员和工作人员，还有过百的现场观众？几乎一直维持至八十年代初期，也即是 EYT 的受欢迎程度逐渐下滑之前，不论是哪个阶层的香港人，都会把当 EYT 座上客视为一生中起码要实现一次的愿望。我为什么会这样说？因为在我十九到二十二岁间，曾经每天都到广播道七十一号上班，当身边亲友知道我是 TVB 员工一分子，第一个反应总是：弄不弄得到《欢乐今宵》入场券？

而当 EYT 每晚九时三十分准时启播，第一个镜头对准的，永远是观众席。在录像机还未深入家家户户之前，那些终于得上电视的香港人，一定不会忘记通告远亲近邻："我今晚上电视，记得看我!"

你或许可以说，无线的对手丽的电视，或后来的佳艺电视及亚洲电视，其实便是输在少了像 EYT 式的桥梁上：千万不能低估亲民的力量。

无线的"亲民"，也始于开台启播的第一日——在一九六七年十一月十七日前，香港人看电视是要付钱的。"免费娱乐"对于六字尾七字头的香港人来说，其意义除了是物质性的，其实也代表了精神上的。因为"免费"把大众互相认同的范围拓阔了。不用花上一分一毫便能收看的电视节目，等于大大丰富了人们在日常生活中可以交流的话题。"免费"的概念还打破了不同阶层之间的隔膜与屏障，因为不论是什么地区什么背景的居民，只要家里能接收到无线的广播，都可以被荧幕上最爱以爆肚来作弄其他艺员的波叔（梁醒波），或往往因广东话不灵光舌头转不过来而笑话百出的潘迪华与奚秀兰引得嘻哈绝倒。当然，到最后，当不同阶层的人都如愿以偿上电视，一起来到《欢乐今宵》大本营的一号录像厂时，在荧幕上出现的一张张面孔，就更不可能分辨出什么人比什么人更优越了。

一切皆从观众位置的逆转开始。"直播节目"是由无线电视发扬光大，而 EYT 的每晚直播，也会因艺员每晚能够克服困难而使观众产生敬佩感与亲切感。这些感觉日积月累，渐渐形成大众对于参与节目的欲望。"参与"的吸引力在于让人感受到自己的存在，并且有可能通过别人对自己存在的认同来进一步肯定自己。许是终于拿到了《欢乐今宵》入场券的香港人都有追求"自我肯定"的意欲，所以就算电视台只是安排他们坐在观众席，他们还是会把握每个机会向镜头展示自己，以"四万咁口"（咧齿而笑），或 V 字手势。

如果哪个观众缺乏报名竞选"香港小姐"的条件，又或连最基本的"开麦拉"面孔也久奉，按道理说，他在电视镜头前被上百万人看见的机会，或许就只能是《欢乐今宵》观众席上的惊鸿一瞥了。然而"现实"在 TVB 的字典里好像又有另一番诠释。当年疯魔多少视迷的何守信先生，不正就是有着很普通很普通的一张面孔？

拥有一张普通面孔如何守信也可以在荧幕上成为偶像，确实令当时对于"欲望是什么？"还在懵懂阶段的香港人受到一定冲击。换了惯常把人当成对象，又把对象当成"人"来欲求的今天，我们当然明白"性感"其实是最难被抗拒的吸引力。何守信的注册商标是额上的"三条火车轨"，是以当年只有二十来岁的他，既年轻却又成熟，合该有其成为"被欲望的对象"（object of desire）的条件。

　　何守信凭着他的"性感"（被誉为香港的尚·保罗·贝蒙多*），在极短时间内走红，一方面增强了无线观众在看电视时的荷尔蒙分泌，同时也令他们对自己产生了更多的自我幻想。年轻与精力旺盛如当时的TVB和六未尾七字头的香港社会，上述的化学作用无疑有如动物的发情阶段。而无线亦知道把握这个时机的重要性，因此被网罗到荧幕上的普通人便陆续有来：一九七〇年无线开设第一届艺员训练班；一九七三年第一届香港小姐宣告诞生。

　　自此后，香港人逐渐明白，若是有意从看人变成被看、凡人变成神祇，上电视被看见便不应该只是目的，而是手段。而这，未尝不就是无线电视"赐予"香港人的第一个"恩惠"。这个"恩惠"，又未尝不可以被看作是《仙履奇缘》中神奇教母赠予仙杜丽拉（Cinderella）的那双玻璃鞋。我一直相信，如果不是TVB，香港人根本不可能在如此短促的时间内学晓如何飞上枝头，晋身浮华世界（Vanity Fair）。

2004 年 4 月

---

　　* Jean Paul Belmondo，法国著名小生。代表作是高达（戈达尔）的《断了气》（*Breathless*，又译《精疲力竭》）。

吴征亚视

吴征

看罢三集《先生贵姓》，忽发奇想：咦，什么时候我们的智慧才可以不用再受这种侮辱——流水作业，混水摸鱼，什么两线三线，谁需要一个晚上除了"剧集"，还是"剧集"？

眼前这一出尚未至于叫我动气——情节欠通到了一个地步，只会令观众替演员叫苦，替制作人尴尬，心情反而归于平淡，于是边看边想：无线最大的资产可是旗下的合约艺员？假如剧集减产，岂不是养兵无用？还有，艺员的当红直接替公司的招牌镀金，所以"明星制"只能在无线推行，而亚视捱打。

换言之，仿效五十、六十年代片厂制的一家电视台，其实只是将拍片换作拍剧，然而营利的概念没变——包括以卖埠的方式，将赚钱的版图囊括全世界。

难怪吴征走上了不归路——试图另辟蹊径，谈何容易？因为不管无线亚视表面上有多敌对，骨子里还是有着最佳默契：你做老大，我做阿二，只要这个排名的空间足够大家偶而搞搞小动作，便皆大欢喜。

否则，两台早就没有合约艺员制了。次之，剧集不用数十集地夜以继日——大家频呼港剧不如日剧之际，可有认真把两者的差别看个仔细，由剧集的长度开始？

《寻找他乡的故事》虽好，但是观众惯性扭开电视寻找金庸的"全集"——《雪山飞狐》未完，《碧血剑》又在选角，因为香港电视，总不能只应酬港人。

惯性

没有赶上"吴征时期"看《假如我来办亚视》，但从周末一辑所见，我不相信原装概念，会是现在的版本——人有我有，影印《K100》。

后者开宗明义，乃宣传机器。"我认为你需要知道的，自然会让你知道，甚至牢记。"——声音由上而下，完全符合官方喉舌的角色。而听者亦无须转动脑筋，只要信。

换了假设的问号作开场白，"假如'亚视'由我来办……"，却是叫人千头万绪、轻率不得：历朝积弱，人缘（观众）匮乏，信用（心）破产，赤字恒久与我同在——烂账一盘，真要理好，不正是考理想，考眼界，考管理，考识见的一大题目吗？

如是，"亚视"借佛敬花，鼓吹港人食脑。不止，还要双管齐下，《急救香港》。

隔邻台还在歌舞升平哩。汝却于黄金时段警告天下："阁下的立足地已病入膏肓，再不延医就诊，须知后果自负。"形式容或插科打诨，然而有的放矢，难道会比重复又重复地看一只汤团如何掉入一群艺人的嘴巴更无聊？

事实后来证实，与其起义，人们的抉择是继续被"大台"殖民统治。这个现象，一般归咎"惯性收视"，反为甚少深入探讨"惯性"的虚实——假若从相反的"不惯"入手，可是因为港人最怕面对的现实，恰恰正是"吴征革命"的精神所在？

昙花

　　一粒沙可以看见整个世界，从本地电视行业的生态，可以了解香港（人）为何只能是香港（人）。

　　日前提及，在"利益"这块大饼之前，表面你死我活的两大电视台，其实有着牢固的共识——阿二从来不想爬头，阿大也没意思将阿二歼灭，所谓尔虞我诈，不过是把局面维持在有人继续分得大份，又有人满足于以细份糊口，所以节目编排数十年如一日：You jump, I jump.

　　跟，是策略。然而背城借一也是兵法一种呀——假如知己知彼是生意人开门的第一件事，明知没有条件死跟的亚视，为何依旧屡败屡战，替本台训练跳槽的绵羊，替敌台打造前途无限的明星？

　　吴征在亚洲电视的昙花一现，几乎打破了两台的"阴谋"——以互相依存之名，实行因循惰怠，剥夺了大众的选择权利。问题在于，表面上备受束缚的人们，原来更怕回复自由身——选择（又名动脑筋）。何况独立于剧集以外的"现实"，向来不受港人拥戴欢迎？

　　悲观的说法："电视是师奶才看的（!）"乐观："港台制作不是渐受支持？"若你问我，两者均是消极的论调——对现状再多不满，也只能期望它自然进化，或，若是老死不变，个人也实在有心无力。

　　香港人其实都知道"香港"的问题何在，但要大家不做"香港人"吗？难啊！

1999 年 3 月 5 日—3 月 8 日

谁在"造"电视？

"造"的意思，不是上班打工，是创造。创造者，是将此刻尚未存在的事物、仍未发生的事件、还未诞生的人物、还未出现的现象，从零变有的过程。香港的电视史在过去20多年是"做"多过"造"，引申来说，便是培养了无数的平庸之辈却出不了一个上帝，难怪香港电视早已神话不再——因为电视业界之中，就是欠了"黎智英"？

我的意思是，"黎智英"在出版行业带动香港以至台湾的"文化大革命"，为什么电视中人却没有一个名字足以势均力敌，或抗衡，或较劲，或唱反调，或火上加油？答案只能从过去二十多年来电视台领导人的名册中搜寻——对不起，懂得借助小匣子的魔力呼风唤雨，终究令社会风起云涌的，今天都不再"做"电视了。继续在"做"的，则若不是行外人——电视台高层中有许多是会计师，便是做了很久，都变不出法术的魔法。容许我大胆假设，过去二十多年消磨在电视上的徒劳，都是由于领导和创作班子不像忽然冒出来的"黎智英"：身为传媒，却不明白操控大众的思想、感情以至行为是怎么一回事。

自梁淑怡时代（七十年代的她，不是八十年代入主亚视的她）成为历史名词后，香港电视史便走进了"集体作业"的纪元。换个说法，便是放弃开拓多元，将分流的观众重新汇聚到主流的节目系统，好处是为电视台节省开支，并且让创作规律化，方便营运和管理。假设读者之中有人不知道20多年前的无线电视和现在的分别，当然觉得三线剧集的选择不外乎自拍和外购两种，而很难想象曾几何时，翡翠台周一至周五晚上的黄金时段每晚既有不同主题的处境喜剧，又有自制纪录片集、闹剧、电影评介、游戏等，青菜萝卜，各取所需。

舍弃多元，是变相强逼有不同专长的创作人配合公司的制作方针，走到同一条路上。我碰巧在梁淑怡时代刚结束，邵逸夫时代还未正式开始的交接时期在无线写过剧本，当时的长剧制作方式是一个编剧搭档一个编导，合作三集为一单元。我被分派到过的一位合作编导，便因不甘受制于工厂般的制作模式而尽量争取个人创作空间，结果除了换来"创作组"以"玩嘢王"的称号把他调侃排斥，还遭到一段日子的雪藏。

幸好这位编导的自信爆棚，他的创作欲望和视野没有因为无线的阻挠——如果不叫阉割——而受到打击。今天他已是无人不识的一位电影工作者*问林奕华。我猜对他来说，无线给他最大的扶持，到底还是技术上而不是创作上的吧?——直至此刻，他和很多才华不能跟他相提并论的导演一样，都像等待戈多般，等待好的剧本。

我是不是离题了? 当然没有。香港的电影、电视、电台、舞台、广告，以至学校里的戏剧小组都像等待戈多般等待好的剧本，这是无线自七十年代末期放弃制作多元化节目后香港人必须面对的后果。而无线当时的决策人之所以能够大刀阔斧地把黄金时段的枝叶砍去，剩下戏剧独沽一味而没有受到社会的质疑或反对，则是香港文化的一大特征：谁叫我们如此被动?

被动的香港人在无线的巨大身影笼罩之下变得更被动——不是有个充满民间智慧的说法："无线节目使人愈看愈蠢吗?"——但吊诡的是，无线强化了被动的社会风气，却同时让自己也变成最被动的一方。在过去的日子里，香港人不单看见它多次被逼抄袭别人的成功（如《一笔 out 消》之于《百万富翁》），又会不断重复地自己抄自己——别说桥段，就是对白，在不同剧集中听到相同的对白模式如："你记唔记得嗰阵时你 / 我 ××××"——用意是带动情感和记忆——你知道无线编剧用得

* 问林奕华"此君是谁"，答曰"王家卫"。——编者按

有多滥、多公式化？致使它在节目创意与编排上就算偶有火花，最终还是功败垂成于它所制造出来的"社会的错"：（一）《残酷一叮》后劲不如节目早期，是因为报名参赛者的类型不够多元，以至制作单位要把搜罗范围扩大至境内、海外的华人地区；（二）《百法百众》本该以大众发言为主，结果是当镜头对准那一百位现场观众时，若不是传来旁述仁兄的声音："因为观众没有意见发表……"便是人们的声音变成噪音——在镜头面前的大众每多前言不对后语，牛头不搭马嘴。

无线在过去二十多年来建立的角色，有点像粤语片在五六十年代在电影史上的贡献：演员、艺人出产不少，若论艺术成就，却只有凤毛麟角。但我们今天提起粤语片，大多会在前面加上"老好"二字，既是感情因素加的分数，也因为昔日社会的情怀叫我们总是先有怀念，再有想象。故此有时我也会有那么一点的动摇——是不是再等十年十五年成为过去，我（们）再回看现在那些"不堪入目"的无线剧集如《窈窕熟女》，也会感叹将来的东西比不上今日，是必然的一代不如一代，一蟹不如一蟹？

答案可以有两个。消极地看，似乎只能接受"怀旧"是消费主义时代情感的唯一出路。像我最近和一群大学生一起看《网中人》，这出在26年前曾被我嗤之以鼻，认为它是为煽情而煽情的劣质肥皂剧，今天竟然渗出了《创世纪》一类向上爬戏剧所没有的"人情味"！原因？是当年尚被允许的缓慢节奏让人物的情感和彼此关系有足够的篇幅发展成"戏"。而在今日，"戏"早已由情感的凝聚变成情绪的爆炸，观众再不欣赏编导如何引导观众进入人物心理与情感，却是追求一场比一场强劲的发泄，而不惜摒弃逻辑和情理。

当大学生们对着《网中人》中的周润发说不出话来时，我才肯定了怀旧是更新之前必须造访的一站。年轻人固然觉得凡事慢三拍的整体气氛十分难捱，但荧幕上的那张脸还是足以压场。他们愿意在那标致的五官上耐心静候表情的变幻，表情的变幻又为面孔带来不同的景观。眼泪未流鼻子先红，让人对受了委屈的他心生怜惜；被奸人所害，与皮笑肉不笑的对方四目交投，他的全身绷紧，不发一言，看上去十分美，是坚忍、尊严、不可轻侮的美。虽然同类情节后来也在罗嘉良身上被搬演无数次，但在真迹之前，我看见了年轻人的神色犹如第一次在卢浮宫看见大卫像。

相比之下，此时此刻每晚在翡翠台播出的《佛山赞师傅》却像一幅《诸神的黄昏》。单凭名单可说是一时无两的大卡士制作，最后却落得一众名角如元彪、梁家仁、刘家辉等，角色或与年龄或与戏路不相称。你可以说，周润发的幸运是在他年轻时遇上同样年轻的无线，甚至，如果用他作为隐喻，那些青春得使人连正视一眼都有亵渎之嫌的日子真是一去不返了，而相对于他当年的耀眼，今天的新人便显得分外黯淡——步入沉闷中年的电视台，又怎会有条件帮助年轻人把青春挥发？

我认为香港的问题是只有一个媒体强人，所以才出现"传媒治港"。偏偏所谓治港的传媒，还不是指家家户户都有收看的无线电视——没有人会不知道，高踞收视率遍及港澳以至广东省的电视台，近年的节目内容和格调均以"苹果"和"壹传媒"的取向为依归。即是说，即使拥有制作节目的自主权，它的影子主人，却几乎已是"黎智英"。

当然，括号内不是一个"人"，而是一种意识形态。我们之所以不能凭一个人名来形容无线的风格——例如很"方逸华"或很"邵逸夫"，是因上述两个名字极其量显示了商人的普遍特质，但"黎智英"却包含着更多的符号有待被译码。"他"是推崇民主抑或鼓吹民粹？"他"是奉行尚智还是实行反智？"他"走向中产还是迎合草根？"他"是提供娱乐还是利用娱乐？"他"是带领群众还是利用群众？

而我们最多市民"拥护"的一家电视台甚至不会就上述问题抽丝剥茧找出答案，抑或是不敢？因为"黎智英"在香港人心目中的地位比特首更超然，没有他便会令几百万人失去了精神支柱？——如果抄袭壹传媒旗下刊物的杂志便是香港人不可缺少的精神食粮。

我想指出的是，无线呈现的强弩之末（也就是本地电视），一半是它的因循老化所致，另一半则是因为受到一个具有个人领导风格的传媒机构猛烈冲击，根本无法追上它所制造的市场需要，所以才不得不在各方面以该机构的品位和形态为制作方针的依归。表面上无线仍紧执香港电视第一大台的牛耳，实际却是受到别人的遥控。对于这个"别人"，无线高层当然可以用漂亮的门面说话来作下台阶："支持无线的广大观众。"

电视可以用来娱乐，但娱乐不是电视的全部。或扭开电视，或关上电视；或驻足在某个节目之前，或受不了某些节目、某些频道而不断转台，都是基于有些东西被我们预设为可被接受，甚至期待，又有另一些只能以忍受来形容，或干脆不想看见。一切跟习惯、爱恶挂钩的选择都是意识形态的反映，而当电视台一味以市场法则作为理由来限制人们的选择时，政治便从娱乐的台底浮上台面。

我一直替香港人叫屈的，是我们的谈话节目在数量和种类上已远远落在大陆和台湾之后。谈话节目不一定句句金玉铿锵，但在一定程度上它们确实能够打开人们的耳朵，然后让人们自由决定要不要进一步敞开心灵。我想我到今天仍对在香港"造"电视抱存幻想，便是因为访谈节目在我们的电视文化中仍是有待开发甚至有潜质的一块"地王"。

2005 年 11 月 18 日

三十年不变

香港人看电视就是看"无线"。"无线"本来不是符号，它只是无线广播。但由于一九六七年 TVB 开台带来第一个无线电视广播频道，以后便开启了"无线胜有线"的悠悠四十年，即使之后无线广播再不是 TVB 的专利。前身叫丽的呼声的亚洲电视，也在一九七三年投入无线广播服务，奈何"为时已晚"，因为大众早与提供免费娱乐的无线产生感情，任那其实更早在香港登陆的电视台如何穷其反攻的心力，它的老板和股东换了又换，但收视率依旧低迷，它的地位维持"弱台"（或俗称"二奶台"）数十年不变。

"无线"不只在精神上垄断一种广播的称号，还稳稳掌握观众的心理。早期是借助大批从粤语片过档的老牌演员——七十年代国语片（邵氏、嘉禾）与外语片（荷里活）终结了粤语片的七日鲜时代，转业加盟 TVB 的除了中年演员，更有青春偶像如萧芳芳。只不过萧芳芳志不在电视圈发展，客串主持了单元节目《芳芳的旋律》后，她便负笈美国升学。

但在电视上看到的芳芳并不是银幕上的芳芳。同是青春少艾，她在粤语片里再时尚，也还是草根阶层眼中的"时尚"，但在《芳芳的旋律》里，她唱的不是中词西曲而是直接演绎披头士；跳的舞不是迎合大众口味的阿哥哥而是现代舞；她还不用硬滑稽的"扮鬼扮马"来证明自己有喜剧天份，却是跟年纪相若的拍档——包括许冠文、许冠杰——互相交流，撞击出以幽默来引发笑声的小品。换句话说，萧芳芳与草创期的 TVB 如鱼得水，是个人与社会皆趋向开放、洋化和崇尚中产的结果。

幕前的是现象，幕后才是精神所在。TVB 开台十年内的一大特色，是由女性的揸 fit 人（高层）创造了香港电视节目最多元化的时期。也因为节目种类繁多，幕后也以极短时间培养出人才济济。主帅梁淑怡三十岁便成电视女强人，并把提升女性地位的意识注入收视率最高的肥皂剧中，致使"女强人"自《家变》的洛琳（汪明荃饰）变成现实中的普通人。由梁推动的改革进步，还有用胶卷而不是录像带拍摄的"实验"电视电影。没有她作推手，便没有从《北斗星》、《CID》、《七女性》、《龙虎豹》等制作中冒出头来的许鞍华、谭家明、严浩等香港新浪潮导演。

然而好景不常。创作领导电视台的风气在一九七七年输了给会计师们。TVB 于梁淑怡离开后正式改由看数字的人决定观众可以看什么。一九八〇年代开始，多元化节目时代正式终结，香港人以每周五晚，每晚三线连续剧的节目编排作为看电视的唯一选择。这个不变未尝不可以申请进入吉尼斯世界纪录，因为它到二〇〇七年十一月十九日已维持了三十年。

2007 年 11 月 8 日

我是个无线孤儿

香港电视广播有限公司在一九六七年十一月于香港启播。在它之前，香港只有一家英国人经营的丽的电视，它属于有线电视，每个家庭要付出月费廿五元才能收看节目。而电视广播有限公司却是无线制式，所以香港人把该机构叫做"无线"，除了是简称，也是昵称，因为它是香港第一个免费电视台。

免费的意义有三个，一是电视普及化：香港在无线开台前与开台后的最大分别，是迅速多了上百万计的电视观众。二是电视节目内容大众化：以往在丽的电视出现的古典音乐欣赏节目如《丽的音乐会》，在无线变成了更适合各年龄、阶层口味的有奖游戏和《欢乐今宵》。三是电视家庭的诞生：七十年代是香港经济起飞时期，无线的成长刚好赶上这个热闹，它像这个时代生长出来的巨翼，为香港人提供庇护之余，还把他们带上云端，看见美好的愿景与未来。而要达成未来的幸福，无线告诉它的忠实观众们一家团结是不可缺的成功因素——以在翡翠台（它的中文频道）前团结的方式。

的确，无线的成功正是在于它以近乎宗教的方式把香港人的家庭情感牢牢拴在一起。曾几何时，由晚上六时播出晚间新闻报道开始，那是朝九晚五的上班族得以回到家里松开的第一口气。接着是周一至周五的有奖游戏节目《精打细算》，顾名思义，节目中被拿来估价的全是家庭用品。七时是"翡翠剧场"，由早期的《春晖》（半小时）到全盛时期的《家变》与《网中人》（一小时），剧情从未离开"父（母）慈子（女）孝"。八时以后不论是小品、处境喜剧、前卫导演的实验还是武侠剧，均属于"分流时间"。但一家人在一小时后又可以在小匣子前共享天伦，《欢乐今宵》是名副其实老幼咸宜，而且节目主持人们的默契和亲厚程度也与一家人无异。资深艺人如爸爸妈妈，辈出新人如姊妹兄弟。以至过年过节，《欢乐今宵》都是香港人少不得的家中一分子，导致日后在香港人的词典里写下了"电视就是无线，无线就是电视"。

也是在这样的四十年里，无线由大家庭式机构逐步"进化"成机构式大家庭：它由充满人情味变成出了名的霸权主义（封杀和雪藏艺人歌手的例子比比皆是）、冷酷（对待功臣元老也是一年一骚*）、保守（节目形式、编排、内容绝大部分三十年未曾改变，遑论如日本、中国大陆与中国台湾的多元多样化）。上述三种特质，使它既在香港文化的影响力上稳坐第一把交椅，但也像足了封建家庭里的大家长，至今不让香港电视史上出现思维与视野迥异的接班人。

而巩卫无线对香港人的统治的巧妙方式，就是在电视剧集里安排大家庭的死而不僵——众所周知，香港的人口密度再高，也不流行一家三代住在同一屋檐下，偏偏无线剧集最爱将现实中不可能存在的状况当现实搬演，到今天还经常摆开长桌让十个以上的"家庭成员"以吃饭之名把剧情以你一句我一句的台词交代过去。（最夸张的是长达二千多集的《真情》，一围桌可以坐二十人。）

"大"家庭（也是伪家庭）的设计，就像无线编剧们不文明地否定了核心家庭的价值一样，是不给个人和新一代有发展空间的。是以在无线剧集里，事无大小都容得下大家长们置喙，都要插手来管。结局当然是化险为夷一家和睦，因为大家长的旨意极少不被子女们顺从。

我看无线剧集三十多年，无法认同《溏心风暴》中彰显的"大家长全面胜利"是一种正面的情怀，是因为"家庭"的重要意义之一是孕育

---

*　见本册第4页。

与培养下一代有自己的人格思想。如果无线是个大家庭，我情愿是个
孤儿。

2007 年 6 月 19 日

香港电视圈烂 gag 文化

四十年一晃眼成为过去，适逢无线到了不惑之年，亚视又作出扑击的姿势，历史——对现时电视文化的改变的期望和落空——好像真是个开不完的笑话，抑或，是无线对香港文化的重大贡献之一——烂 gag，教我们看了笑不是，不笑也不是？

烂 gag 的黄金定律——如上周王晶在《再会欢乐今宵》上现身说法，是师父（刘天赐）教落，明知达不到预期效果，还是要完成任务准时交货，因为 punchline（笑点）好笑与否不重要，重要的是演员有否卖力演出，观众会否被硬销（hard sell）打动而勉为其难付出一笑——这说法使我想起田纳西·威廉斯《欲望号街车》中布蓝青被关进精神病院前留给我们的台词："我们都需要陌生人的慰藉。"烂 gag 换来的笑声，大可被看成是大众的怜悯心——假如它们不是"罐头"即效果笑声。

香港电视四十年发展史的令人啼笑皆非，是因它不断以重复过去的错误来往前。不论是愈变愈工厂化的无线，还是每隔三五年便革一次命的亚视，其至连收费的有线电视，即使节目种类理应独立于主流电视台，也因员工背景与无线、亚视剪不断理还乱，无法摆脱香港电视自八十年代以来便维持一种精神、一副面貌的"宿命"——你看我我看你，你抄我我抄你。

抄袭在学校中不容许，在职场中不容许，因为人生只是匆匆几十寒暑，光是剽窃别人开发的东西不只在公义上说不过去，对自己的潜能也是有所辜负。但香港的电视文化就是以"抄袭"为宗旨，尤其身为大阿哥的无线。当然，外国电视节目也有从跟风出发，但甚少出现抄到一模一样的"唔怕货比货"：像盛极一时的有奖问答游戏，《百万富翁》（*How to be a Millionaire*）与《一笔 Out 消》（*The Weakest Link*）绝不混淆；真人秀中，《生还者》（*Survivor*）和《大阿哥》（*Big Brother*）是两种风味。但我们的《美女厨房》、《奖门人》到今天的《味分高下》，除了在日韩皆有原版，有时还出现自己抄自己。《味分高下》的概念就是《奖门人》的一个环节，无线可以说是出于环保而把物资循环再用，有要求的观众则很难不认为它只是换了包装不换内容，是懒惰之故。

因此有人建议，要怪就怪香港人太无所谓——有匙羹喂上来就吃，能不怪那饭来张嘴的人，却去怪匙羹吗？

想必无线中人也举脚赞成。甚至认为"抄袭"不是问题——讨论先有鸡还是先有蛋一来最伤脑筋，而且讨论完了也不会带来任何好处，所以干脆不去追究来龙去脉，一切以实时反应为目标。观众笑代表他们受落、开心，而要取悦观众，便是要懂得控制大众的情绪，"抄袭"的好处，是有样本可供参考。只不过各处乡村各处例，我便在无线收费电视台看过《美女厨房》的原装版而明白到文化差异造成的"别人高我们低"——无线把外地节目改装成本地版的手段永远一样：将一切变成稚童化。

将一切变成稚童化，即是，从制作人到演出者（或游戏参加者）到观众都可免除掉"责任"与"要求"，每个人均是白纸一张，由零开始，成功了便是有幸运之神眷顾，失败了也没有面子问题。这跟很多日本原版综艺节目呈现的精神何其差天共地，因为支撑游戏的，是日本人的专门与专业精神，他们有一种叫"达人"的文化。

"达人"绝不只是购物狂与收集癖。如果是电影达人，他就是会走路会思考的电影词典。"达人"是寓学问于兴趣的一种人。一个人之成为"达人"，不是天生而是自选，兴趣于他们是珍宝，通过认真研习和深入认识自己的喜好，他们会感觉如身处天堂。"达人"与"不是达人"的分别，反映在无线抄袭的与日本原装的电视节目上：一个做到极致，一个粗枝大叶；一个敬业乐业，一个是"Who cares？"。

烂 gag 在今日的无线仍是"免死金牌"，是仗着"Who cares？"精神已深植在普罗大众的价值观里。"Who cares?"当然不是指"视功名如粪土"，香港人 care 的东西多的是，但若从"电视制造一个社会的灵魂"这句话看香港，香港人关心的事情，有很多是无线告诉我们的。以娱乐为例，无线四十年来最成功的，就是令"娱乐"这个名词变成只有一个层次——不用脑筋，没有品位，何必认真，无谓要求。

一切都是"得㗎笑"，不好笑也变成了好好笑——你能相信普天下还有如此不是笑话的笑话？香港人渐渐分不出可笑、失笑与好笑。香港人还相信自己真的擅长生产笑匠——对比起近年席卷全球的 The Office 、 Extras 、 Little Britain 等喜剧高手，你会发现英式幽默的主要食粮是无惧自嘲，反观从《双星报喜》时代到今日的《再会欢乐今宵》，我们的搅笑强项不是对生活、对人生、对民族性格、对普世价值的反思与自嘲，而是手到拿来的食字 gag。

日前在《无线大宝藏》中看到《点解咁好笑》中一段以懒音取笑果的食字 gag，昨晚在《再会欢乐今宵》的"新方茂博士"中玩的也是同一模式。对一个大电视台的智能完全采取放弃，可以变成对一个社群失去信心——我从不认为说句"现在的人都不看电视了"便能解除无线的影响力，因为四十年来日积月累，无线精神已不只是通过电视来影响大众——加上在企业文化携手协力之下，电台是一种 TVB，报刊是一种 TVB，网络也是一种 TVB。所以森美小仪、I Love You Boyz 将继往开来，秉承无线继续影响将来成长后宣称从未看过《欢乐今宵》的下一代和下下一代。

壹传媒的崛起使大众把社会风气的改变归咎于小报文化。但没有人要看揭秘和丑闻又怎会令小报变成大报？以输打赢要*的方式对待作为公民

---

　　* 广东俚语。原指麻将桌上输了不肯罢手，赢了赶紧要钱跑人的无赖赌品。现通常形容明自己输了或错了，都要逼人顺着他，硬撑到底的行为。

的权利和义务，若你问我，作为香港人过去四十年来的精神食粮与思想机器，无线才是始作俑者。由香港小姐选举为电视文化带来 glamour（嫁入豪门）；剧集不断鼓吹向上爬需要不择手段；游戏节目不要智慧；生活节目只要消费；音乐节目成为众所周知的分猪肉*和俾面派对**；儿童节目三十多年来独沽一味，并且不以年龄分类，把儿童的智力水平及心智发展三岁与十三岁一视同仁；大型综艺节目如筹款晚会变了是官绅名流出风头。日子有功，这这些些加起来，再加上亚视的不成气候，香港人才会在层层现实的压力和历史的冲击下，让无线播下的种子，在"苹果"中开花结果。

《红楼梦》中贾探春一语把荣国府的千秋功罪道破："百足之虫，死而不僵。"九十年代没有几出经典的无线电视，在今天好像又屡翻出红盘，其实只要细心推敲，不难发现那与大众潜意识里有着"不能要求太多"的心态有关——在政治（陈太叶刘是名牌之争）、天灾人祸（歌星斗多粉丝举牌演唱会）都能被消费的今天，无线的社会角色已向"商场"转型，难怪现任总经理的职能和形象更像公关与推销员。

既然是推销，感性当然比理性重要。无线四十年也教晓了香港人发泄情绪比培养情感重要——在一切都是买卖的前提下，前者固然比后者有保障，也使人觉得安全得多。

2007 年 11 月 6 日

---

* "太公分猪肉——人人有份"，原是珠三角一带古老风俗，近年被用于讽刺乐坛颁奖每个人都有的情况。

** 俾面在粤语中是给个面子、赏个脸的意思。《俾面派对》出自 Beyond 的一首歌名。

今天你无线了没有？

詹瑞文和我共同创作的《万千师奶贺台庆》已进入如火如荼的阶段。《贺台庆》这概念最早源自做《东宫西宫之开咪封咪》的那夏天，适逢奥运，无线电视以"大堆头"主持团队作每晚直击报道。然而多了嘴巴不等于水平提高，结果让四年一度的盛事变成连场的诙谐秀——以照顾大众口味之名示范了香港第一大台对有常识之士可以不尊重到何等地步。

因受某活性乳酸菌饮料广告的启发，我想到套用它的文案作剧名：《你今日闹咗无线未?》。

踏入二〇〇七年，无线四十岁。四十是不惑之年，对于曾跟香港人经历不少忧患的媒体机构，理论上也应累积一定智慧，事实刚好相反，当全球都在面对"电视已死"或起码危在旦夕的困境，苦苦构思五花八门的拯救招数时，一台独大的无线还是沉溺在所谓的成功方程式里。"成功"背后除了自觉计算的成分外，也有该台高层不自觉的"平庸"。

无线近年大力开发"品牌"，由以业务总经理个人命名的访谈节目开始，该台对市场的概念比任何时代都重视。以往电视台本身不会炒作旗下艺人的绯闻及八卦，但在高举市场第一（而不一定是收视第一）的旗帜下，任何一个无线员工都可以是公司的消费品。你可有留意近一年来大量声浪均来自对司仪接班人的炒作？由王贤志的"下台"到崔健邦、王贻兴、邓健泓的"上位"，是是非非并非一朝天子一朝臣那么简单，而是无线"品牌化"的必然动作：除了是节目主持，他们更是一身兼商品与推销员二职。

换句话说，是无线高层藉司仪形象将公司的卖点"拟人化"。这个营销方法本无特别之处——商业电台何尝不是采用相同手法经营业务？当天真的年轻人以为担任唱片骑师只是放唱片和与歌手聊天，他们的好梦将被残酷现实敲得粉碎——今日的 DJ 必须身兼 call 客、度桥、营销、联络，提供一条龙式服务。

无线与商台不同之处，是它有经理人制度。在它之下，旗下员工既可批发，亦可零沽。"司仪"之所以受重视，正因为他能透过个人魅力一边零售自己，又可把公司的其他商品以批发方式推销。以往沈殿霞和郑裕玲，或更早之前何守信在 TVB 的角色，便是类似的"金漆人肉招牌"。

"招牌"在一个没有文化的机构里，他就只是对象冒充活人。但有主见又有文化修养者又如何能在相左的机构政策下发挥应有作用？从这角度看，以四十周年台庆夜的整体表现来看，有哪一样可以看见无线的前瞻性和带领潮流的决心，甚至能力？我只记得在《溏心风暴 II 之家好月圆》的预告片中，监制先生带着两位编剧编审如叔公和舅公老爷般坐在全体卡士的正中央，再率领大家以拜年口吻"抱拳"齐声对镜头说："保证观众满意!"

平庸之最，莫过于此。但是你别说，以这种语言和形式进行"品牌"硬销的，并不只有无线。香港几多政党和政治人物，何尝不是经常以大家长式的排场告诉群众他们支持"民主"？而这，正反映出无线高层早已掌握香港人的死穴：内容是什么尚属其次，最重要的是"情怀"（sentiment）。

无线毫无疑问是一具"情怀制造机"。在它的倾力运作下，每个人都将服膺于由它所设定的"温情"与"感动"。所以"可怕"如《溏心风暴》中的大契和唐仁佳——一个披着慈母披肩与祥和面具，另一个整天嬉皮笑脸，装着没有心计其实满腹机关——都可以借"最佳父母"的形象过关。我说"过关"，自是包含暗渡陈仓之意。偷渡的，正是无线如何把对观众的情感操控装扮成苦口婆心与嘘寒问暖。

"家庭"在无线的字典里，永远等同个人为了大局必须"牺牲"。说明无线培养出来的社会情怀，就是对个人性（individuality）的排斥。但是民主的精神之一，不就是对个人权利和义务的自觉与实践？无线这"大家庭"在四十年（或近三十年）灌输给香港人的，恰恰是一种以温情包装的人格分裂：不能太有性格，但又必须确认自己的存在，而最易让人感受到存在的，便是名利。"争产"的大受欢迎，便是出于香港人既恐惧失去自己应有的，又不知道该争取什么的心理投射。

《万千师奶贺台庆》以"师奶"为主角，但真正探讨的，不是"师奶"这个身份，而是"师奶"这种情怀。所以，詹瑞文在剧中并不是"扮"女人，却是透过女人的不同形象把香港人的师奶情怀"演"出来。而又借着一个一个阶层不同，但情怀如一的"师奶"带出值得深思的问题，例如，拥有大学文凭的女人与没有任何学历的女人为什么在一个名牌包包前会变成同一个人？是"女人"的天性使然？抑或是社会影响？又为何智商不同的女性会一样倾倒于充满自怜自虐的剧集，如《金枝欲孽》？

师奶情怀的另一吊诡，是不满于现状但又害怕作出选择，因为选择将有后果承担，造成"师奶"喜欢幻想多于采取行动，渐渐叫人分不清现实与虚幻。说到底我真不希望看见"师奶"情怀愈植愈深在香港人的骨血里——真有那么一天，即使多少人相信民主如何重要，那都有可能只是"情怀"作祟，而令"民主"变成空谈的概念，最终经不起客观现实的考验和冲击。

2007 年 11 月 24 日

独一皇朝

　　港剧，其实就是香港无线电视制作的连续剧。与台剧、韩剧、日剧、大陆电视剧最不同处，是港剧乃一家工厂生产出来的产品，用的是同一批合约艺员，同一批监制、编剧、导演、美术设计、灯光和配乐……你不会看见杨恭如演了《溏心风暴》中蒙嘉慧的角色，冯宝宝不可能是"大契"，叶德娴也不可能是"细契"，因为作为几近"垄断"全香港收视率的所谓大台，向来不推崇部头制，即是演员的演出机会全由公司调配，一言蔽之，便是中央集权。

　　没有长期与无线有着良好关系的艺人，即使再适合某部戏的某个角色，大抵也是与他／她无缘的。更何况曾跟无线有过"过节"的？其实也不是有什么深仇大恨——广东人说"牙齿印"，就算简单如"跳槽"，也可以构成永不录用的罪名。一位曾为无线服务多年的甘草演员告诉我，眼看一位位曾经转投其他电视台的艺人陆续回巢，他却是不得其门而入，后来从一位无线高层口中得到的原因是"邵老板就是不要你回去"。

　　作为这位老好演员的死忠粉丝，我当然跟他一样，先是晴天霹雳，继而大惑不解：就像吴宇森在《赤壁》记者会中发表对周润发"出尔反尔"的感受，"分久必合，合久必分"。学问在于"放过别人便是放过自己"，不要说到是否也有良禽"择"木而栖的权利了，就光因为东家的条件比西家好罢了，艺人也是人，他为何不能先出去多赚一点点再回来呢？

　　若说艺人因为钱而"变节"是没有人情味，无线这大机构也有很多次被批评对员工苛刻、吝啬、冷酷。台庆发金牌、每月开生日会是形式，而且花费不多，但"一年一骚"地死锁艺员合约才真的反映电视台如何对待人。你要省钱，他要挣钱，理论上从各自的角度看来都是天经地义，是以今天做不成合作伙伴，也毋须记仇到教粉丝们不能在无线剧集里看到好演员演好戏的地步吧？

是真的皇帝不让旧臣回朝去，还是旁边有人猜测他的意思，抑或弄权，恐怕找不着答案了。然面摆在眼前就是，那位艺人如果活在日韩或大陆、台湾，他便不用为怕得罪"一个皇朝"而烦恼了——在多元健康的社会，每个人都有权东家不打打西家。

2007 年 5 月 14 日

网与墙

一月一日，不怕妙想天开——你若给我一纸无线电视的经营牌照，我是乐意立即上马的——新年愿望嘛。

不为什么，只因生活已经一寸一寸地在我们周围枯竭了——以看似很多选择，实际没有选择的方式。

我知道我知道，铺天盖地，在所有能够卖广告的地方都已卖了广告的，叫"网"；为人们不断制造财富与欲望的，也叫"网"。以往说的"每次抬头望见一颗星，就有一个婴儿在某处诞生"，现在都要把婴儿换成网站了。但是，我认为电视广播不宜就此被潮流取缔，甚至，我最感兴趣的，是如何做一家"公共电视台"。

我也知道，如果说"网"能刺激更多想象（若大家愿意这样相信），"公共"二字，只会叫香港人看见灰蒙蒙的一道墙。墙的意义，不会大过在它上面的两行字："禁贴街招，如违究治"。

谁叫我们的政府，从不懂得如何推动公民教育？特别是电视媒体，一向不外两种模式，两个极端——又冷又硬者，务求在三十秒的短片内让主角家破人亡锒铛入狱，继而以上帝旨意压顶：问你怕未？软的时候，则把责任半送半卖给商营电视台，不管它们把讯息怎样包装，只要是歌舞升平便好。

在我来说，"公共"绝对与刻板的嘴脸无关。相反，它应该表情多多——没有很多人的生命力，何来公众？没有公众，又何来"公共"？

2000 年 10 月 1 日

审查制度

预检

"仆街"、"队冧佢"、"你老母"是否是不应该在电视里出现的粗话俗语？血浆是否不适宜太过真实地擦在演员面上，以防有观众会被渲染的暴力吓倒？为保护电视机旁有不同年龄的观众而设立的标准和尺度，到底有没有与时并进？抑或正如媒体报道所说的，"（影视署）遭市民投诉便采取行动，没收到便视若无睹"？

今时今日无线电视可还存在内部的审检部门我不清楚，但当我还在 TVB 上班的年代，的确是会先由名为"标准与守则"的部门的员工把每集未曾出街的节目先看一遍，为防内容有任何处理上的问题而先行向制作人员示警。说是"闭门一家亲"式的合作关系，但执行劝喻以至真要强制删剪时，"标准与守则"部门和制作部还是会比较谁的牙齿更有力——从后者的角度看来，前者是用管理层赋予的特权来奉行"手指拗出不拗入"。

制作部可以"不服"内部的判决，但以我的记忆所及，甚少会出现"拒剪"的情况，因为上头一定要把"会被罚款"的可能性减到最低，加上预检程序会给制作部带来额外的工作压力，譬如赶拍之余还要加班剪接来让"标准与守则"的员工能有充分时间优先观看，于是，检查部门对制作部便有点像廉政公署之于香港警察，意见冲突常有发生。

造成不愉快的另一原因，是"标准与守则"的员工大多是"文官"，制作部则是"武将"，当秀才遇着兵，很多道理便不易说得清楚。

以暴力血腥为例，制作部穷其心思就是要把场面拍得轰烈、火爆，不要说观众看了会有多么欣赏，首先是要创作者自觉有所发挥和过瘾。但当呕心沥血废寝忘餐的画面因"不适合尺度与惯例"被逼删剪时，说要删剪的当然有扼杀创作自由的嫌疑。

我记得当年《上海滩》还未播出，无线内部已就它的可观性和犯规程度公说公有理婆说婆有理地争持不下。背景是冒险家乐园，枪林弹雨在所难免，偏偏为了公司免受投诉和警告，电视编导们便要把热血冷下来接受学术性的一套：从头理解暴力和血腥如何对人构成心理影响。经典例子是许文强自己把手指剁下来，荧幕所见又骇人但又极具煽情效果。一听心血结晶宜剪不宜保留，制作部马上炸起来。

捉鬼

我很清楚当年无线"标准与守则"及制作两个部门偶有龃龉，是因为我在前者打了三年多的工，还是该部门的第一代。当年的主管叫曾广亨，我的顶头上司是梁浓刚。我的同事先有王庆锵，他是现今香港国际电影节亚洲节目的负责人。后来有李德能，喜欢看足球的香港观众都知道他目前是有线电视足球节目的台柱主持人。

如今与朋友说起在"标准与守则"部门上班，大家总是来不及地露出羡慕的神色："什么？返工不用做其他事情，光是看电视？"——他们以为"看电视"等于看走马灯，不过是让风景在眼前转过来转过去，是不用费力的超级美差。

实情当然不是那样。如果说要担要抬叫做费力，那么预检无线电视所有未播出的节目（除了新闻报道和当年每晚都会播映的综合性节目《欢乐今宵》）是否包含过度渲染暴力血腥色情及粗言秽语（黑社会术语也属此类）的内容，便是百分百费神。因为员工必须把平日看惯了荷里活电影的眼睛和心思撤掉，换上对于"只能在银幕上出现（因观众主动买票入场），却不适合家庭观众"的画面、对话，甚至被收藏在背后的含意、隐喻逐一检查。因为相对于戏院，家中的客厅是让每个人都变得被动的观赏场景。"打醒十二分精神"的重要性在于只要不慎错过可能引来麻烦的大小元素，后果也可以是被舆论滚大的雪球。

今天因《秋天的童话》中有几句"仆街"之类的对白惹起轩然大波，娱乐版上大字标题指出"尺度日窄，（编导）慨叹拍剧诸多掣肘"——是的，即使是当年大家看得大呼过瘾的《网中人》中阿灿与人打赌吃下数十个汉堡包的场面，我猜换了今日大抵也难逃被要求更改情节或删减画面。理由？既可以有引导小孩模仿之嫌，或纯粹品位太差，或以夸大方式使食汉堡包变成带有可怕成分的行为，会导致观众不安等等。

当年没有观众作出上述投诉是民风尚算单纯，独立思考还被视为理所当然。但在今日，可能是大家都被动惯了，便相信所见所闻只要先由别人代为过滤消毒，自己便毋须担心精神会受污染。再加上媒体长期鼓吹捕风捉影，难怪稍微有点异动，马上有人高呼捉鬼。

2007 年 2 月 10 日

周梁淑怡

当无线总经理被讥讽为骑呢怪的今天[*]，我无法不想起周梁淑怡。如果说饭局的主人错在孜孜不倦于经营"明星"身份，在那不是人人都想当"明星"，或不是只有成为"明星"才能取得发言权的上世纪七十年代，作为幕后总指挥，周梁的明星魅力不在于外表有多时髦、亮丽，而是来自她的领导才能。

与电视女强人面对面，在我十八岁前有两次——都因为急于加入"无线大家庭"。第一次是挂电话到节目部说要见孙郁标女士。可爱的孙竟真拨冗半小时聆听一名中二学生的痴人说梦——他自称是跳槽丽的的宋豪辉的最佳接班人！第二次是谭家明导演带我上富才制作竭见"莎莲娜"周梁淑怡，时维、佳视倒闭之后，港产片正待抬头前的一九七九年，我在谭导的举荐下试着说服周梁某一个喜剧大纲大有可为。从罗便臣道的富才总部走出来，谭笑问我："她很好说话的，不是吗？"是的，虽被谑称为事头婆，她没有半点架子，而且爱笑。

二十多年后因西九计划我再次坐在一间办公室里，近看远看当年的"事头婆"，可观性仍旧五粒星。极喜欢扔出问号集思广益，一面沉思的背后，原来已把思绪整理清晰，再向长桌上的各路人马分析利弊。不主观、不霸气、不作情绪化的捶胸顿足，就是以事论事，有那么一阵让我想起芭芭拉·史翠珊的某出电影：*On a Clear Day You Can See Forever*。

周梁也是一种史翠珊吧。上星期看 Actor's Studio 的美国演员访问系列，史翠珊的谈笑风生看得我泪水直下——我们的艺人几时才能像她般

---

　　[*] 指杜琪峰炮轰 TVB 总经理陈志云事件。"骑呢怪"正字为"骑罅蚧"，是一种会上树、会以尿射向敌人的青蛙，形象瘦弱丑陋，引指古怪、难看、猥亵、变态等意思。

把自己琢磨成艺术家？如果无线当年不是落在会计师和推销员手中，而是继续由周梁揸大旗？

毕竟是她和旗下女将如叶洁馨、吴慧萍等给了我们缪骞人和新的汪明荃、黄淑仪、苗金凤和郑裕玲。格调之外，更是一种精神力量。

2007 年 11 月 5 日

十五个陈志云是香港之子的理由

有日走过香港某大学的校园，入眼尽是宣传广告。吸引我停下脚步，并非因为我是它们招手的对象，而是在图文并茂的夹攻下，我看见了高等学府如何"打造"青年才俊。我已忘了广告中是否黑纸白字写着给大学生"增值"二字，但肯定这目的呼之欲出。即是，为了帮助新鲜人踏足社会之初不用由零分，甚至负数开始，有关部门便给他们设立"赛前热身"的讲座。一个一个城中名人排名不分先后在广告上出现，有人"训练口才"，有人"改善形象"，也有人指点什么是"人情世故"，看上去良师益友济济一堂，同时亦教我感触丛生：这些在课外给大学生上的"补习"，似乎是实用多于启发，而"名师"玉照更俨如反映学生的"未来"——学府是否认同各人在其领域上的成就，就是大学生值得照办煮碗[*]的地方？珠玉在前，使"model answer"的气息益发浓厚，在香港教育制度培养出来，典型的"考试精英"眼中，他们就是被建制盖章认同的"样本"。换句话说，名师们位列"增值榜"上，是提供现成经验作为值得大学生借镜的技术或者方法，如果效果彰显，那就是社会上将多了更多他们的复制品——纵然实际结果可以不是这样，但是主办单位的"苦心"不难理解。

而就在昨日看着陈志云"云开月出"主动招开记者会的新闻片的某一刹那，一个念头的诞生忽然与之前的感触连接起来：假设不是发生了涉贪事件，荧幕上这个被官非阴影笼罩，却仍不忘"安定人心"（"不要慌，不要乱，不要放弃"^{**}）的"上上等人"（形容他的位置总

---

* 香港俗语，即依葫芦画瓢意。
** 见本册《人心博人心的行为艺术 3 分 39 秒》一文。

是"一人之下万人之上"），会不会就是香港人眼中的"理想楷模"？多少父母，以至年轻人本身，会由"不介意"到"向往"拥有陈志云身上的一切？

不，我真的不是有意以偏盖全与哗众取宠。极其量，我只是把假设从不太明显的位置推前到聚光灯下。事实上，这假设已有确凿证据证明推论的可信可取：陈志云能有信心在看似对他"不利"的气候下"挺身而出"，这份"信心"已包含他对大众心理的一定掌握：（一）媒体不会对他视而不见，因为大众期待看见他作出交代；（二）大众对他"不离不弃"，表面上是八卦需要，但想深一层，"八卦"只是行为，它的背后是由复杂的心理活动组成。陈志云不怕在此时此刻弄巧反拙，可能因为他比任何人都清楚"陈志云"（或一干能登上封面头版当新闻主角来帮助传媒促销的"名人"）的"价值"在于：看着"他"的言行举止时，大多数人还是会被激发起"他""有"而我（们）"没有"的"一种目光"（uncertain regards）。不论出于妒忌或羡慕，媒体上"陈志云"所象征的"吸引力"，更多应是来自他对我们的欲望的操纵——诚然，若是在看见他的时候，只会让我们满足于他"没有"而我们"有"，那便等于咒语的魔法已被破解。举个例说，谁不希望陈先生的酒涡是长在自己脸上？

不如，就让我们由最表面的"酒涡"说起。

（一）酒涡

酒涡，顾名思义，是"酒"加"漩涡"，两样都是叫人"无法自持"的东西。酒涡和其他受诸父母的外表条件和身体部位不同，它没有美丑之分，分别仅是"有"和"没有"，"有"便是"美"。不信，请提名一个长了酒涡而失分的例子。"有酒涡，有丑人"。也没有不因此而被"看

见"的人。"你有酒涡……"，当事人难道不照镜？但酒涡的实际好处是
什么倒不见得人人知道，原来可以是"让笑容更亲切，因为酒涡使人看
见纯真。"

能一眼被看见的"纯真"就是"方便"，它能使人放下或减低戒心。
陈先生在这方面不容否认得天独厚，给他从行政人员跃身演艺工作大
开"方便"之门。对于……不要说入娱乐圈，就是连日常生活也没有"观
众缘"的人而言，长在他人脸上的"财富"当然也可以是自己的"刺痛"。

（二）变身

传媒人——尤其幕前的，永远不能缺少变魔术的能力。法力愈高，
幕前的魅力便愈大。因为那是令大众目不转睛的最大本钱。陈先生投身
幕前的决心可见诸他个人形象的变化。或者，这也是为了达致"寓工作
于娱乐，寓娱乐大家于自娱自乐"的双重目标。"电视台（男）高层"
在过去都是"其貌不扬"，但自从陈先生掌政，他的角色——不是会计
师而更接近是"推销员"，包括之前的政务官，他的专长——由内务转
向建立关系网，加上电子媒体过去数年的营业额受到网络冲击，各阶层
员工的"功能"亦趋向一身兼数职。Multi-tasked 的职业需要给予陈先生
一个"最佳舞台"让他"千变万化"——这，应该就是特首如何甘辞厚
币亦无法成功挖角他当广播处长的原因：与其说陈志云是 TVB 的人肉
台征，不如说，时代变化因缘际会，是 TVB 成就了陈志云由制度里的一
口螺丝钉，化身翩翩起舞的花蝴蝶。对于大多数只能是螺丝钉的制度维
持者，谁不想一尝自由自在，但又不会消失在大众眼前的滋味？

（三）英语

每年邵逸夫奖颁奖典礼，陈志云都让观众再次见识大学生的今非昔比。收起花俏的造型，专攻字正腔圆的英式口音，陈先生经常把身边的 co-host 郑裕玲给比下去——她也是英语对答，但就嫌太美国化，也就是"不够有文化"。陈先生的英语能力（魅力）不只给人"胜任"的感觉，更生"众星拱月"的"气势"——性质不同娱乐节目的学术颁奖晚会，得奖嘉宾大多腼腆，司仪如是获得更多"表现"的机会。虽不至于喧宾夺主，但无可否认，"行云流水"的英语确实有助陈先生"鹤立鸡群"——看，"阶级"这回事还是有高低之分的，"高"者，见诸番书没有白念，"低"的，则只能望"洋"兴叹——虽然那些字句不外乎是什么奖和谁得奖。

没有办法了，谁叫英语之于香港人不同它之于新加坡人——不是生活工具而是身份象征？

（四）韦家晴腔 *

每当韦家晴腔在空气中响起，就是人民关怀像毛毡、像棉被般"送暖"而来的时候。《铿锵集》、《向世界出发》、《一百万人的故事》中每集的详细内容，容或将被岁月冲淡，被人们遗忘。忘不了的是"旁白"的感染力——哪里被特定的腔调触碰，哪里就有值得观众悲天悯人的地方。几乎已成香港纪录（或游记）片集的旁白代言人，"韦腔"听上去已

---

* 韦家晴即陈志云的化名/艺名，早年以此名做节目旁白、配音，并任业余 DJ。

从一种功能,变成一种灵性——即便不是化腐朽为神奇,至少是这把声音令大众心目中平淡以至乏味的纪录片增添了丝丝的"人性"——抑或戏剧性?就是这样,观者恍如也在观看的过程中感受到自己灵魂的存在。

明明应该是 Seeing is Believing 的时候,是韦腔发挥作用让耳朵转过来扮演眼睛,好处是,大家不用再为什么是真实争辩不休,因为一把戴上"人性光环"的声音,已经提供观众需要的全部批注……和投射。

(五)口才

香港人对口才的向往一般基于两种需要:(一)希望惹人注意、受人欢迎;(二)在化解麻烦,甚至推卸责任时,姿势最好漂亮、潇洒。所以,香港人认为口才了得者通常乃诡辩之士,又或"无厘头"。前者能够顺应大众的犬儒性格,后者除了也是犬儒产物,更可让人满足对自己既"有个性"又不给人制造威胁的想象。所以,香港人对"口才"的需求是"守株待兔式"的——愿意买票去听栋笃笑的人,远超于培养自己做栋笃笑者。

陈先生也有做过类似的舞台演出,但那是"访问"。而一切缘起于以他名字命名的"饭局"系列。"访问"与"栋笃笑"都是以语言艺术取悦大众,差异在于一个专以揶揄和得罪人搏取掌声,另一个刚好相反,就是把栋笃笑需要的鲜明立场消弭于觥筹交错、宾主尽欢。以陈先生主持的访问风格而论,看点是让受访者在险象环生的八卦题目下安全着陆。"口才"在他身上有如降落伞,降落伞既是"逃生用品",当窘境出现在他本人身上时,他当然会选择以"现身说法"来显露生存意志。

一切能够显示"生存力量"的东西,都会令香港人眼前一亮,心生共鸣。

（六）慈善

TVB 的"公信力"是由主办慈善活动起家——1972 年 6·18 雨灾，请出任白复出与雏凤合唱《李后主之去国归降》到今日已成"佳话"，之后一年一度的《欢乐满东华》及与其他公益机构携手合办的筹款晚会，无不有助电视台的公共形象。但真要说到机构的慈善形象，全天候体现在一个行政人员身上，陈志云是开台以来第一人——由《志云饭局》到《志云上素》，全香港都知道（一）他茹素；（二）表明是天主教徒——然而却又有志云大师的称号，虽说名字不外是戏谑，但大众对于艺人"明明不认识，却像老朋友"的似熟还生，还不是由这里一块，那里一段的印象撮合得来？故此，陈志云的"慈善形象"，既是承袭"历史"，同时开创"个人风格"：身居高层本该酒色财气都多，大众却可能在陈先生口中听得最多"我食斋嘅"，而对他另眼相看。不杀生，少肉欲——能在娱乐圈中清者自清，即便盛传陈先生月薪、年薪多少，这些数字只会让人更加欣赏他的发财立品。

加上未曾成家立室，陈先生这位"好男人"的另一半仍是虚位以待属于"公众"的。一方面他没有欲望，另一方面，频密的曝光又让大众把幻想投射在他身上，既有宗教信仰又被捧为偶像，可说是面面俱到、功德无量。这样的一个人怎能叫人不折服？

（七）虚假

不要看香港人拍得最多的类型电影是黑社会片，便以为香港人最讲义气——幻想世界往往是对于现实不足的补偿，银幕上以手足情兄弟爱建立伦理价值，便反映银幕下这些精神的买少见少：社会一日比一日关系利害化，人与人之间的信任只会沦为投资市场的负资产，大家当然不会浪费人力心力在得不到对等回报的付出上。一日卖出三百个假，三年卖不出一个真，为何要是众人皆假我独真？

如何假，有多假，以至明明是假却有办法使自己相信"那是真的"尽皆成"社会学"。传媒马首是瞻，带头示范"伪术"也可以是"艺术"。陈先生麾下每多"真情流露"的制作，偏偏它们引来不少"节目流于矫情、煽情"的批评。以《一百万人的故事》为例，面对贫穷线下的受访者时，主持人愁眉苦脸，镜头愁云惨雾，旁白（陈志云）更是愁人莫对愁人说，说起愁来愁更愁，很难不令主角变成配角。

但从娱乐性的角度来看，唯有"反客为主"才能令观众免于一不小心便陷入"旁观他人之痛苦"的痛苦中。陈先生和他的制作团队从来看不到"怜贫"也可以是"嫌贫"的变奏，是不是因为"假的真不了"——每个位置的人都太在乎自己的表现——变成了有太多姿势——而忽略了节目的本质（关怀）？

在 TVB 剧集一出比一出来得夸张的今天，香港人早已习惯有样学样：在生活中演技大过天，而且相信那不等同"假"。

（八）人气

香港人的矛盾是，渴望自己成为焦点，但又害怕它所引致的后果，怕被针对，怕被孤立。自信不足，但又野心勃勃。最好是有靠山做后盾，"挖祖坟，吃后代"，一切都由别人埋单。届时就不再有"后顾之忧"，因为只讲"个人锋头"，不谈"个人责任"；只有"个人作风"，没有"个人信念"——抑或，唯一信念，就是"个人利益"？

无重一身轻的"人生"，好处是不会构成信誉破产，顶多是碌爆*人情信用卡。但信用卡一张爆了可以申请第二张。信用在消费主义盛行的今天，和品牌（branding）无异，都可以是为了经营而经营——空壳公司、空壳网站，美其名卖"精神"（又名概念），实际是买空卖空。

但有一个名字总比没有好。难怪"冠名"风气日益壮大。没有人气的人买名气，徒具名气的人卖名叫"品牌"的自己。来来去去，不外乎是没有内容的东西在买买卖卖。

所以说，今时不同往日，现在大家关注的，已不是陈先生能不能没有 TVB，而是 TVB 没有了"陈志云"之后，又会进入怎样的另一个纪元？之前说，大机构如 TVB 没有了谁都将如常运作，陈志云的来去，将会证明他是否已经以个人力量，改写了一个机构的历史。

（九）青春

《男人五十》如果是一部电影的名字，就算男主角是刘德华，你猜投资者容易找吗？唯一一个我能想象的例外，是开拍《处男五十》，而且附带条件是：男主角不是不可以五十岁，但看上去绝对不能像已届不惑之龄。又要像"处男"，又要不似五十岁男人，哪里找？

别把主题扯远到北极去了……但你别说，穿上厚甸甸御寒滑雪装备主持《冰天动地》的陈志云，看上去确有点与真实年龄不符——尽管谁作同样打扮也可能年轻一截：运动需要活力，活力使人青春。最佳例子是英国企业家 Sir Richard Branson。坐热汽球横越欧洲是等闲，还要带动太空旅游的他，今年到底贵庚？原来已是五十有九。由做生意到寻欢作

---

*　港语，刷爆之意。

乐都以冒险做前提的这样一个人，除非到了动弹不得的一天，否则"老"与他应该无缘。

Branson"不老"，是他以不断实践梦想来提醒人们不要太早、太快把脚步停下来。唯独他无惧一个人往前走，更不需要让身边包围着年轻人来衬托他是青春的。

青春，其实也可以用旅行团作比喻——有人跟，有人带。电视行业在香港老化得这样快，就是跟队的那个（些）人竟误会了自己是带队。错认的原因，一来是他（们）把幻想当成梦想，二来，是周围的人彼此吹嘘互相奉承——明明是走别人走过的路，却因为造型似模似样便说服自己真有拓荒精神。

（十）Glamour

无线最大颗最耀眼的明星是哪一粒？极有可能是陈志云。被这个答案吓倒的人大抵还活在上世纪七十或八十年代。实际情况是，自踏入九十年代始，无线的花旦、小生的成就一直没有太大突破——以花旦论，邓萃雯最红的今天，演的还是古装人物，不像《家变》中的汪明荃、《网中人》里的郑裕玲，全是"时代女性"。TVB剧集现在已变成过去的"民间传奇"，观众虽也拥戴剧中人，但这类观众恐怕不是电视台最想建立的高消费族群，导致收视率再高也赚不了多少高消费品的广告生意额。

只好节流节流再节流。花旦、小生来去都是那几个人在玩音乐椅。TVB的熠熠星光像是坏掉了的灯泡般愈来愈暗。但也有种说法是陈先生的捧人策略是"人望低处"：男的先后有崔健邦、王祖蓝，女的，近年最有印象偏又教大家印象最模糊的，是《美女厨房》、《一掷千金》、《味分高下》等综艺节目中被命名粥粉面饭啤梨苹果梳打忌廉的美女助手们。如此这般，幕前幕后两边走的陈先生，又怎能不显得高人一等，能者多劳：是"推销员"，又是"货品"。而且必然是"镇台之宝"。

以前的"镇台之宝"是阿姐。不是说今日阿姐没有收视率，只是时代不同，从前的人欣赏演技，今日的人崇拜权力。电视剧中的大婆二奶斗得再你死我活也不过是现实的翻版。当不需要剧本，或媒体上日日更新的蜚短流长才是最佳剧本，当然是身历其境的人更能吸引眼球，更惹媒体在他身上火上浇油。

艺人再"火"，也"火"不过操艺人生杀之权的那个（些）人。

（十一）创意

自梁淑怡给香港电视史留下"女强人"的烙印后，香港的女电视人便一直活在她的阴影下：再没有名字可以承传、接棒她的强烈个人风格，即便在 TVB 戏剧组权力榜上居高不下的曾励珍，从"古"到"今"，监制戏剧无数，却少见"划时代"或"个性"作品。直至陈志云近年活跃于创作与行政两大部门之后，无线剧集才从"阳盛阴衰"转变成"阴盛阳衰"。

是"三十年河东，三十年河西"的轮流转所致？还是陈志云的阴性磁场有意无意影响了 TVB 的风水？上世纪末还是"男儿"、"雄心"等系列执收视率的牛耳，踏入两千年恍似两性权力大执位，首先是《大长今》以外购剧写下收视奇迹，继而便是时装、古装的港版长今大行其道——你以为《宫心计》是唯一翻版？《溏心风暴》中的"大契"、"细契"何尝没有尚宫之间翻云覆雨的影子？

媒体对于陈志云偏爱的男性艺人（又名"爱将"）一直情有独钟，

忽略了两千年后无线的老牌花旦王——"翻红"或保持"红不让"，其实也应记他一功。薛家燕对他赞不绝口，郑裕玲能站稳主持一姐，阿姐戏路愈老愈纵横，李司棋更是在演剧生涯上遇上堪称"否极泰来"的转变……证明无线的这位总经理煞是念旧，又与有辈份的女艺人们特别投缘。请别忘记，自己人以外，亚视过档来到无线的谢雪心一炮而红，佳视之宝的米雪今日也撑起半边天……加上袁咏仪回巢，戚美珍复出，陈玉莲一闪而过，周海媚连开两剧，"女性的力量"确在陈志云时代有重拾光辉之势。遗憾的是，"她"（们）仍然被创意欠奉的剧本所牺牲——所谓的"好戏"，就是看她们互相掴打、互相陷害、互相整治、互相折磨。说得好听是"政治斗争"，但依我看，重重复复的勾心斗角，不过是变相结合"兄弟之斗"与"婆媳之争"。

花旦在戏剧里争权，嘣模*则在综合秀中斗低能斗白痴。两个世界再不同也是由一条主轴贯通：男尊女卑的传统父权中心思想。于是，管它时装古装，总之女人就是少不了和离不开男人的目光与视线。造成标志着陈志云"创意精神"的节目貌似多元开放，实则内容与价值均是"五十年不变"，一切以维持安全及保守的"现状"为原则。

连所谓的文化节目亦不例外。《向世界出发》是"明星游记"，模式分明向英国 BBC 的同类节目借镜。问题是，Michael Palin 的剧本不可能（全部）假手他人，但《向世界出发》的包装再新颖，坐下来看不到一集便知道它是换汤不换药：走马看花，蜻蜓点水。"世界"再大亦大

---

　　* 2009 年香港最具创意潮语。嘣，斯文的解释是幼嫩，粗鄙的说法是"未够秤"、"唔够班"，带贬意。指一众乐于展示性感又面目姣好的年纪很小的女模特，她们大多没受过系统的模特训练，身材比一般模特儿矮 10 厘米，气质一般，很少有机会在 T 台走秀，只能拍平面照片或电视广告。和 top model 相比，嘣模价廉物美，在少男少女中更有号召力。也有媒体称之为"嫩模"。

不过被旁白一直嘤嘤嗡嗡地提醒我们不要忘记的香港式价值观。"你睇，阿姐（汪明荃）也要学习"能剧"来自我增值……（大意）"，使我不禁要问："自我增值"若是如此重要，是否应该由问明白自己是谁，有何欠缺开始？但是，"我是谁？"的答案从小到大都是"多想无益"，既然接受"想也无益"，那么终日念念不忘"要自我增值"的意义又在哪里？旁白者念念有词要达到的效果，不是自我催眠又是什么？

（十二）性

创意是推动改变和进步的能源。陈志云时代的节目包装多过创意之处，由今时今日女性的社会地位未曾有得到反映或提升便可见一斑。吊诡的是，陈总与之前的总经理何定钧比较，他那阴柔的气质、柔软的身段，没有一样不被大众投以"阴"性的印象——当然包括他的性取向，只是被传闻同性恋是一回事，由他执掌的节目风格却不见对待性别刻板有丝毫反省，更遑论改变。

不给传统异性恋以外的情感关系有任何曝光机会，可说是维持 TVB 的一贯宗旨——在 TVB 剧集建构的世界里只有"人"，没有"性"；只有用演员或旁白念出的"内心独白"，没有让观众自己体会或观察的角色的"心理状态"。所以，或可以说，陈志云的节目策略，就是让"性"等于女体然后归于综艺，"情"因不涉及肉体而可以放在观众层面尽量广阔的戏剧时段中。

灵欲分家、性爱不能合一可以是出于自由选择，亦可以是被抑压造成的不自由。今日香港文化正正反映出高度抑压如何扭曲了这个城市的价值观——只要在报摊上看一眼，无数以谴责作为藉口来贩卖、渲染、剥夺女性身体的报刊杂志，尽在向道貌岸然的香港人招手。这种营销模式，是方便消费者在消费别人后继续保持道德姿态。而香港人到今天的最高道德指标就是"宗教是上流，性是下等"。陈志云个人回答传媒问他是否同性恋者时，他的答复与上述主流价值观不谋而合："我是一个非常虔诚的天主教徒，天主教是不容许同性恋的，希望大家不要因为我没结婚没拍拖，就觉得我一定是同性恋。"

媒体当然不会因为这个答案而对依然单身，又在传奥运圣火时"扭扭捏捏"的钻石王老五放弃明查暗访，只是相对于异性恋的艺人们，"性"已成为禁忌的事实反而令一直没有性丑闻——绯闻也没有——的陈志云少受了过往有同性恋之嫌的艺人所受到的"恐同"待遇。

（十三）手腕

无线电视是邵氏王国辖下的业务之一。邵氏的灵魂人物由邵逸夫到方逸华都是香港的"传奇人物"。陈志云在二人身旁有小心搀扶，也有相陪在侧，且大多春风满脸，感觉似子侄多于员工。这些留影给普罗大众的印象是，能在一个王朝内占有一席之地的此君肯定并不简单。

不简单的意思，未必是指对工作或办事能力高人一等的推崇，更多是暗示"聪明、醒目"，如何有助一个人扶摇直上。在这次涉贪事件前，陈志云被形容为"方小姐身边的红人"，甚至连"韦公公"的标签也被技巧性地贴在他的"分身"韦家晴身上。观其种种，香港人就是喜欢看见有人为了生存而层出不穷地使出手段——这样便毋须思考如何才可完善自己。

（十四）EQ

高 EQ 可不可以是一种魔术？可以的，只要魔术师熟习环境、悉知观众心理，他还是可以表演泰山崩于前而色不变。以不变应万变，乍听有违魔术的原则，其实魔术师只是把情绪变化高度压缩。而不能让它穿帮的过程，叫做"控制"。

所谓"控制"，是魔术师要作出各种姿势，让观众相信他能从无变有，从有变无，其实他只是把有的东西收藏在大家看不见的某处。矛盾在于，"控制"也可以是一种破绽，因为愈是增加它的力度，愈是容易暴露这场魔术表演的动机——魔术师基于职业需要，他就是要证明权力在自己手上。

证明，往往把人放在被动的位置。魔术师要反客为主，首先得说服自己有说服别人的能力。然而高 EQ 作为魔术，它也许不是真的在说服别人，反而是令自己陷入对自己的迷信中。于是在变魔术的过程中，观众能感受到魔术师的焦虑，观众亦渐渐能在他对自己的迷信中，看见他正在把自信心变走。

在这个高 EQ 被奉若迷信的时代里，多少因自知平庸而自信不足的人，都在寻找别人作为他的观众，来感受自己的存在。表演高 EQ 的人不怕面对群众，正如魔术师在作法时必须镇定；表演高 EQ 的人在面临逆境时仍能保持情绪稳定，就像魔术师为了控制大局而必须控制自己；表演高 EQ 的人人际关系良好，与魔术师和观众的关系差不多，彼此都乐于享受在游戏规则之下的各取所需——不应该看见的时候不要看见，应该看见的时候不要看不见。

（十五）青云路

在和大学生交流的经验里，我发现他们经常分辨不出"答案"（answer）和"想法"（opinion）。问他们对一只水杯有何想法，通常在一番沉默后，都是小心翼翼的，但又总是捉错用神的回复，譬如"水杯里有水"。当我鼓励他们表达对"水杯"的设计或由这一只联想到那一只的"想法"时，眼前的一张张脸看似遇上最艰深的考试题目，由此，我明白教育如何严重地扭曲了他们的认知和思维。任何东西，只要不是他们主动地感到兴趣，就会是"意义不明"，故此，对于他们，这些东西的"意义"不可能往内探求，于是在被问到有何想法时，他们只能猜测问问题的人是否有既定答案，情况就如中学考试时，答案不是 A 就是 B。

他们都是一些被失败的教育剥夺了自我沟通能力的年轻人。光从表面来看，他们并没有这个问题，甚至他们还可能以为很清楚自己需要什么。即便有所欠缺，亦不过是高人、前辈、专家提供的指点，这些指点，最好又是一两个小时便可以掌握、应用的窍门。然后，他们进入社会、进入建制，成为不问原因便维持、巩卫社会价值的人。然后，生活遇上莫名其妙的变化，开始慌，开始乱，想要放弃，然后总算明白别人提供的答案不见得适合自己，原来最能陪伴自己渡过难关的，是自己的想法。

不知道陈志云日前往大学与未来社会的主人翁分享求职与入职心得时，当中可有包含他在最近这些经验里所得到的想法？

2010 年 3 月 19 日

II | 我爱你爱电视剧

我爱你爱电视剧

香港电台找我做文化节目主持。文化节目的一贯模式是介绍每周的演艺或展览活动，加插嘉宾访问，说是半小时，实际二十分钟不到的时间转眼便报销了。我对指南式节目不是没兴趣，不过若是只能蜻蜓点水，我便情愿锁定一个题目挖掘下去。之前一辑的《女人也是人》是这样，现在于每星期六晚上九时至九时半播出的《我爱你爱电视剧》也是这样。

我在节目中的另一半是港台 DJ 夏妙然。原本的设计是两人以讲谈方式，把当今受欢迎的中外剧集"轮住嚟评"。是的，我一直把香港的电视（剧）在过去三十年只能在制作上有进步，内容却不断重复同一套路数——不论清装古装时装甚至在未来换上太空装，都只见小男人爱上小女人小女人爱上小男人的多角恋爱——归咎为欠了由评论推动的求变心。既然电视剧评不可能在电视上成为独立的节目——不是绝对不可以，是在容量和胸襟未够广阔的电视机构里不可以——电台的角色中立，又因不需要画面衬托而没有版权问题，未尝不是与全球电视剧迷交换观剧心得的理想平台。

但在试录第一集那天，我马上发现半小时真是不能畅所欲言。因为一出剧集的成王败寇，还真多来龙去脉，如剧种的渊源、监制的风格、演员状态上的过去和现在，无一不对剧集水平构成影响。举个例子，当我们要谈《火舞黄沙》，光是交代它与《金枝欲孽》的藕断丝连便要花上多过一集的时间。若谈外国剧集，不管是韩剧《我是金三顺》还是美国的《迷》(Lost)，就是每一出都有文化现象可供玩味咀嚼，到底又要考虑节目针对的是小众还是大众。几经斟酌，夏妙然和我决定把节目定位在香港电视剧发展的回望。并且将一唱一和改成邀请为港剧勾勒雏型、上色，再给它们带来生命的功臣到场，到麦克风前追溯不同朝代的个案和典故。首先亮相的是写过《狂潮》、《家变》等无线经典，后来在佳视打造《名流情史》，并替港台完成第一辑《香江岁月》的编剧陈韵文。上一次见陈，已远在七十年代末，当时我和她曾合作她拿手的长篇肥皂剧《追族》。男女主角是冯宝宝、万梓良，唱主题曲的是张国荣，但最大一颗明星是陈韵文。在作者论还有市场的日子，陈带来了今年在奥斯卡大出风头的美国作家卡波特（Capote）的名著《冷血》（*In Cold Blood*）。《追族》的恩怨情仇便是以一家四口被没有动机地残杀开篇。

与陈韵文谈到她在创作路上的几番起落，有一个名字她说她永远铭感，那便是后来也在节目中细说当年的叶洁馨。今天在香港没有人会不认识曾在无线执掌大旗的梁淑怡——没有她，就没有"女强人"。其实曾与梁并肩作战的还有叶洁馨。这位前谭家明夫人出现在录播室时，外型与七十年代几乎没变。说起每段往事，声音里亦没有一丝尘埃。

叶氏擅长一脚踢，无线初成立时她的职衔是监制，即是上要对老板交代，中要创作和制作兼理，下则如她所云：连订制道具都要亲力亲为。到了电视台逐渐起飞，人手虽已大增，但节目制作量也跟着升级。在她名下的不只长篇剧，还有每晚不同的处境喜剧，用菲林摄制的纪录片和社会写实剧。经常要与编剧开会外，叶还要跟进资料搜集。许是在无线、佳视训练有素，叶的一丝不苟赢得了陈韵文的由衷佩服——"我和吉蒂（叶的洋名）在无线时是彼此不喜欢对方，到去了港台拍《香江岁月》，才知道她是真的好。"

《香江岁月》先后拍了两辑，但观众有福气得睹的叶陈合作只有第一辑。侧闻叫好叫座的第一辑班底因树大招风而引致有人不满，一声令下，有能之士也要把再显身手的机会拱手让人。容不下有料之人，原来商业电视台也一样。几乎是同样时间，在无线以《网中人》和《千王之王》而少年得志的王晶，也是因为不容于高层而一度遭雪藏。若不是他应约接受我们访问，我还不知道当年叱咤一时的他，竟然也曾被投闲置散，并且是在屡建奇功之后。毕竟是只有 25 岁的年纪，听他忆述起这一段，纵然没有悻悻然，但个中无奈依然呼之欲出。王晶最兴奋便是讲到与丽的（现称亚视）怎样打完一仗又一仗。提起战绩，他仍旧摩拳擦掌斗志高昂。本来未曾再见他之前，我一直抱怨由他度桥的《纵横四海》和《情陷夜中环》有夸大商战的惨烈之嫌，但是眼看他对当年如何调兵遣将一如历历在目，我才终于明白七十、八十年代两大电视台的斗个你死我活，不单已成香港历史的一部分，更转化成电视剧继续流传在城市的空气里。

王晶在转战电影二十年后的今天，再度踏足电视剧战场。只是版图已从弹丸之地扩展到全中国甚至所有的华人电视剧市场。听他把入门初探到重新掌握游戏的脉搏娓娓道来，25 岁的得志少年仿佛又回来了。是到了提起新作《浴火凤凰》，我才从对该剧的殷切期望看见成熟了的王晶——"我希望它会有所成就。"这句话听来十分谦虚，其实我觉得他的真正意思不是"希望"，而是"相信"。

王晶走了之后，访客陆续有李司棋和郑裕玲。二人于不同时代均属当家花旦。在李司棋的年代与她鼎足而立的是汪明荃和黄淑仪。至为经典的一次同场出现，是在一支洗发精广告里各自代表干性、油性和中性的同一品牌的不同品种。司棋来到录音室坐下不久，便要接受我拿出一张我最爱的十大角色考验她的记忆力。没想到远古至《世界名著剧场》中扮演简·爱，到《烟雨濛濛》里与《情深深雨濛濛》中的赵薇同轧的一角，她都印象犹新，因为都喜欢，尤其《烟雨濛濛》中内心充满仇恨，以爱情来报复父亲一家的陆依萍。此外，"《巨人》里照抄电影 The

Misery 桥段的变态看护我也喜欢，只不过我当时的丈夫对我说，如果之前有看过这出剧集便不会和我结婚了。"不计较形象的好坏忠奸，只追求有戏可演，使我想到她是我们的梅丽·史翠普，说不定由她来演《穿 Prada 的恶魔》会一样好看。

访问中谈到成熟女演员在电视剧里的发挥空间，司棋以过来人身份道出内地和香港的差别：除了对儿女说"回来了？我盛了汤……"的慈母，后者罕有其他角色。但她还是在无线礼聘下复出接拍七年来第一出在香港拍摄的四十集连续剧。谈到电视生涯中感激有几人，三个被她郑重提及的名字，是钟景辉、王天林、甘国亮。

本来预算只做十三辑的电台节目，变相已成弥足珍贵的口述历史。一般口述历史都是资料馆的收藏品，但未来将被邀请的港剧灵魂人物如萧若元、韦家辉，肯定会把香港电视剧自六十至九十年代的精神面貌，以最 user-friendly 的方式在空气中还原。还原的意义之一，源于散落四周的轶事有太多太多版本——在某本标志是香港电视剧真实纪录的杂志里，在介绍一九七七年推出的甘国亮作品《玛丽关七七》时，庞大阵容如汪明荃、缪骞人、余安安、朱玲玲、李琳琳、廖咏霜、苗金凤、高妙思、陈嘉仪、程可为、黄韵诗、林建明等，竟不知何故变成了上官玉、梅兰、韦以茵、石坚、李家鼎、江毅、何广伦等一众既不时髦、又不风骚的甘草演员。

作为笑话，上述谬误的荒诞程度足令我的一个朋友笑到打跌。但经过印刷再出现在白纸黑字上，它就是历史。

2006 年 7 月 5 日

没有帝女哪有花[*]

　　无线剧集《帝女花》有多拙劣和恶俗，实在不需要也不值得任何人再花时间、笔墨来指出——在无线戏剧组负责人的眼中，边看边闹与愈闹愈看正正就是无线剧集与香港观众再也正常不过的"受虐与施虐关系"，既不容旁人置喙，也似无改变现状的必要——遑论改善。若阁下因准则有异而投入不了个中乐趣，那只是"你"的问题：谁叫你要对拍给"无知妇孺"看的东西有要求？况且《帝女花》再荒谬，再离谱，也并未唤起观众的起义和革命。原因？李碧华在她一篇痛骂《帝女花》的专栏里如是写："算了，到底不用给钱。"（大意）这结语的可圈可点，是它揭示了香港人在价值观上的致命伤：**金钱便是道德标准。**

　　单单因为它是免费娱乐，香港人便应该以"不值一哂"来放过《帝女花》吗？我说"放过"，可能会被认为太严重了，但情况确实不如表面般无关痛痒，因为"缱绻仙凡间"可以天马行空，不代表《帝女花》也可以；《十万吨情缘》不怕大话西游，不代表《帝女花》也无妨——无线戏剧组应该知道，《帝女花》的不比寻常，是她象征了由早上数代的香港人所奠定的精神与情操：每当主题曲《香夭》的前奏响起，长平公主的图腾便会在空气中浮现，那是拜角色的塑造者白雪仙所赐，而她亦因忠于艺术与追求完美而备受尊重。所以把《帝女花》再次搬上荧幕是对无线剧作组能力与情操的莫大考验：若是没有对长平公主／白雪仙的喜爱、欣赏，又为什么要重拍《帝女花》？要拍，又如何令新的《帝女花》今犹胜昔？

　　许是无线心中早已有数，明知道本身的气魄不足之余，也感觉到（庆

---

　　[*]　本文题目改自一首时代曲《没有泥土哪有花》，主唱者凤飞飞。

幸?)"白雪仙"的时代终于已经过去，故此《帝女花》名义上是一次 remake，实际是对以前的《帝女花》留给香港人的集体记忆进行清洗。这个行动若是像警察放蛇般需要代号的话，它的代号一定是"平庸至上"。

将《帝女花》平庸化（也是去贵族化）的"阴谋"大可见诸剧中的四个安排：（一）长平公主从白雪仙变成佘诗曼。（二）长平公主在剧中既胸无点墨，又全无傲骨，有的只是一把鸡仔声和说不完的"咁点算呀"＊，然后哭哭啼啼。（三）剧集不到三分之一，长平的角色因毫无个性——因编剧没有才华——已改为靠边站，编剧唯有重弹《杨贵妃》、《洛神》、《无头东宫》的旧调——主要是抄袭《还珠格格》和《怀玉公主》，将"奸妃"的基因（戏剧冲突!）移植在原本是二公主，现在却要当大家姐的昭仁身上。有人问我为什么要把二公主改做大公主，我只能想到《仙履奇缘》：佘诗曼和白雪仙的基本分别，是佘以为自己演的不是长平公主，却是 Cinderella，所以才会有扮不完的楚楚可怜，特别是受到坏姊姊郭羡妮的逼害时。（四）结局安排长平公主与周世显没有殉情死去，而是遵从清帝安排，借假死"隐姓埋名"——却在街头巷尾高声以"长平!"、"世显!"互呼，过着"安乐"的平民生活。对我来说，这是一个可怕且可耻的结局——你可以想象白雪仙会像佘诗曼般吊高嗓子，"师奶"似的一边炒菜一边说："政治呢啲嘢唔係我哋啲平民百姓管架啦，至紧要係生活安定……"差一点连"舞照跳、马照跑、五十年不变"也脱口而出。

如此这般的《帝女花》，当然是要迎合目下香港人的"情怀"——"生存"才是最重要的，"执着"、"有原则"等同类型的字眼已好不过时! 荧

＊　粤语，"怎么才好呀"之意。

光幕在传递这讯息的同时，现实中也不缺乏真人真事的和应。其中一项，发生在我跟某大学讲师在某场合的一次争论。当时的主题也是跟"平庸"有关，我说香港人对某长官的"厌恶"，有可能是不满自己平庸的投射。他则说香港人并不平庸，同时举了数个例子证明在他生活里的香港人都是对自己有要求的。问题是，被他大力推崇的这些"努力"，对我来说却是最起码的自我要求。（例如学生遇到不知道该不该去外国留学的问题而去请教他，已被他认为是罕有的事情。）而落差的出现，恰恰说明了我们在沟通上的困难所在：我认为有些事情是不能妥协的，他则说"搵食很重要啊！我唔食我只狗都要食！"。

发人深省的这句话，让我好几天想了又想。首先，我想到在他口中"搵食"的定义问题：以月薪数万以上加上各种外快合起来的收入，如果也只能算是"仅够糊口"，那些没有同等学历、地位、薪酬的人岂不等如"冇得食"？又，假如为了"搵食"而不得不把原则暂且放下，先干有更多实际收益的事情，教育肯定不是最划算的职业（抑或它其实真是一份搵到食的工作?），那为何立志"搵食"的人不去专心赚钱，而要继续作育英才（菁英的英），做人之患？

这位讲师肯定不是大学界的唯一，更不会是整个社会的唯一，他一定只是香港现象的一部分，所以他才会在理所当然地说出"搵食好重要"时，完全忘记了自己是一名菁英——我说的菁英，不是"身份"，而是"角色"——也即是在领了学位，拿了高薪之后必须对社会履行责任的人。

但是，在我接触过的好些大学生和讲师之中，不乏不肯承认，甚至刻意否定自己是"菁英"的人——就像国破家亡的长平公主不肯认自己是公主，因为一旦领受了这名衔，许多责任将排山倒海而至，不是说推便推得了的——例如原装《帝女花》结局中的"牺牲小我，完成大我"。说到原装，在任白的版本中，周世显重遇长平后，本来与她约定在紫玉山房商谈如何隐姓埋名双宿双栖，不料世显出现时却带来大队身穿明服的清室中人。长平误会他把自己出卖，愤而拔出头簪要刺盲双目，此时世显才表露真情，说出他的真正目的是要劝服长平回朝与清帝谈妥释放崇祯遗裔的条件。这段戏在新版本中已不复存在，反而，剧中的公主驸马却在一幕被刻意经营成无限凄美的《香夭》之后，忽然换上清朝百姓的服装，十分庆幸自己因"识时务"而不用枉死。你一言我一语之间，叫我看得无比心寒：这种 smart ass[*] 的精神面貌，何其见惯见熟?!莫名的愤怒接而涌至：那刚才"好不哀艳"的殉情戏是什么？是单纯玩弄观众情绪的做戏咁做[**]？

玩弄观众情绪与侮辱观众智商都是可以被接受的——只要在它背后有着"搵食好重要"这句话作为后盾。好多人不会跟无线的电视剧斤斤计较，是认为它们都是"游戏之作"，无须认真对待。有些社会学家甚至搬出数据证明"今日电视剧的观众量已不如七十、八十年代"，即是影响力已大不如前。就算这种说法成立，我认为也不应对电视剧撤销合理要求：戏剧是人类文化的长远累积，电视剧则是人民质素的当下反映，所以当眼前的电视剧每况愈下，日趋平庸，值得关注的其实不只是个别节目的水平问题，而是社会整体如何对待"要求"这回事。（何况，香港人对"人生"的概念，一直都是从电视剧得来的。）

2003 年 5 月

---

[*] 小聪明、投机取巧。
[**] 演戏一样摆摆样子。

隔世救不了未来

《隔世追凶》（近期无线较有口碑的连续剧）有一幕是这样的：郭晋安饰演的便衣警察查案不顺，又被爱情问题困扰，再加上跟已死去了（正确来说，是活在过去的时空）的父亲失去联络，顿失依靠的他十分劳累，不知不觉睡倒在一株树下。那不是普通的一株树，而是时空分隔的两父子的沟通驿站——父亲把要传递的讯息埋在树下，儿子随时都能收到。

在下一场戏里，郭晋安一觉醒来，松松的泥土里有只保暖瓶，瓶中有张小孩画的蜡笔画，画中是手拖手的两父子，而郭晋安的父亲藉着图画传递的讯息，一半"隐藏"在图中父子牵手的意象里——根据剧情，图画本来只有"儿子"的自画像，"父亲"是后来加上去的，表示他对郭晋安的支持；另一半则通过他写给儿子的信来交代，内容大致是"没有问题是解决不掉的，虽然现在不能联络，但父亲永远在你身边支持你……"

戏看到这里，耳边虽响起感人的配乐，但我不单没有感动，相反有点生气。因为这些勉励说话，乍听温情洋溢，实际却是没有心思和内容的。换句话说，无线那一套典型的感情表达系统又启动了。而适用在不同情景以至几乎每出剧集的这些感情模式之所以广被大众受落*，我认为原因有两个：一是香港人不害怕 cliché（陈腔滥调）；二是香港人喜欢，甚至是，只爱"方便"。

连对待情感也不例外。

以《隔世追凶》父子传情一幕为例，我们看见郭晋安一个人在树下喃喃自语："阿爸，我好辛苦啊，阿爸。"继而双眼一瞌，画面便转到镜头前被抹上花士令，声音加上回音效果的"过去"。饰演父亲的许绍雄

---

* 粤语中"肯定，受欢迎"的意思。

坐在客厅里也是自言自语："唔知光仔而家点呢？（不知道光仔现在怎样？）"紧接着童年的光仔放学回来，手持老师嘉奖的自画像，引发父亲灵机一触。下个镜头是他把保暖瓶埋在树下，接着轮到苏醒了的郭晋安一眼看见保暖瓶，取出图画和信件看罢，精神得到莫大鼓舞。上述的安排，全部手到拿来，编导的处理固然方便，观众也看得轻松。如此"如鱼得水"，按道理我的无法投入，不过是"子非鱼"——问题不是出于剧集的质素，却是我为何（或凭什么）要对一集电视剧（和它的观众）有"莫须有"的要求？

香港人对于电视剧或电影当然不是没有要求的——娱乐性的高低还属其次，最重要是"睇唔睇得明"。"明"是明白，即是对事物的了解和认识。本来"明白"是一种意图，香港人却喜欢把它视为结果——不要过程，只要得到"想明白"的东西。而"想"有可能才是真正关键：许多被香港人认为"睇唔明"的戏，有可能是内容并不涉及他们的兴趣，不能引起主动了解的欲望；又或是对主流价值观念冲激太猛烈，反增大众的防卫心理——嘴上说"唔明"，可以是"唔想明"。而两者之间的逻辑跟剧情的深浅程度完全无关。

同样地，说"看得明"又不必然代表观众已掌握到事情的本义。基于时空经常转换，《隔世追凶》其实相当"复杂"，只是大众没有受到影响，反而晚晚追得津津有味，大抵因为所有迂回曲折皆无关宏旨——那个长驻候教求必应，不会干涉儿子私生活而只会关怀备至的虚拟父亲（如圣诞老人），或许才是叫大家喜欢《隔世追凶》的真正原因。

一个20岁出头的女孩子说她在《隔世追凶》中看到别出心裁的沟通方式。（她不知道该剧的出处是荷里活电影《隔世救未来》。就算知道，由社会对传媒你抄我抄的无限容忍可见，香港人从不觉得抄袭又有何不妥。）她说："没有想过两代可以达到这样的心灵契合。"言下之意是想象力填补了现实的缺陷。戏剧的功能之一便是提供观照现实的不同角度，有些角度更能折射出观众——我们——本身。剧集和现实里两代之间的最大分别是，《隔》的父子并不存在互相有所期望而衍生的矛盾和冲突。他们身处的境况可说"已成定局"——过去的人不能来到现在，现在的人不能回到过去，父子之间自然没有面对面的压力。我的朋友欣赏《隔世追凶》，可能是在剧中没有压力的两代关系上得到投射的满足。也就是说，她称之为"新颖"的特点并非剧集的真正优点，真正吸引她的——纵然她未必自觉，是《隔世追凶》让她看见一个她想看到的"容易"（easygoing）的世界。

我一直怀疑无线编剧人人都有一本手册，里面注明哪些场合该有哪些对白和行为。像夜晚回到家里，开门若是阿妈，她一定送上"煲冲汤，勺碗你饮"，是情人则改成"煮个面你食"；男女主角发展成情侣，一定开车上山顶看日出，到海边看流星雨，一翻脸吵架女方便连名带姓向男方咆哮；有人生病，一定有人做些刻意叫人感动的行为，如折纸鹤，然后有人会说"好感动呀!"诸如此类，帮助我们建构一个"容易"的世界——任何事情都有范本跟循，个人当然不需用脑，更不会有承担责任的压力。

你知道吗，现在有很多大学生创作的剧本，一如出自无线这家工厂。中学生也不遑多让。连现实中许多人的生活，都俨如由无线编剧所写。而且大家似乎都未察觉问题的严重性。反而有人相信："现在谁还看电视剧呀?! 电视都没有人看啦!"这句说话，表面是否定了电视（剧）在今天的影响力，其实暴露了一个很"香港人"的信念：为了逃避压力，必须先将责任架空，由对事情（还是自己?）没有要求开始。

普遍有着这种观念的社会，真会知道怎样实践民主吗?

2004 年 7 月

做戏咁做*

我们的知识分子如果不能身体力行，做个英明神武的社会领袖，次之，可以为一些平庸的政客训练思想吗？再次之，替特区元首多写几篇高瞻远瞩的演说辞行吗？若不，办一本别树一格的杂志又如何？开一家概念食肆又如何？把笔注满墨水，但不是写社论，而是投身电视台的编剧阵营，又如何？

美国有《仁心仁术》，我们有《妙手仁心》；美国有 L. A. Law，我们有《一号皇庭》；英国有 London Is Burning，我们有《烈火雄心》；美国有《甜心俏佳人》，我们有《男亲女爱》……但我们的编剧会把一切跟制度有关的矛盾连根拔起，于是《妙手》、《皇庭》、《烈火》的主线永远是"感情戏"，美其名以人为本，实则是将医务人员与资源控制的政治从医院中剔走，将道德与法律的矛盾从法庭中剔走，将消防队与其他救援部门的冲突从现实中剔走，所以在港产连续剧中出现的所谓手术室戏、法庭戏、灾场戏，只是"做戏咁做"——内容已被形式架空，而这种"空"，是不能净靠硬把学术名词塞进演员嘴巴而填补的。

空空如也的"医生"、"律师"和"消防员"，最爱在电视剧的酒吧布景里大团圆，是以港产的"专业人士戏剧"，实际是蒲 bar** 剧。知识分子或许会说："我都不看电视的。"然而潮流所趋，知识分子却纷纷上起电视来了。就是不上电视，也凭主持电视台节目而入了家庭——这，是否等于他们正在深入民间，发挥知识分子的影响力？

2000 年 8 月 1 日

---

*　演戏一样摆摆样子。
**　香港人将到酒吧称为"蒲 bar"。

白袍加身

有关本地医疗事务的新闻，几乎天天都有，只在于你愿不愿意看见。

"见习医生兼任（缺席）正规医生工作，连续数日不眠不休"、"医生在死去病人的家属面前扮急救"、"两家公立医院被提议合并"——信手拈来，都是故事。对于医疗事务知之甚少的我，总觉得不能因自己无知便对这些报道视若无睹，然后告诉自己"唔关我事"。也可能是心底里明白到所谓的"唔关我事"，无非是"唔直接关我事"的变相说法。换言之，火烧不到眉毛下，就当它没有杀伤力。

与其借"直接／间接"的相对性来做逃避的借口，倒不如认清楚为什么我们总是害怕承担责任。以上述的新闻为例，除反映出本地医疗制度在人手、职业道德、资源分配上如何捉襟见肘，也同时突显了构成这些现象的整体社会问题，譬如功能价值、道德价值如何被衡量等等——也就是基本的"人性"问题。这，本来就是上佳的戏剧素材——"死人当活人急救"一例之荒诞（凉）、原创，不是正好让闭门造不出新车的创作人汗颜吗？然而《妙手仁心Ⅱ》的编剧和监制偏要示范背道而驰——正当现实中的医生连深呼吸的时间都要争取之际，吴启华、林保怡却在豪华的医生休息室内以沙发做怀抱，咖啡杯不离手，"感情问题"更不离口，全身上下没有半点医生的影子，除了那些"身份"象征——手术衫与医生袍。

2000 年 12 月 12 日

戏与气

无线剧集有个很明显的特色，就是唯"事件"独尊。

什么是"事件"呢？打个比喻，它们就如一只饭碗，是硬件，必须有适当的软件相配合，才能发挥作用——你见过有人拿起一只碗便咬下去吗？——没有饭没有菜，再别致的容器也只是容器，治不了肚饿之余，还会伤了牙齿。

然而无线的创作组好像只会打造碗只，却总是忘了买米煮饭。就是做碗，他们也不大打算追求手工精细；相反的，观众只会被配予两种固定的款式，若非东拼西凑的抄袭，便是改头不换面的盗版，再交给不同的演员来演。二十年前的《杨门女将》属前者，今日的《妙手仁心II》是后者。

短短二十来集的《杨门女将》，播到第五六集便技穷了——杨家女将的故事已无用武之地，编剧改为向外援求救，忽而把《鹿鼎记》中的真假太后移植到天波府，变成真假太君。又从《天龙八部》剪一段出来，拼贴在本来已是虚构的"江上风"身上。这个不知道自己是西夏四太子的丐帮帮主，被杨八妹苦缠着，随着一个变了乔峰，另一个自然要饰演阿朱。不止，杨文广还入赘西夏，与妻子飞凤公主贪夜出走，沿途过关斩将，六亲不认，完全是《火烧红莲寺》里的桂武与甘联珠。

还有穆桂英上山向高人求教一阳指，方法是以美食诱惑，我还以为汪明荃在演黄蓉，郑则仕是洪七公。

每集的五十分钟，如是给填得满满的，同时又可以是空空的，就像憋在我这位观众肚子里的气。

2000 年 12 月 13 日

倚天屠龙记

赵明和照明

大家因为郑少秋珠玉在前而接受不了吴启华的张无忌，我想是可以理解的，然而打从我知道这次《倚天屠龙记》的配搭是现在这个版本时，我便收起全部的幻想，没有期望、没有失望——或根本不打算看。只是偶而经过电视机望见古装造型的吴启华，就会跟自己说：当年连一向只会演时装片的张瑛都可以做张翠山（而白燕是飞檐走壁凭一双手杀死龙门镖局所有人的殷素素），吴为什么不可以？事实上，他们在气质上竟也有点相近，只是吴启华看来还要再福气一点。

而且，其他角色的选角又如此"门当户对"：如果江希文可以是小昭，为什么周芷若和赵明（敏）*不可以是佘诗曼与黎姿？只要整个卡士被放上天秤之后，不会一边轻而另一边重就好了。因为我们大可嫌它平均得闷死人又没有看头，却起码不会出现令人恨得牙痒痒的局面——例如：用当年的赵明（汪明荃）来配搭现在的张无忌和周芷若——好不浪费呀！

所谓的浪费，是好比把水晶灯安装在不足三百呎（英尺）的公寓里，而且起居室的楼底只有七呎半。

我用"灯"做比喻，是因为重看七十年代版本的《倚天》时，发现汪明荃每每把一双眼睛当"照明"（还要是 Watt 数十分强劲的）。每次邵

---

* 七八版《倚天屠龙记》中赵敏依金庸原作第一版为赵明，〇一版则仍按赵敏。

明郡主出场，全场都会大放异采，因为她的目光总是无比凌厉。

眼睛会演戏

有人故意考我："请说出一九七八年的《倚天屠龙记》与正在播映的新版本，最大的不同处在哪里？"刚巧近日我每晚都在重温七八年版的 VCD，这问题当然难我不倒："有眼睛和没有眼神！"

你没有察觉吗？（还是你不会介意？）是墙也好，是膜也好，我发现二〇〇一年的张无忌和他的友人、敌人、爱人们，眼睛里好像永远隔有一层东西，致使角色的感情老是冲不出来。在他们演对手戏时，那些四目交投仅限于眼神接触，而不是通过彼此眼中的神色把爱和恨尽情倾诉。

但在已被奉为经典的七八年《倚天屠龙记》中，张无忌却常常被自己的眼睛出卖。当气焰高涨的赵明瞪着一双神气的大眼睛把他逼到墙角："你真的那么恨我？真有那么恨？"看得出张教主明明是心怯了，却仍不得不鼓起和她对瞪的勇气，口中狠狠吐出："真有那么恨！"想不到竟引得邵明郡主笑起来——任何人都可以从他看她的眼神中听见另一个答案：他怎么舍得呢？

老好的郑少秋在演张无忌时，少说也有三十出头了吧？只是那些忽而迷路，忽而又像很有方向似的眼神，活脱脱是人世未深、意乱情迷的少年的神态。我好喜欢看他每一次望住赵明说"赵姑娘"时的无所适从，欲语还休，那种软绵绵和带一点点醉酒香的美味，真是只有最好吃的 Wine Gum 可比。

新不如旧

只要稍为冷静，不难发现《倚天屠龙记》的情节有好多巧合得来却完全不合理的地方：由殷素素买下与张翠山一模一样的衣服而连累他被错认是龙门镖局的灭门凶手，到赵明与张无忌在山洞里发现莫声谷的尸骸而被武当三侠误会是二人下的毒手，然后山洞内忽又杀出不打自招的宋青书、陈友谅，叫我边看边问："他们是在铜锣湾出入乎？怎么撞口撞面都是熟人？"但最说不过去的，是周芷若竟可以赤手空拳迷晕张无忌和谢逊，杀死蛛儿，将赵明运上船送回中土，继而知情的谢逊又以不敢打草惊蛇为理由，对周芷若毕恭毕敬。这些不通之处，在七八年版的《倚天》还不算太起眼——或者是我们不愿意主动看见，但在最新的这一出，连原来的沙石也未曾清理，什么"赵敏郡主被判斩头，张无忌要劫法场"的新桥段又要排队进来。如果你要知道"狗尾续貂"大约是什么意思，这些为了要使《倚天》播足四十小时而增加的枝节，便是例证了。虽然我也不完全认同原著是"貂"。

反观由郑少秋、汪明荃分饰男女主角的版本，一方面是旗帜鲜明的"偶像剧"，同时又因他们曾多次同台演出《民间传奇》像《紫钗记》、《宝莲灯》里的才子佳人，《倚天》因而沾上一点"戏曲片"的色彩——大家只会挑出给人印象最深刻的部分来记住，例如赵明两度到客栈夜访张无忌，十足是那些不用上文下理也使人百看不厌的折子戏。

张无忌到韦小宝

在众多的金庸小说中，当数《倚天屠龙记》被搬上银幕与荧幕的次数最多。次之，是《笑傲江湖》与《神雕侠侣》。《鹿鼎记》近年也频频重拍，可是，它不是那种说拍便拍的"金庸作品"——一如当年的《乱世佳人》，开了镜尚在寻觅郝思嘉——如果找不到十全十美的韦小宝，戏拍竣了，也注定功败垂成。

十全十美的意思，是这个韦小宝饰演者必须人见人爱——主要因为韦的性格本来一点都不可爱。有别于"大侠"、"教主"，他既不浪漫，又没热诚，更不知道风度为何物，但是竟有七个大美人把他当成宇宙的轴心，在他身边运转如日月星辰。能有这样的际遇，个人的品格又算得什么？何况韦也不是完全没有本事，那么擅长"吹水"的一个人，简直就是很多从事"买空卖空"工作的（男）人的典范。现在流行把吹水吹出口水花来的后果叫做"泡沫××"，韦小宝虽然是这个现象的先驱，但在《鹿鼎记》的世界里，他的"泡沫"却从没破灭，相反的，还变成五光十色的繁荣景象。

怪不得有人说那世界就是金庸笔下的一个"迪斯尼乐园"——韦小宝就是米奇老鼠？

比较之下，张无忌、杨过、令狐冲等人都太太太太沉重了。只是最近在娱乐版上知道大陆拍的《笑傲江湖》找了李亚鹏演令狐冲，忽然喜出望外——这位大陆帅哥，上次看他是好多年前的《京港爱情线》。久违了。

2001 年 5 月 21 日—5 月 24 日

杨门女将

杨门女将

香港人的堕落，到底有多少是从我们最喜欢看的电视剧中感染得来的呢？或者说，"香港人在精神生活上的空虚以至对自己的要求变得马虎，对生活也愈来愈麻木"，到底有多少是从我们最喜欢看的电视剧中感染得来的呢？例如《妙手仁心Ⅱ》。但香港人所以会接受像《妙手仁心Ⅱ》这种说真实不真实，说虚幻又不够虚幻的货色，并不是由《妙手仁心》而起——剧中人要爱便爱，要死便死，多年来已成为无线电视创作组手到拿来的妙方，如果不是一批八十年代的剧集最近以 VCD 重新发行面世，因为汪明荃而使我重看了《千王之王》，又有每天录像回放的《杨门女将》，我还真的不会记得，无线的剧集自八十年代以来一直都是这样，看来亦将永远如此。

我想，无线电视剧集最能反映的，是创作人如何不尊重创作，继而教育了一群觉得无须衷心尊重工作的演员——当然，这也是由他们感到不受尊重而开始的。一集一集地看《杨门女将》，我无法不替剧中的老中青演员难堪难过——根本就没把心思放进去的所谓情节，编剧还可以躲在幕后不用见人，那些扮演佘太君、穆桂英、杨八妹的阿姐们，却要拿出似模似样的演技来向观众交差。若说敬业，她们是没有选择，必须做足——可有迟到早退，我们自然不会知道——只是乐业？恐怕只有捱着开工等收工。

二十年不是短时间——看看汪就知道了。但无线剧集整体上可有大的进化？（可能除了韦家辉时期）看《杨门女将》不是纯怀旧，刚好相反，它可以是无线给香港的一个启示——怕不怕像杨家将般损兵折将，随时面临后继无人？

女人之罪

《杨门女将》原是著名的京剧剧目，当年无线创作组把它改编搬上荧幕，我想主要是以大卡士来镇压敌台——明星就是收视的保证，汝等既无与汪明荃同等分量的大牌压阵，与其顽抗，不如投降！

有趣的是，该剧并没在无线的戏剧史上立下大功，反而教观众看见阿姐名为主帅，却成了戏服最靓的茄哩啡[*]。全剧还未播到中段，十四女英豪已溃不成军。

二十年后的今日一集一集地重看，我庆幸自己终于搞懂了《杨门女将》为何惨遭滑铁卢——由头到尾，创作组都瞧不起这一支全女班。是根深蒂固的女性歧视抵消了汪阿姐冯宝宝杨盼盼李琳琳韩玛莉湘漪等人联手所能产生的威力，所以剧集的主题不是娘子军有多"英姿焕发"，而是女人一担大旗，就有大灾难，或，女人本身就是灾难，要让她们自取灭亡，只须动员卧底，稍作挑拨，她们自会上演方寸大乱、同室操戈。而最能奏效的奸细，没有别的，就是象征"爱情"的男人。为了"爱情"，有女将大开军粮处的中门给敌人下毒，又闹出争夺帅印的风波。总之战场成了情场，情场又变成斗兽场，妯娌姑嫂终日张牙舞爪、勾心斗角。

年轻的争宠，甘草也难逃"男人"带来的厄运——剧中有个叫天目法王的高僧，与罗兰、梅兰对打，一下飞脚实时把两人踢死。观众当然

---

　　* 港称跑龙套的演员，如贩夫走卒、餐厅内的食客和路人等。

不会觉得高僧厉害，只会嘲笑女将窝囊。

　　每集如是，叫人无法不弃明投暗——那么愚忠愚蠢的一群婆娘当前，我们当然只会更投入精明狡诈的西夏人。

踢死你

　　成语中的花拳绣腿，是对虚有其表的讽刺，所以当天目法王伸出两脚，左边踢死罗兰，右边踢死梅兰，的确叫人舒一口气——两位女甘草不论摆出什么架式，做观众的我们，又怎会不心里有数？与其看她们姐手姐脚，或是替身的虎背熊腰，倒不如像现在般当场毙命，反觉省时爽快。

　　你别说，甚至还有点"痛快"——刚才还手执银枪，威风凛凛，一声一声"狗贼！奸贼！"的骂过对岸哩，哪里知道对方两脚就叫她们应声倒地？那情形有点像踢死两只小狗，只是畜牲也会悲鸣两声，两位杨门女将却一声不响的便一命呜呼。

　　若从戏剧的角度来看，这安排容或叫人失笑——那么滑稽的惨死，再配上悲壮的背景音乐——但回心一想，现实中有多少明知不能力敌男人的妇女，不是一样摆个"放马过来！"的姿势，只管站在原地破口大骂？又，有多少烦不胜烦的男人，不想效法武功高强的高僧，有一双无影脚？当《杨门女将》上演到罗兰、梅兰"殉国"一幕，电视旁的观众大可再次肯定自己的位置：讨骂的是男人，讨打的是女人，真要分出胜负，端看谁的功夫更高，也就是谁的暴力更暴戾。

　　电视上的演员穿的是古装，然而编剧在执笔时无须回到宋朝——类似场面在观众中只有更多，不会更少，只不过大家都明白肥皂剧拥趸最讨厌在电视上看见直接反映的真实，因而明明是身边的现象，也要把它说成是为了娱乐而杜撰。

烫手物件

屈指一算，原来《杨门女将》每十年就有新的版本——六十年代出了著名的京剧电影，七十年代有邵氏的《十四女英豪》（程刚导演），八十年代无线拍了《杨门女将》……在古装武侠片复辟的一九九二年，差点就有《十四女英豪》的重拍版本。我记得我在伦敦，嘟嘟（郑裕玲）在温哥华，电话上她告诉我："他说找杨紫琼演穆桂英，玛姬（张曼玉小姐）反串杨文广，我兼饰佘太君与杨排风。"那个他是王晶。计划后来没有落实，辗转听说是程小东要回了原著的版权，准备亲自代父程刚完成重拍心愿。而因热潮来得急，去得快，像这种必须千军万马、气势磅礴才有瞄头的"大片"，最后当然化作浪花泡沫。

然而《杨门女将》并未因此而在九十年代缺席——可能你早已经忘了，但是亚视确实在九七年拍过《穆桂英》，女主角陈秀雯没有红，倒红了台湾来的焦恩俊。（我是参考娱乐版的读者来信，才知道这位先生是"烫手物件"。）

踏入二十一世纪，号称漫游太空的时代，你一定会说，这种"婆婆妈妈"的剧种应该当缠脚布掉了也罢？哈哈，本来是的，如果华人电影导演不是出了李安的话——既然《卧虎藏龙》可以把"女性"和"武侠"的元素融合无间，《杨门女将》可能才是真正考验他的 vocation 哩。

寿堂变灵堂，白衣缟服的母子比武，忠婢排风与文广偷粮，文广夜探葫芦谷，挑战天险及取回谷底的父骨……写完此文，我便拨电话找李安去!*

---

* 可惜在打这个题材主意的导演叫于仁泰。

歧视

什么叫歧视？一般理解，应是"有所偏差的眼光"。"眼光"者，一个人看待事、物、人的能力——你也可以把这能力视为"条件"，它跟"视力"有近似之处，属于先天所生，大多数人都拥有它；而不同的地方，则是当"视力"出现问题，还可凭手术纠正，而眼光上的谬误，则难以用科学解决。就算要医，这工程也不能假手他人，它必须是一场意志之战，成败全看眼睛的主人有多想改变自己。

首先，他必须愿意看见自己。愿意的意思，包含了不怕站到跟自己对立的位置上，把自己当成被观看的对象，也就是踏出摆脱定见的第一步。唯有这样，一个人才能认识自己习惯从哪个角度看待事、物、人，所下的结论又最常受到什么影响。昨日我说"不能消除对女性的歧视"，局部是由大环境所造成——打开报刊，很自然便认同一干对女性的形象评头品足（残酷地），但是亦有个人的盲点：对于"女性"的被动、无能为力、依赖，我总是百分之二百的没有耐性，欠缺容忍，甚至拒绝作更深入的同情。在我的心目中，"现代女性"应该都是会武功的，顶天立地，深明大义，不怕独来独往，顶多有一匹骏马作伴。身边的女朋友们却是相反的居多，而我便常常嘀咕她们不争气，不够坚强，三十岁仍活在十三岁的童话里*。所以《杨门女将》才会令我看得既肉紧，又泄气——女英雄们的虚有其表和不成气候虽说是被剧情所累，但也反映了某种现实。

2000 年 12 月 11 日—12 月 19 日

*　近期有出荷里活电影《十三岁到三十岁》（*From 13 to 30*），是汤姆·汉克斯的 *Big*（《一夜长大》）的女装版。

男亲女爱

头号拥趸

在一个面对数百人的场合里，小妮子自问自答："《男亲女爱》有几好睇？劲难睇！"我的心里不禁叫一声好，但第二个反应，已是替她隐隐担忧——与别人不同而面无半点惧色，但愿她是真的自信满满，否则，生活在大多数人都怕极了表达己见的香港，她势必面临被孤立，甚至仇视的冲击。

我也是半集《男亲女爱》也看不下去的电视观众——难道每一天还嫌遇不够同类的小男人和小女人？我一直是郑裕玲的头号拥趸，但到了这一出，我发现连在数十秒的预告片中看见她，都会伸出手去摸遥控器——转台。因为我不想看见坏剧本和坏导演硬要好演员将演技丑化成"一副嘴脸"。我更加不明白像毛小慧那种性格的"人物"，为什么会有"爱情"（或爱人）的需要。我真不想看见我喜欢的郑小姐被逼扮成老了的比提·戴维斯（Bette Davis）——声嘶力竭，好像在演惊悚片。

毛小慧讨好港人之处，在于她以高贵的姿态做橱窗，展览的却是丑态与狼狈相。观众其实一直喜欢看女人出洋相，尤其表面精明的一些。部分原因，可能是现实里虽然出现愈来愈多女性揸 fit 人＊，我们却在骨子里对独立女性充满怀疑和恐惧，所以毛小慧的可观性不在她如何慧黠（如 Ally McBeal），而是有多大声夹恶，机关算尽。每次看见她胳臂

＊　香港话中"掌门人"意。

间披着 pashmina，一双手还是忙个不了地指指点点，我就为 DoDo 遇人
不淑而大声叹气。

阿 Q 新传

如果香港人懂得像那十八岁的女生般发表宣言："《男亲女爱》劲难
睇！"香港大抵还有一线希望——但是，我认识的同文同种之中，十之八
九均皱着眉头反问："唔系呀，几白痴呀，几搞笑呀，够晒低 B 呀！"

看——"白痴搞笑低 B"这些港式俚语，已经成为正面的评价标
准，代表其中自有无穷乐趣。由此可见，香港人有多么排斥与该等词汇
相反的"严肃正经认真"——任何需要心机、时间和脑力来消化的
东西。

遂把白天对自己的宽容，都投射在每晚半小时的电视剧里——请问
在《男亲女爱》中，有哪个是要求观众劳心劳力的角色？尤其是针
对"女性"的一切歧视：波大无脑的、摽梅已过的，以及"大女人式"
的（其实是小女人）。而靠这群"定型"样本所鼓吹的，无非又是九大行
星围绕那永恒不灭的太阳：小男人。

小男人乍看是大男人的反面，其实不然。若说大男人的定义是恃着
生为男性不可一世，小男人只有更甚，只不过他们更晓得避重就轻——
做英雄是会死人的，做一只蟑螂，起码不会被要求带头革命，为理想捐
躯。大英雄才有的权利，小蟑螂却绝不会因未尽过义务而受之有愧——
男人，本来就该享有特权，得到多或少，不在于德行上的差别，而是手
段是否高明。蟑螂，如是被新一代的小男人摆上神台：表面上是歌
颂"忍辱负重，长存不死"的香港精神，实情是给阿 Q 们找寻新包装。

碰上某人在阁下面前表演自欺欺人、自圆其说，若你直斥其非：

"怎可如此阿Q?"肯定叫对方面色一沉,下不了台。但是阁下如能顺应潮流,笑笑口尊他一声:"小强!"效果敢情大不一样——须知道,把鲁迅的经典与一个今日的香港人拉上关系,是对他的侮辱;然而让他与一只蟑螂齐名,却是恭维、奉承,往那人的面上贴金。

皆因做名牌蟑螂,胜过做没有头面的人。其实我并不喜欢自己这样写,只是生活的气压一天比一天低,人就容易沉不住气——是的,一只名牌蟑螂当道,你想不加入它们的行列也不行:来不及认同自己是只昆虫的人们,不分昼夜与场合地提着它的名字,犹如遗失久矣的自己忽然寻上门来,高兴之余,不忘四处抬出"小强"认亲认戚。遇上别人或无动于衷,或不以为然,不禁一脸鄙夷:"你很清高么? 你不需要'生存'么?""生存"是香港人的尚方宝剑,在它面前,没有东西不被削成泥巴。照说如此锐不可挡,这城市应该斗志旺盛才是呀,却原来"生存"在大多数香港人的心目中,却只是"缩小缩小,我们可以愈缩愈小"。

缩小的真正目的是伺机变大——这分钟打躬作揖,下一秒已张开血盆大口,露出牙中有牙,如"异型"般把竞争者吞噬。的确,该系列的电影早就预言未来世界是属于昆虫的,但从未交代我们为何会遭逢此劫——抑或明知一切是人类的咎由自取,所以不提也罢?

抄袭

朋友在她的专栏里解释何谓后现代,我认为若要深入浅出,不如问问读者可有上深圳消费? 可有光顾坐落中环的新龙门客栈:翠华茶餐厅?

本来想举《男亲女爱》做例,但随即把念头打消——这剧集没多没少,只是懒惰的抄袭,差劲的翻版。而它始终能在收视率上长期高企,证明盗版猖獗根本不是经济低迷所致,却是香港人对自己与对别人的尊重愈来愈少，或根本没有。

所以甚至听不见有人批评它"抄都唔识抄"。（事情的真相，当然是"只愿抄外表，唔肯抄内涵"。）抄，可以不是问题，就连原装的《甜心俏佳人》，也不能说是原创——既非电视史上的第一部法庭戏，性别之战又是电影和剧集的普遍主题——但，《甜》的过人之处，在于它懂得替老掉牙的故事找寻不同的角度，致令剧情有了新的瞄头。

有一集写"三人行不行"——俏佳人，前度男友和他的太太，朝夕在同一个工作空间里撞口撞面，气氛好不尴尬，忽然有一天太太开门见山对我们的 M 小姐说："我留意到我的丈夫跟你重逢后，他更主动和我亲热了。我认为是他找到了一个可以替他减压的按钮，因为有人和他谈些不能跟我谈的东西——那就是你。有趣的是，我竟然没有不快，感觉反而很好！"注意：这位太太并非善男信女，但她一方面对丈夫管治极严，又容许自己说出上述的话，不由观众不对她（还是编剧?）不佩服!

不是人

表面上，《男亲女爱》最后现代之处，是它的"意义零分"——但，它真是为玩而玩，聊博一粲吗？只要看深一点点，其内里从不缺乏迎合观众的讯息，譬如"只许自己变态，不准人家怪异"。一个喜欢擦红唇膏和迷恋颈纹的男子，被观众喜爱的毛小慧（郑裕玲）、余乐天（黄子华）、仙姐（苑琼丹）三人轮流耍弄与把玩半小时，只为着这家律师行根本不是做诉讼生意，而是打开门户，公然剥削可以被剥削的人。

当然，自己人也是对象。余吃毛的豆腐，毛占仙的便宜，仙又无休止地奉献给余，因为她的衔头是"老处女"，合该凑仔般凑男人。观众喜欢看的，也许就是连环的你骑我，然后我骑你。"利害"是人类每天均要面对的课题，而做人的考验，正正在于我们既相信"人不为己，天诛地灭"，但又在心灵某处明白到自私是不道德的，矛盾、挣扎、斗争，全部由此而起。

我在看《甜心俏佳人》时，同样看见 M 小姐（及其他角色）如何尝试替自己作最精密的计算，然而不论是哪一次的进退维谷，编剧都有办法使观众从"算术"中清醒过来——每件事情都可以从不同角度与不同层次来衡量它对我们的利弊、得失，是以最重要的不是可有尝到想尝的好处，却是有没有扩阔自己的胸襟和眼界。

不过明显地，《男欢女爱》里的角色都不是人，他／她们只是人类劣根性的放大，不需要任何质感，只须每晚在电视上继续鼓吹和附和香港人的自我剥削。

不合格

《男亲女爱》作为一个半小时的处境喜剧，其实连合格都谈不上——十场戏有八场是粤语片大团圆结局前的全体演员在镜头前一字排开，你讲完轮到我讲。但又心虚太像广播剧，于是用小丑的身体语言及差点没被挤破的眼耳口鼻来搭够所谓的戏（喜）剧效果，这样，一集又混过去了——不，一百集又混过去了，而我们的观众竟又像吃了仙丹似的如痴如醉，变相替它造就了时势，使它成为英雄。

剧中充斥着对法律一知半解的执业者，香港的法律界为何不见有人站出来抗议？倒是《妙手仁心》新一辑还未开拍，侧闻医管局已对角色中有双性恋医生的安排强烈抗拒（恐慌?），并以不借出拍摄场地为讨价还价的条件。

依我推论，那是因为"专业人士"愿意相信他们的权威形象会被多元性倾向所破坏，以致病人日后一见身披白袍之士，马上联想到淫乱、滥交、男不男女不女。当然，电视剧里的一个角色哪来这份魔力，大家是不用交出理据的——正如《男亲女爱》的律师们统统都是混水摸鱼，偷鸡摸狗，大家还不是看得嘻哈绝倒，全数受落*？

说明了没有利害冲突的时候，"形象"不是一个课题，一旦触碰到相对敏感的地带，专业人士才会大公无私。而这，正正反映出《男亲女爱》的另一败笔——现代都会中男女共事的任何一处都可以是两性的战场，但此剧却只是以插科打诨来分散我们对些有关现象的正视。

为何反智

一位女性的空中服务员要把某乘客告上法庭，因此君的目光长时间盯住她的名牌，而名牌的所在，正好是她的胸部。报章标题："别开生面的性骚扰案！"近期狂煲《甜心俏佳人》的我，登时有"又是剧中律师行在玩嘥头"的错觉，实情却是真人真事，地地道道——原告与被告都是香港人。

多么有趣的个案——研习女性主义学说的人们，大可借今次深入探讨——一、什么是"男性的凝视"？二、在"男性的凝视"不可能成为呈堂证物的情况下，原告人怎样才可证明受到它的侵犯？三、假如女方胜诉，赔偿将如何计算？

再问下去，当然还可以引申至——一、"女性的凝视"能入罪吗？二、若空姐发现一位女乘客以目光向她胸袭，在法官与陪审团前，她的胜算如何？（我知道你会问：男侍应生可以告女乘客用眼睛非礼他的另一

* 受落，粤语中受欢迎、得人心意。

个部位吗?)

你会说,可惜《男亲女爱》已经播完,否则信手拈来,已是绝佳题材。我却认为这是非常一厢情愿的想法——围绕性及两性的新闻奇闻趣闻,每日在港九新界离岛与深圳都不知会有多少宗,然而《男》的编剧除了制造机会给女主角抓狂,男主角表演软皮蛇,其他的,完全不用闻问——"观众只是想'轻松',不是要'思考'。"我可以想象电视台上下一心,都会这样作答。

"要动脑筋,看英文台好了。"——我们的编剧与观众在面对"谁要为港人为何反智负责"的问题时最是一致:谁叫广东话早就变成不是用来"思考"的工具?

2000 年 6 月 24 日—7 月 27 日

丑与蠢

"哨牙"和"低智"是无线剧集的两道主菜，又因为香港只有无线剧集最受欢迎，于是"哨牙"与"低智"便是香港男人女人在电视剧中的两种典型——唯有他／她们才能一觅得真爱，二因演出这类角色而获得演技的肯定。

也就是说，扮演正常人不需要演技，演出靓人不需要演技。又或，演出正常人角色就不能突显过人本领，于是无线变相鼓励旗下艺人以夸张取胜。又或，不去把人物的某些样貌特征，或因为某些外貌条件而形成的性格与行为特征加以放大，演员就会觉得无戏可演。每年台庆争逐视帝视后变成异常人竞选——是野蛮压倒肥胖？是低 B 拼赢白痴？是哨牙击倒哨牙？

"丑"与"蠢"的角色霸占了港剧市场，难怪日剧，尤其韩剧在十年间成为香港人愿意付出金钱购买的"最爱"——在提供免费娱乐的 TVB 的荧幕上，已没有靓人型人可供我们投射幻想与欲望。

无线的创作组或许不以为然——剧集收视率仍是全台最高企——但不认不认还须认：港剧的受欢迎更属于"方便"，真要投票选出港人心目中的白马王子与白雪公主，眼前的视帝视后又怎会比得上多如繁星的韩剧红人新星？另一个铁一般的事实：不只韩剧，就是台湾偶像剧，也是以"靓"的男女主角大举来侵。港剧的男女主角在外销与宣传时，可有在机场出现如 F4、贺军翔、吴尊等人压境的"万人空巷"？

没有自信心的男人女人在现实中当然比比皆是，"哨牙"、"白痴"也不是由无线创作组发明，远有《涩女郎》中的刘若英，近有美国电视剧的《俏 Betty》，的确印证现代人被消费市场主导的审美观念压得难以抖气。只是《俏 Betty》就是《俏 Betty》，《甜心俏佳人》就是《甜心俏佳人》，以女性喜剧角色为例，美国剧集不会一窝蜂，甚至独沽一味地试图以"观众喜好"作为懒于创作的借口。不断以新角度来解构都市女性的不安全与失落感本来是创作人的挑战和义务，但港剧却只用"丑"来解释一切，连"丑"也只用"哨牙"，可见真正"低智"的不是角色，而是创作团队。

2007 年 11 月 9 日

肥瘦因缘

忽然间茶餐厅的食客都把目光盯在电视画面上：饰演肥田的胡杏儿在中环立法会大楼外远远望见香港先生高钧贤向她走来，登时教她嘟起嘴巴，皱起鼻子，那是连不知上文下理者都看得懂的一种叫做"心如鹿撞"的表情。但无线的编剧不会信任观众的智商足够了解剧中人的心理，所以胡杏儿还是要自言自语："是要对他说'好巧啊，碰见你'，还是'我在这里等了你好久'呢？"然而当她闪身从柱后弹出，意图拦住那一位"美男子"，才发现他早横过了马路。于是胡杏儿的辛苦增肥终于得到回报：在镜头追随她如河马上岸般在闹市狂奔，想快又快不起来的窘态时，食客们的面上均出现不可置信却又不能不佩服的笑，连我身边正要把饭送进嘴巴的菲印籍人士都教匙羹在空气中定格——此刻，我见证了胡小姐的胜利，因为她的表演"震撼"了大多数人。

而我，则觉得有必要收回冲口而出的一句话："何不干脆就找欣宜来演这角色？"

你当然明白那是一句气话，你也当然明白即使欣宜肯演，肥姐也不会答应。上述情景的笑点是建立在角色的"饥饿"上，偏偏她又没有"觅食"的权利：女追男已有失尊严；更不要说她的跑姿难看，就是追到了对象，也不可能使对方对她产生同等兴趣。总之，从外到内，她都是个失败者。失败的原因，不外乎一个字——肥。肥人见了"食物"还流口水，属于暴露贪婪的丑态。对于观众，更构成了既看见她在欲望，又看见后果的双重奇观。假如这角色由欣宜来演，反而会让编导对肥人的剥削赤裸裸地暴露出来，但当"真肥人"被胡杏儿扮演的肥田所代替，大众在嘲笑肥女的行径时，大可以把对肥人的歧视解释为"不过是对剧中角色作出反应"。

问题是，表面上是个别人物的个别行为，但观众大多不会要求编导解释戏剧（尤其喜剧）中的肥女为何几乎没有一个不是"贪婪"和"急色"的？难道肥女必然只爱瘦男？肥女一定没人追求？肥女永远都是打扮得如过期玉女？肥女都是花痴和姣女？可见"肥女"根本不可能是任何"个别人物"，"她"也没有机会有自己的性格，"她"只能是《BJ单身日记》中BJ的化身，或沈殿霞少女时代在国粤语片中倾慕男主角却只能分到男丑角的一干角色的第N个拷贝，所以我才会说就算欣宜不介意把现实中自己的形象带到荧幕上，做母亲的肥姐也未必答应：谁会愿意看见下一代重蹈自己的覆辙？

我的意思是，即使欣宜也能在剧集的下半部变瘦变靓，到底那也是对肥的"背叛"——恍如犯了错的人带罪立功负荆请罪。然而换了胡杏儿先增肥再变瘦，那便只是一场恶梦，一梦总有做完和醒过来的时候。

无线劳师动众地以"嘈肥"旗下花旦胡杏儿来演出"肥田"一角，而不就地取材安排欣宜现身说法，我看最大原因是电视台无意挑战历史。须知道欣宜的"肥"对大众来说，并非像胡杏儿般三两月间从无到有，却是从她自出娘胎便建构了的固定形象。如果说修身是改变一干肥女命运的唯一途径，我认为欣宜再成功，也不会动摇多少人对她的印象和观感：她就是应该继续做她的 wannabe*，她就是瘦到拥有水蛇腰，大众还是会期望她忽然反弹，再次变回从小到大那被我们认定馋嘴又贪靓，能跳能唱却"注定"当不了艺人的沈殿霞女儿。（而忘了她姓郑！）"肥"是被施在欣宜身上的咒，因为她有一个肥母亲。如此说来，我们对于欣宜的恐惧和歧视，早在肥姐身上已经开始。而表面上我们没有像对女儿般对待妈妈，只是由于肥姐在更早已竖立了权威的形象——当肥还

---

* 模仿明星者。

象征带来福气和欢乐；而肥姐又没有母亲为她铺设一条公主会走的道路。

基于无意费气力推翻根深蒂固的观念，对于欣宜的忽瘦忽胖我们虽会探头探脑，但是不会抱存太多幻想。胡杏儿便不同了，因为没有人见过她肥胖的样子，加上是在最短时间内"变肥"，变相使《肥田囍事》成为带有 SM 味道的一次魔术表演。我说 SM 味浓，是一切魔术都和 guilty pleasure 有关。变走或把一些东西变上手，是投射生命中的各种得而复失。把打烂了的东西还原，是给予不能弥补的过失第二次机会。如此推论，看着瘦人变肥，则是把对自己想瘦或希望不怕肥的欲望变成惩罚并实现在胡杏儿身上——想瘦的，看见原本就瘦的她变成这样，可以藉此自警；希望不怕肥的，看见原本就瘦的她变成这样则不怕"自欺欺人"——她代替自己承受了层层的社会压力，自己大可以放心肥胖下去。

我猜胡杏儿必然会因扮演肥田而获得这届 TVB 最受欢迎女演员奖[*]——在肥等于有罪的这个时代里，她牺牲了自己，为我们背上了十字架，而下一幕要上演的当然就是"升天堂"。

2006 年 10 月 27 日

---

[*] 胡杏儿最后凭此角摘取的是 2007 亚洲电视大奖最佳喜剧女演员。

溏心风暴

女强男弱

《溏心风暴》会不会短期内也在内地卷起热潮？"中国制造"的时装家族剧似乎较为少见，所以一见为庆祝香港回归而拍摄的《荣归》消息时，我便眼前一亮——倒不是对于内容，却是对于演员配搭，像郑少秋与归亚蕾的夫妻配第一眼便让我"咦"一声叫出来，是怎样的一段姐弟恋？

虽然无线打造出来的许些电视剧情侣都可列入姐弟恋行列：从一开始，郑少秋汪明荃便是"看不见的姐弟恋"；《雷霆第一关》中再搭李修贤的汪明荃也是谈了一段姐弟恋；《我的野蛮奶奶》对手换上石修，外形上衬到绝，但在上世纪七十年代看过二人携手，严浩导演的送饭剧《功夫热》里，汪便是石的姐姐。姐弟恋放在青春偶像剧和大家族剧里的功能不大一样，以《溏心风暴》为例，饰演李司棋丈夫的夏雨在外貌上不一定更年轻，然而人物性格俨如小孩子的他——无时无刻不要别人对他产生注意，情绪化，没能力处理家庭和事业的大小事宜，"一家之主"的权力便顺理成章落在能干的妻子手上。

女人本来就有早熟的特性，但是放在以营造浪漫气氛来满足观众的偶像剧里，"她"便不是加分而是减分：被男朋友惯性依赖和对他照顾与包涵有加，不会令女性觉得那是自己的魅力使然，同样关系应用在家族剧便有很不同的效果。中年妇女（观众）追求的不见得是"不切实际"的诗情画意，却有可能是更有实用价值的权力感，或因不是依附男人而生的自我感觉良好。《我的野蛮奶奶》和《溏心风暴》不约而同均

属男家长形同虚设，女家长才是真材实料一类，"师奶"观众看得眉飞
色舞、手舞足蹈的理由正是在此。

我曾怀疑电视剧中的女强男弱与现实到底存在多少落差，这现象又
是否在香港比内地或台湾更普遍，才会在电视剧中不断重演？直至关菊
英在《溏心风暴》中饰演恶形恶状的"细契"（小老婆）而"翻红"，我
才明白女人在肥皂剧中的由弱势转强势真的没必要与现实状况挂钩——
是被传统女性角色压抑太久，即使社会地位已大大提高，大家还是爱看
女人争权，并且不是爱看男与女斗，却是女与女争。是的，弱男只会挑
逗起女人们的"母性"，强女却能唤起同性潜意识里的自我和彼此憎
恨：你（我）将因不愿安分守己而受到惩罚。

大细契

星期三某份香港报章的娱乐版头条是电视剧《溏心风暴》的高潮
戏——大契将在当晚癌症病逝。三日前即周日那天刚巧是母亲节，同一
份报章的头版头条也是大契，不过焦点不是角色，是人物，是该位"大
契妈打"的饰演者李司棋。

大家有目共睹，一个月前李司棋还只是李司棋，今天，她不只回复
当年勇，无线剧集黄金时代四大阿姐之一的招牌得以再次高悬之外，她
还成了香港人近日的精神指标——可不是每个人撒手人寰都能被媒体以
头条来致敬的，那份"万灵同悲"的架势，当然只有大人物，像巨星、
伟人才能承受得起。一出电视剧中的众人妈打教李司棋在短短数周人气
急升至变身"大人物"，"她"的离世，乍看有如国殇：我们的领导人不
在了。

谁都知道《溏心风暴》中主角唐家的一家之主是父亲唐仁佳（夏

雨），然而从母亲大契之死的大阵仗来看，她才是唐家的"父亲"。她的死之所以上得了头版头条，与她的地位至为密切——就像国家领导人的逝世，可以是"天下大乱"的开始。中国文化说"齐家、治国、平天下"，"家"被放在"国"之前不是由于"家"比"国"大，却是家管不好了就不会有国。可见"管理"始于家庭的观念源远流长。既然如此，"一家之主"与"一国之君"被认定为男人的特权便太理所当然了——中国多少家庭都是由女人执掌实权，把女性培养成 CEO 的故事也是多不胜数，然而我们的电视剧制作人就只会把女人在管理方面的卓越成就限制在"家庭"的范畴里，再把有关故事定型为后宫纷争与女人之间的勾心斗角，半点不似英美剧集，女总统女首相早已粉墨登场。

女人在家庭里有再多领导才能和领袖魅力都不过是"家务"，意思是，造福了全人类，也还是微不足道的，因为"家务"就是琐事。尽管大契坐镇唐家并不止于掌管柴米油盐七件事，而是必须摆平错综复杂的人际与权力斗争，但她再有本领，她掌握权力（杖）的方式到底不似由男人扮演的一家之主——面子不是女人的死穴，她们便不怕为了完成大我而牺牲小我。所以大契在唐家发挥的影响力是游说式、渗透式而并非一句话说了算。

阴柔地处理权力的好处，是令事情多了——或似是多了——转圜的空间。大契在唐家的重要性，就如开明的领导人，或领导人旁边的第二号龙头，有话可以好好说。正因如此，她可以一人分饰两角而无须顾虑身段能否放下，如何放下：她是该被绝对服从的那个人，她也是为谈判条件奔走的外交家。

四十集的剧集才播一半便安排那么重要的角色离场，开启了世界从此大乱的局面。接下来连唐仁佳的生命也将不保，《溏心风暴》的重头戏——诸侯割据（争产）才正式登场。但是该盘残局将由谁收拾？这问题正好反映出七十年代的港剧为何不同于今天的：永远经典的《家变》让"汪明荃"成为女性偶像是因为她有本事摆平纷争——女性在社会初尝经济甜头的同时，也分享了权力的杯羹；但当女权已成习俗，我们已不想再看女强人有多英明神武，却情愿重拾粤语片东宫西宫的情怀。是的，责任是件累人的事情，所以大契才会得癌，倒不如向身体强滚滚的细契关菊英学习——愈是搅风搅雨，愈是受到欢迎，寿命自然随着戏份的增加而增长。

金句风暴

《溏心风暴》效应在香港持续发烧。未来一星期是结局篇，细契关菊英和唐家的斗争也将进入最后阶段，那便是在唐仁佳（夏雨）死后，六亿遗产花落谁家的争夺过程。面临殊死战，按道理说，人们应早已把先走一步的大契（李司棋）抛诸脑后，但实际情况却是，不管眼下的剧情如何急转直下，大众仍旧念念有辞的，是出自大契口中的台词，尤以下面两段最念念不忘："我睇人睇咗几十年，边个系人，边个系鬼，我睇得到！""我话系就系，唔驶证据！呢度唔系法庭，唔需要证据，我对眼就系证据！"（"我看人看了几十年，哪个是人哪个是鬼，我看得出！""我说是就是，不需要证据！这里不是法庭，不需要证据，我看准了就是证据！"）

两段台词可以从戏剧蔓延到现实里来，媒体当然居功至伟。电视台看见大契忽然炙手可热，来不及为她开一个接一个的记者会，正面见报之余，她的背面也因被狗仔队全面跟踪而频频登上娱乐版。"能见度高"象征受欢迎，受欢迎就是有权有势。媒体要靠大契撑"收视率"，她的"金句"便成为推销商品的最佳广告歌。

但无可否认，这两段台词的坊间传颂，也不纯然是媒体催谷的结局。从网上的热烈响应可见，大契的大快人心，真是因为她"一言九鼎"、"掷地有声"——起码在多数 OL、师奶和婆婆妈妈的眼中都是如此。我是比较小心眼，起初只当无线自从收起粤语长片不播，造成观众久饿，才会一听到似曾相识的口吻便来不及相认拥抱。但经过近一个月的家传户诵，"大契语录"不单没有声势下滑，相反愈来愈红，连郑秀文演唱会也加插模仿片段给大契赠兴，我才恍然大悟，香港人是真的相信这两段话"一针见血"，因它们彻头彻尾就是港人心声：眼见之所以可信可靠，是因为"睇"到比深入了解与进一步分析更省时间、功夫、更实际！有了这两段说话做招牌，李司棋的演技忽然被更多人看见了，这也是有赖（有眼）"睇"带给她的权威性。你也可以说是大众心底里多么渴望自己看不到的或不想看清楚的阴谋阳谋，有人"明察秋毫"、"一语道破"，于是皆大欢喜。换句话说，时代进步了，社会上不断传出要民主，已经做好落实民主的呼声，但一出电视剧折射出来的却是：（一）我们都想有个包青天；（二）这个人只要取得大众信任（服），我们甚至不介意他堂而皇之地表示，他就是奉行人治而并非法治。

"我话系就系，唔驶证据！呢度唔系法庭，唔需要证据，我对眼就系证据！"这句近期最受港人传颂的 soundbite，隐藏了一个"玄机"，那便是话中的矛盾：既然大契认为"呢度唔系法庭，唔需要证据"，为什么"我对眼就系证据"又会成立呢？先否定了需要证据的背景，再肯定自己就是证据，岂不正是架空了事情的前因后果来突显个人的无边权力？

大众乐于看见权力被彰显，细节却不在受欢迎之列。写得好的对白能反映人物的细腻心理，但无线电视剧的对白一向有如文字胶花，只是用来支撑剧情大纲。所以编剧（们）不会在下笔前后考虑到剧中人的身份、心态如何互相牵引，结果便出现了《溏心风暴》以两段话红了一出戏和一个原本就很好的演员的"怪"现象——可是因为大家都有以言语武装自己的欲望，却没有在言语上下苦功的意志和决心？

脸谱，道具，透明人

其实我对无线艺员怎样看待一部剧集的成败和自己的关系一直充满好奇。李司棋和关菊英的角色隐藏了香港（女）人至今不能解开的情意结：李司棋的"大契"是大家都想得到的一家之主身份，有权力便会有尊严；关菊英的"细契"则是得不到权力者的认同对象，所以，尽管她在剧中的所作所为全是粤语宫闱片中的奸妃翻版，但时代不同，人心也经历了改变。今天大家在看《溏心风暴》恨得牙痒痒时，恶之欲其死的绝对不是唐家的西宫娘娘，却是在她身边教唆、起哄、挑拨离间及以"爱情"对她骗财骗色的真正坏蛋。

因此，没有人会不明白饰演奸妃的关菊英为何晚晚以泪洗面——还真少见反派会如此"惹人同情"，抑或，自《金枝欲孽》始无线编剧已学晓了"进可攻，退可守"的这一套？——而"苦旦"的演法又更能搏得观众晚晚守在电视机旁。然而，香港人能接受"细契"是个所谓"立体"的角色，却不代表同一设计可被应用在其他人身上。恰恰相反，围绕"细契"身边兴波作浪的，便没有一个不是传统的白鼻哥与大花脸——除了脸谱，还是脸谱。

我特别留意到"细契"媳妇杨怡的外家一家子。由那不知名的大哥、嫂嫂，以至母亲梁舜燕，每次出场，目的永远只有一个，就是像布莱希特剧场中的歌队——为"细契"唱出心声。"功能"，如是成为他们存在于《溏心风暴》中的唯一理由，并且一定是低层次的功能：每句对白都是附和性和反应式的。换句话说，这些"人物"根本不能算是人，因为几乎每句台词都是"系呀!"的他们，没有一个拥有自己的思想与感情。

不幸的是，他们却才是全剧戏剧逼力的主要"搅屎棍"——唯有当他们四位一体地出场，包括在全无情理可言的情况下带全行李说要搬进唐家居住，并"获得收留"，《溏心风暴》才会在一池死水中泛起几朵口水花。

于是，这一家子的戏份在没有任何抗议（例如来自观众）之下愈坐愈大。直至在大鲍（夏雨）出殡的一场戏里，他们竟然连阻挡唐家直系亲属上前拜祭的"实 Q"* 工作都"捞埋"**，我才惊觉无法无天的不是他们，而是在情节安排方面但求方便不讲常理的无线编剧们!

相对于因为剧中需要"走狗"而角色十分鲜明的他们，其他人如米雪的莉姨、杨怡和黄宗泽的大鲍儿媳、陈法拉的孻女***，便只得经常性地跟出跟入。我记下了米雪讲得最多的一句台词是"唔好理佢哋"（"不要理会他们"），黄宗泽则是作愤怒状但讲不出话，杨怡也很简单，就是负责为唐家生产后裔。排排坐和排排企是他们在剧中的常态，而为了要让上述的安排看来合理，《溏心风暴》与以往的《真情》如出一辙，如果不是一家人吃饭，就是在病榻前"吹水"。但这也不保证"吃饭"和"探病"一定能令每个有份坐或企的角色有戏做或有对白讲。甘草演员梁舜燕在《溏心风暴》中便经常只是饰演"龙头拐杖"：标志着"权威"的她，像道具多过演员。

《溏心风暴》中最多"戏"的，实际上不是唐家任何一员，而是饰

---

　* 广东话保全人员的意思。

　** 兼任。

　*** 方言，广东、福建一带称老年所生幼子为孻（读 nái）。

演得得地（长子唐致安）暗恋对象的钟嘉欣。她在每集一定占上三分一至二的出场率，只不过那么矫情地吹色士风，和"没有程亮的第X天"的肉麻当浪漫，的确与争产主线太不搭调，所以才会演了等于没演。

庆功宴倒是所有人都到齐，只是我仍然好奇，难道市面（媒体）一致唱好，演员们便会从心底里也叫好？

娱乐就是政治

若以身份地位高低来看，大契在《溏》中的"连场好戏"，正正就是藉着保卫家庭之名而实施的以大压小。在第廿一集"大契赶走细契"中，她在毫无预警下从英国回港，在唐家上下面前拆穿细契（关菊英）的"未登天子位，先置杀人刀"，继而第二次在剧中说出"呢度唔系法庭，唔需要证据"，下一步便对细契及一家人说："唔好俾我一个人讲晒，你钟意民主吖嘛，咁我哋就民主一次，横掂全家人都喺齐度，咁大件事，我哋投票决定，你哋认为佢仲应唔应该留响呢个屋企，我跟大家嘅意思!"

在预知结果之下，唐家成员以一人一票表示同意细契应该尽快搬走。

以"假民主"摆平丈夫的"小"老婆之外，还有在媳妇面前扮演的"大家长"。第二十四集"文丽小产"中，大契在医院病房中怒斥媳妇（杨怡）不应不听她之前的劝告去当时装模特儿，以致在化妆间跌倒而流产。整段戏几乎全是大契的独白——此乃《溏心风暴》的特色——当中没有一句表达对病人的关怀，由头到尾只有直斥其非，并由其中一句台词开始配上煽情音乐，"你而家唔系一个人住响荒岛，你唔可以话自己一个人话做乜就做乜! 你要顾吓大家嘅感受。点解你要做呢啲嘢令佢(丈夫)唔开心? 我个仔廿五岁, 细路仔嚟架咋! 点解你要咁对佢?! 点解你咁难教? 我好想教好你, 我系惊我唔够时间!"*之后便嘭门而去。

配乐如山雨欲来的同时, 画面中的媳妇哭哭啼啼, 媳妇对面的大契声色俱厉, 对比起在人前这位婆婆替是非缠身的儿媳圆谎及维护的场面, 当关上门单对单、Woman to Woman 时, 却让人看见她把自己的价值观硬套在年轻人身上。最有趣的是, 她理直气壮地强调二十五岁的儿子还是"细路仔", 意指媳妇有责任照料他、呵护他——就如大契本人与那永远嬉皮笑脸、不知天高地厚、到处闯祸的丈夫唐仁佳的夫妻／姊弟／母子关系——却好像对眼前的媳妇也是廿来岁视若无睹。这无非反映出大契对于为人妻子的观念仍是依据封建家庭的一套, 而她所拥有的权力, 正是来自封建社会权力制度的承袭方式: 媳妇终于有日熬成婆。

而观众绝少对此提出异议, 即使有——据说有专栏作家就上述一场戏写出不同意见, 马上收到大量《溏心》粉丝的反击电邮。证明封建权力只要在迎合大众利益的框架下行使——例如媳妇当然是以服侍丈夫, 传宗接代为先, 个人的兴趣与事业为后——它在社会上仍大有市场。

恰恰就是传媒也看中它有"市场",《溏心风暴》才会铺天盖地地在报章、周刊、电台电视(除了亚视)和网站上涌现。值得注意的是,《溏》人物众多, 大契之外还有细契, 二人的丈夫唐仁佳, 大契的二妹凌

---

* 你现在不是住在荒岛, 你不可以说自己想什么便做什么! 你要照顾大家的感受。为什么你要做这些事令他(丈夫)不开心? 我儿子廿五岁, 还是小孩一个! 为什么你要这样对待他?! 为什么你那么难管教? 我很想好好地教育你, 我只是怕我时间不够!

莉和三弟凌波，以及安逸欢欣四个子女，再延伸到长子唐致安（得得地）的暗恋对象常在心和她的男友程亮，但传媒有兴趣的，由始至终都是大细契。甚至，细契在大契死后其实已有点后劲不继，而从最后五集"争产"高潮戏看来，关菊英连一句 soundbite 也欠奉。名为主角，实则做了夏雨（医院戏）、钟嘉欣（法庭戏）、李成昌（坏男人戏、结局中被她开车撞的动作戏）的大配角。与大契的伶牙俐齿相比，细契更多时候是张大嘴巴吐出一个"你!"字后便哑口无言。难怪即使大契已在第二十八集因肝病离世，无线却不断安排李司棋出席之后的鲍鱼宴与庆祝会，于是大契才可以持续"音容宛在"，在未播完的集数中发挥她的"剩余权力"。

　　另一个靠大契食糊的证据，可在 TVB 官方网页中"暴风捉影"精华片段的点击率找到。高达 67648 次被点击回放的就是"大契赶走细契"，次之为 52263 次的"我对眼就系证据"，除了程亮（林峰）和水擘擘（蒙嘉慧）拥吻以及唐仁佳表示重新爱上细契有上四万的次数外，其余都是在一二万之间，连大结局"细契在法庭认输"也不过被点击了25138 次。细契不能把《溏心风暴》带上另一高潮，我认为是观众对这个人物的认同感不够强所致。她的功亏一篑，你可说是出于编剧的"一念之仁"，也就是机关算尽之后的"一念之差"——由《金枝欲孽》始，无线创作组已惯性使用"奸角人性化"的套路，一方面是配合现代人普遍有着爱恨自己的人格分裂，二来更是为了方便剧情上的进可攻，退可守。以细契为例，她和《金枝欲孽》里的邓萃雯，《火舞黄沙》中的蔡少芬如出一辙，都是"没有爱情才爱上权力"的典型肥皂剧"怨妇"，然而细契的不同处，是她的两个男主角——丈夫夏雨和奸夫李成昌——都无法令观众对她的情感戏产生认同。

　　传媒反而比无线对她的可能不成气候更早警觉，所以剧情归剧情，

大字标题却是另行创作，务求藉着催谷细契人气来帮报刊助销——"大
细契请食鲍鱼"、"大契斗完演技斗厨艺"、"大契换楼买车搅细契"、
"大细契拖手扮同性恋"、"细契开 blog 遭骂禽兽王"，甚至，无所不用其
极至虚构如下剧情："细契会先同人通奸，再搵人强奸陈法拉! 令人万分
期待!"

　　电视上看到的却是关菊英在生死关头良心发现，既不坚持争产，又
不诛死出卖她的男人，《溏心》的真正结局最后落在常在心与得得地的
有情人终成眷属上，从网友反应来看，失望和不是味道自然大有人在。

　　因为细契奸得不够出汁，坏得不够彻底，便给人不够大契那么厉
害、那么有权的感觉，故此吸引力也不及大契。但我怀疑在大陆同样是
无线剧集的目标市场之今天，她想坏也坏不到哪里去。（当年《狂潮》
里雷茵与既是情夫又是女婿的邵华山撕破脸后，持枪与他对峙一集半才
扣动扳机，这样的形式和意识，在今天应不可能重现在电视上吧？）也
就是说，随着大契一死，《溏心》由开始至中段所发挥的"封建魅力"便
后继无人，传媒唯有接棒，以奸夫、淫毒妇、浸猪笼、鞭尸等等标题来
满足大众的"乡公所情意结"。（至此你该明白当年缅怀农村的《大地恩
情》为何能够击败心向城市的《轮流传》。）

　　问题是，无日无时不在娱乐版以"封建魅力"及"封建情怀"招徕
读者的传媒之中，也有不少在时事版政治版为香港民主大声呐喊。并
且，每当民主发展受到窒碍，任何有着独裁、专横、一言堂式的言论，
均会被传媒以最当眼的位置来展示。展示的目的，是要提醒香港人"自
由不是理所当然的"、"民主空间是要付出努力争取的"。

　　但《溏心风暴》在短短一个月间变成现象——以前的《家变》要
用上半年，反映出香港人对于权力的普遍态度是崇拜多于讨论，更遑

论热衷评析。也许有人会就反驳，娱乐就是娱乐，根本毋须对一出剧集过于认真。在无线官方网站"溏心精明眼"的讨论区中，有观众留言说："此剧编剧好似唔知个世界发生紧 D 乜嘢事，点解可以搅到成班演员好似响度玩煮饭仔咁，有 D 扮爸爸妈妈，一 D 扮仔女，不如玩拍拖仔，再学 D 大人争钱钱吖，好得意呀，好好玩呀，唔该贵台自己睇吓似唔似吖？"得到的响应如下："拍剧梗系咁架啦，有咩剧唔系搵人扮爸爸妈妈架，唔通你睇咗三十几年电视都唔知咩？唔系搵人扮，唔通搵你一家上去拍喇喝！就算你肯拍，人哋愿唔愿意睇系另一回事，但系依家起码香港观众 buy 呀！如果系 D 咁不知所谓嘅剧集，就唔会有咁多人唔出街留返响屋企睇啦，我谂你系唔抵得人哋拍得咁好先至系咁踩啫……"*

娱乐真有可能只是娱乐？果真这样，则任何事皆可借娱乐之名畅通无阻，没有道德界线，没有社会禁忌。然而社会大众却最爱一边消费禁忌，另一边又道貌岸然，因为娱乐的重要功能之一，就是为需要权力、渴望权力的人充权（empowerment）。

《溏心风暴》明显是为了满足需要和渴望权力，但在现实中却尝不到多少权力甜头的人而出现的产物。如果由一位惯常把"欠缺普选时间表是香港民主发展的最大障碍"挂在口边的政治家或学者来分析《溏

---

* 有观众留言说："此剧编剧好像不知道世界正在发生什么事，为什么可以弄到整班演员好像在玩'家家酒'一样，有的扮爸爸妈妈，有的扮子女，不如玩拍拖，再学大人争产，好得意，好好玩呀，麻烦贵台自己看看（剧集内容）像不像？"得到的响应如下："拍剧就是这样，有什么剧集不是找艺人来扮爸爸妈妈，你看了三十几年电视连这都不清楚？不找艺人来扮，难道请你全家上去拍！就算你肯拍，观众愿不愿意看是另一回事，但是现在起码香港观众接受呀！如果剧集如你所说的不知所谓，就不会有那么多人不去逛街留在家里收看啦，我想你是妒忌人家拍得好才会这样批评……"

心》现象，他大抵可以将该剧的受欢迎归咎于香港的民主发展程度不够才造成大众对权力的渴求。

这个论点纵有成立之处，但它忽略了民主除了是对外的诉求——如制度，更是每个人对提升个人素质的自我要求。香港传媒在鼓吹追求制度上的民主时一向不遗余力，但一谈到个人素质的提升，占多数都不会以批评政府的方式来对待无线电视——纵然后者对于香港人的思想操控、感情操弄，绝对是霸权式和阉割式的。

为什么没有报章会在娱乐版以"TVB 阉了香港"为头条呢？在《溏心风暴》中貌似戆直，更被网友称为"绝种好男人"的得得地，和在《戆夫成龙》、《阿旺新传》里的阿旺到底有多少差别呢？为什么无线剧集中的男主角愈来愈多是弱（智）男？"反智"如果会使人失去观照自己和反思环境的能力，那认为香港必须拥有民主的政治家、学者和市民，为何对传媒连手炮制的反智市场往往表示有心无力，但一牵涉政治就斗志激昂、摩拳擦掌？

政治如果只能在立法会内被一小撮人议论，在传媒里被既得利益者利用，每当有政治争议时让港人上街，政治与生活的关系将流于最低层次，而人民对民主的追求也同样是最低层次。若要提升港人的民主素质，在加快民主进程之外，认识到政治不仅存在于"政治"，才是一个地方真正向民主踏出的一步。

毕竟，高清广播迫在眉睫，假如我们的电视软件在精神上继续倒退至农业社会阶段，那么，纤毫毕现的画面将是科技及物质文明带给香港人的莫大讽刺。

"再现" 的艺术

《溏心风暴》所描写的"争产"在现实中当然真有其事。光在艺人家庭便有最著名的新马师曾（祥哥）和关海山（虾叔）两宗。祥哥虽是事主，与亲生子女把家庭纠纷激演成官司诉讼的祥嫂才是真正主角。至于虾叔，最富戏剧性的一幕是虾婶不让前妻所生的子女到医院探望他——在上世纪和今世纪都轰动一时的八卦新闻女主角，没有错，都被关菊英以细契一个角色演"活"了。

问题是，有闻必录的就是好戏吗？把现实中的人物简化成纯以效果计算的戏剧角色，除能达到煽情目的，又能有多少演员发挥演技的空间？假设祥嫂和虾婶两个人真的变成一个人，你会相信她真如细契般如此头脑简单吗？或，头脑简单的角色能让一出剧集持续地高潮起伏，引人入胜吗？

我就没有看过一出好看的美国影集是以蠢人做主角的，更遑论整出都是蠢人。但无线剧集就有这个本领。常常因为剧中有些"戆夫"、"得得地"之类的人物而收视随时打破四十点。男主人公的脑部发育迟钝，一方面惯性地被用作"性格善良"使用——像《溏心风暴》中的唐仁佳（夏雨），另一方面也是烘托女主角的"心理复杂"，例如大契和细契。于是，"头脑简单，心理复杂"不成文地成为无线剧集的"元神"：情节好像很迂回曲折，其实从来没有离开那条路。三十年下来，就是创作剧本的人最不用脑。但你会说，观众就是爱看呀，难道也是因为观众不爱用脑？当每晚有三四百万人以锁定一个频道来表明他们不爱用脑，那不愿同流的人大可另找节目，何须强人所难对《溏心风暴》之类剧集要求过高？

却不知道人的心会影响他的脑，脑又反过来影响他的心。戏剧本来就是让人学习如何在理智与感情之间游走。身份是旁观者，感受可随投射程度增减，观众其实也是角色，只是他在暗，剧中人在明；他在高处，剧中人是风景。上帝的高度使观者得以从他人的命运观照和省察自己现实中的那一份不可能得到的位置，正是戏剧工作者给予人们的权力，它必然珍贵，也必须珍贵。

因为那是我对戏剧的理解与期望，所以我不认为《溏心风暴》是藉现实中的争产事件带出"家和万事兴"的正面社会讯息。不，戏剧即使要有正面讯息，也不该是以头脑简单的方式呈现，否则，那将只是个一厢情愿的世界，注定与客观现实如火星撞地球。戏剧是一种"再现"的艺术，不管在舞台上、银幕上或是电视里，都要深思如何"再现"。

即使是有照顾大众口味责任的电视剧也不能豁免。美国影集提供了大量雅俗共赏的案例可供借镜，只是无线一般都是抄了桥段，再把内容和人物改成没头没脑——像将《绝望的主妇》变成《师奶兵团》，继而声称"参考之余，作出适合本土文化的修改"。

本土文化就是把一切外在化、刻板化。像祥嫂虾婶等本来十分有趣的人物，也在"再现"之后被褫夺了灵魂，失去了味道。以祥嫂为例，她的八面玲珑外圆内尖，有次就被陶杰用作 sophisticated 一字的引证，但无线编剧写得出她在现实中的言行吗？单凭细契这角色，恐怕只是合乎了这样一个现实：穷人对富人每每有着很多憧憬，但当他没能力成为富人，一切都只能是想当然。

2007 年 5 月 9 日—6 月 20 日

最破坏创作生态的"环保剧"

《宫心计》在三十集后落幕了。自从网络把香港与祖国内地剧迷的距离大大缩减——地理上、时间上——港剧是成是败，已不能光靠点算小小几百万人口的是褒是贬，以《宫心计》为例，凭 TVB 与本地平面媒体携手制造的"形势大好"，并不足以扭转内地视迷的公道自在人心。上网略为搜寻便一目了然：论戏味，它被认为与《金枝欲孽》无法相比；论角色，这一次不但正派女主人公，即被讽谑为"三圣母"的刘三好（港版大长今）不得人心，连一向以使奸使坏食糊的"蛇蝎美人"姚金铃也吃不到多少曾让"经典角色"如如妃与玉莹小主吃到的甜头。

内地剧迷不满三好变成"三圣母"，是"高、大、全"使血肉之躯升格"榜样"太司空见惯——又不是在看主旋律剧集。但在香港，如果奸人是把心肠歹毒写在面上，忠良之辈则非得又笨又钝又蠢不可——表面上，非黑即白的面谱式处理是方便观众在没有太大压力之下做到"爱憎分明"，真正目的恐怕并不简单：香港人的生存哲学是"人不为己，天诛地灭"，是以"担屎唔偷食"（有责任心）的做人宗旨不是不被"推崇"，然而能有机会走快捷方式搏取成功，不少人还是愿意相信"出此下策"只是"为势所逼"——是的，香港人之所以不介意角色"忠的太忠，奸的太奸"，是唯有如此，才能保证一心二用，虽代入前者，又代入后者而不致产生过度的冲突矛盾。"忠的太忠"自是善有善报，但"奸的太奸"落得恶贯满盈——像《宫心计》中姚金玲的"精神失常"——也可以是用完便弃，"金蝉脱壳"的"软着陆"安排。

类似方程式在香港仍有市场，主要因为"心理复杂，头脑简单"的戏剧桥段依然被大众受落（受欢迎）。换了内地观众，不似香港一个电视台独大，四十多年来只受一种戏剧模式哺乳，当然毋须把全剧看到最后一刻才发现这又是一部"环保剧"——循环再用（recycle）的情节瞩目皆是，像贵妃的母亲施巫术被揭发，在《武则天》中看过，后来在《环珠格格》中也是似曾相识。《还珠》有用针虐待紫薇的容嬷嬷，此剧也有徐妈妈持针线要把金铃的嘴巴缝合。再下来，三好也因治病之名连吃金针戳完又戳的苦头，又把《大长今》中老好尚宫因病告老还乡的惆怅照抄不误。不止，贵妃因吃下食物身体敏感令尚宫受怪罪一节，也是倒模照搬，差别只在《大长今》是以"食"与"疗"作主题，而疑被食物下毒的又是皇帝，一场加诸长今师徒身上的浩劫是合情合理之余，更设下长今人生的转折点；反观《宫心计》中，这种莎士比亚口中的 much ado about nothing（无事生非），不外乎是勉强让剧集凑合三十集的众多"没事忙"之一——没有人物性格支持，又不影响剧情发展的"情节"是多一件不嫌多，少一件不嫌少。

还有《狸猫换太子》、《妲己》、《西施》之类混这混那的"鸡尾酒"，使我不禁怀疑，难道无线创作组在编写此剧之前，为了给年轻编剧打强心针，曾把上述剧目搜集齐全复习了一次？

三十集说长不长，说短亦不短——干扁扁硬巴巴的一场戏教我觉得三四分钟已如坐针毡。没领教过这类完全不用编剧技巧写成的"台庆大戏"者，大可上无线网站浏览该剧的"瞩目片段"，三两回合下来，你便明白为何"看戏不用看全套"，除非阁下有大量时间可供谋杀。

2009 年 11 月 28 日

师奶与主妇

当荷里活把电影愈拍愈是接近大众对"师奶"的印象之际——人人都是一样的——它的电视剧已另起炉灶，且旗帜鲜明：每个品牌均有自己的特色和捧场客。即使同样是以四个女人的生活为主干，《色欲都市》与《靓太唔易做》（即《绝望的主妇》）便各有千秋。《靓太唔易做》更未尝不可以看成是《复制娇妻》的隔空呼应——女机械人的比喻过时了，但"师奶"还未曾解决身份危机——四个女主角都是在说小不小说老不老的坐三望四之龄，要不要重投社会事小，能不能在未来的人生路上活得精彩才事大，聪明的编剧于是借原因不明地自杀的一名"师奶"死后的视角来检视别人的"脏衣物"——女人们做过的那些"见光死"的亏心事。这个切入点既能迎合普罗大众（师奶?）的偷窥欲，又能借偷窥反射出观众本身的自省——如果你不是认同她们的处境，你又怎会投入她们的欲望？

《靓太唔易做》与近来几出美国成功剧集的相似之处，就是戏剧手法不落俗套之外，还能做到名副其实的 modern fable。

也就是说，不只故事要好，编剧还要懂得在叙事结构中注入想要传达的讯息，使观众在追看剧情的不知不觉间有所感悟。而不是一如看港剧般，永远只能接受画公仔画出肠*。

如此精巧（sophisticated）的"师奶剧"来到香港，自然难逃被改头换面、回锅翻蒸，再被叫卖成原创菜式上桌的命运。在无线才刚"功成身退"的《师奶兵团》中，不难发现所有角色身上都有"绝望的主妇"的影子：邓萃雯是 Bree，谢天华是 Bree 的丈夫 Rex（由 SM 改成易服

---

* 非要把大家都心照不宣已知晓的事再讲一遍。

癖），叶童是 Gabrielle，郭政鸿是 Carlos，商天娥是 Susan，艾威是 Carl，姜大卫是 Mike，马国明是 Paul，唐宁是 Edie，剧中更毫无顾忌地以自杀作为引子。但当所有娱乐版均以显眼位置指出《师奶兵团》抄袭《靓太唔易做》，无线监制的回应是"承应加插了《靓太唔易做》的悬疑情节，但强调只是剧中一个枝节，并非全剧主线。"——难道他以为我们不知道那也正是《靓太唔易做》的处理手法？

2007 年 6 月 10 日

题目的创意

若说这出肥皂剧的题目没有"创意"，只能反映我好不自作多情，因为甲之批评，焉知道不是乙之刻意经营？连戏名都开宗明义：既可是开辟鸿蒙，亦可以一片混沌，即，什么都有，或什么都没有——《创世纪》。

肥皂剧名群中，以《家变》最响亮——电视机大多放在一所房子的客厅内，而多少客厅没有留下"家变"的痕迹？单是名目已有高度的普遍性，配合山雨欲来的主题曲，它不再是虚构的戏剧世界，而是愈照愈不可以没有的生活镜子。

后来有《豪门》、《名门》、《大家族》，但是联想到的，只是自己人关上门来明争暗斗，感觉似民初剧多过时装剧。可见没有"变"，"家"便失去了时代感，顿时吸引力大减。（香港电视史应该感激王文兴？）

佳视时期，有一出叫《名流情史》，由《家变》原班人马创作。一度叫做《冤家》，名字才曝光，引起行内人哗然，都说冤字行头意头欠佳。稍后改作《富商情史》，换来第二次尖叫——假如这名字出自专写财经罗曼史的女作家之手，我们不会有任何异议，但是故事创作人乃我（们）最尊敬的陈韵文啊！

当然不能不提《轮流传》。它是九七效应第一波的滥觞——八十年代初，"怀旧"、"回顾"的影音此起彼落，"传"与"转"已不光是谐音[*]，而是意义上的重选，香港的宿命（?）。

1999 年 10 月 26 日

---

[*] 黄耀明在出版《轮流传》主题曲重唱版唱片时，误把"传"植作"转"，于是变成《轮流转》才是"正本"。

斗争那一套

从预告片看一出即将出街的连续剧，由陶大宇、谭耀文、叶德娴合演的《纵横四海》，制作人王晶。那一套又来了——"你同我斗? 你未够班!""我唔信命运! 我一定同你斗!""我一定打低你! 你睇住嚟!"有发声位置者，当然是着西装结领带的"小生"，至于女角，这次由久休复出的叶德娴背飞。首本戏乃舐犊情深——你记得九七年代由叶和刘德华合演的一系列《法外情》吗? 幕后班底是麦当雄、萧若元，其声嘶力竭自大银幕到小盒子，分量丝毫未减："仔呀! 仔!"

都什么时候了? 香港人若果真须重提斗志，为何我们的电视创作人却只懂抱住"老好日子"不放?——无名小卒靠人吃人变身名流巨子，的确不知凡几，只是打回原形神话破灭，才是日日正在上演的现实呀! 一九九九年是香港被泡沫淹没的一年。"负资产"成为全城最流行的词汇。难道电视人资历愈老，愈是参不透"豪门程序"的不合时宜? 抑或手中无剑，只好祈求"天地系列"*的效应无限期奏效?

《鳄鱼泪》创荧幕大亨的鼻祖，那是经济起飞的香港。《大时代》把财大气粗丧心病狂推上高峰，那是回归前夕香港传奇的最后一击——黄金十余年的许胜不许败，终于形成盈亏自负的今天：从 The rise and rise 到了 The fall and fall of Hong Kong。

真要呐喊，也不能只有歇斯底里吧? 真要赢人，为什么不是像手电广告的名句般"先赢自己"? 关起门来骨肉相残，无疑乃本地电视剧集的家常便饭，但，时移势易，这一招果还能挣到新的筹码?

---

*　无线电视剧集《天地豪情》、《天地男儿》。

都怪电视行业和香港其他行业一样："接班人"，你的名字叫"断层"。

1999 年 3 月 1 日

主旋律剧

李嘉欣到底是李小姐还是新许太太？曝光了的 1.7 亿豪宅是否就是王子公主升级帝后所住的"城堡"？星期一抢占香港娱乐头条的两则新闻为何如此重要？两个与大多数人生活无直接关联的人的关系为何这样惹人八卦，或美其名曰关心？

是纯然因为选美出身嫁入豪门的女主角修成正果普天同庆？是玻璃鞋的故事在现实上演比任何剧集更引人羡慕？抑或，名人的一举一动都是普罗大众的精神食粮？……不，是股票，即使他们的价值或升或跌于我们并无实际得失，只是光看着一干是非成败，已觉得有赚无蚀？

好像我们也没有太多其他选择。在一次香港、大陆和华裔美籍大学生分享什么是现代中国人的普及文化的聚会里，我把香港过去三十年的电视剧片头剪辑给大家看，从一九七九年的《网中人》开始，之后的《笑看风云》、《义不容情》、《流氓大亨》、《大家族》、《大时代》、《创世纪》、《流金岁月》、《酒店风云》、《赌场风云》、《溏心风暴》，到最近期的《岁月风云》，清楚说明所谓"港剧"的最大特色就是，香港人对社会、世界和生命的看法真是数十年不变，所以年轻人们在片头刚播时还笑声不绝，再看下去已知"事态严重"，特别是内地的同学——他们认为新鲜的事物，在这里原来已俨如日日一样的菜式，但香港人就是看不厌、吃不腻。

为什么？我把问题丢给这些未来的社会栋梁。

其实片头已说明一切——低角度的镜头画面驶入一驾豪华房车，有气势的音乐响起，维多利亚港的高楼大厦，华衣美服的宾客举香槟杯祝酒，低下阶层的男主角或女主角作我要生存、我要向上爬的愤慨表情，一条长楼梯让有气派的某角色缓缓拾级而下，汽车猛烈相撞、撞翻，有人抱着伤者或尸体号哭。甲乙互持手枪指住对方的头，男主角被恶势力人士任意凌辱，他则咬牙切齿，另一个镜头见他在不同场景把女主角温馨地抱入怀中，或与肝胆相照的第二男主角两手握成一只拳头，激励人心的主题曲至此告一段落，全部人物一字排开与剧名亮丽登场。这是港人的主旋律剧，让我们想看见的东西被看见便是。

2007 年 7 月 17 日

港剧的类型

（一）

当娱乐商人愈来愈以电视剧的成败论英雄之际，作为七十年代吃电视剧乳汁长大的香港人一分子，我不得不承认，不论是意念、演员、场面，总之属于可观性的任何方面，香港都已落在排名榜的季军位置了。我说的第三名，是排在大陆和台湾之后，因为，只要客观一点地回顾过去几年的电视剧热潮，撇开日韩风不去谈，令香港最受冲击的都是"外购剧"。光有《还珠格格》令长久处于弱势的亚洲电视吐气扬眉，致使敌台的邵爵士对当初拒绝琼瑶女士招手的无线高层大兴问罪之师。继而由《雍正皇朝》为亚洲电视杀出第二个战胜无线的收视战场。就是观众人数最少的有线电视，也以《流星花园》威返一次。无线虽然后来也在亡羊补牢的主观意愿下买下了《流星花园2》与《还珠格格3》，却无一不是铩羽而归。唯一沾到光的是《大宅门》。但是后来把央视的《笑傲江湖》经删剪后放在黄金时段播放，就遭遇了滑铁卢。无线的确在去年有出"镇台之宝"《金枝欲孽》，不过若论影响，剧中并无一人如F4或大S、赵薇、林心如等红遍所有华人地区。

换句话说，港产电视剧已经好久没有出现过具有代表性的"现象"——如一提偶像剧，马上让人想起台湾，历史剧是大陆。但，香港？我知道有人会说《创世纪》，因为商场上勾心斗角、家族中尔虞我诈，从而衍生复仇、绑票、追杀、谋杀、夺产和多角恋爱的港式肥皂剧传统，本来就由香港的无线电视台所创（一九七六的《狂潮》）。如果不是大有市场，它也不会在三十年后的今日，仍借助香港编剧郑文华的手笔，将当年受欢迎的方程式移植到台湾的电视圈，以无所不用其极（美其名富戏剧性）的煽情手法，缔造了有超高收视率的《台湾霹雳火》和《台湾龙卷风》。

《龙卷风》的 DVD 在大陆不难买到，观众大可参考剧情丧心病狂的程度来对比两岸对"时装电视剧"该怎样拍的标准。有朋友告诉我大陆的警匪剧也很"霹雳"，我以有限的观看经验响应说："即使曲折离奇如海岩小说改编，多少也会与'现实'拉上点关系吧？"不似《龙卷风》和《霹雳火》，基本上是将七十年代台湾电影里的客厅、餐厅、饭厅，变成差不多一样固定的场景来做背景：（总经理）办公室给忠／奸各一的男主角用来与人初则口角继而动武，再及时被女主角们拉开；饭厅是众演员一字排开轮流揭秘的场所；第三个是病房，没有病房，植物人便没处放，很多深情独白和靠眼药水撑住的演技便无法发挥。

由于这种剧种的发祥地是香港的无线电视，所以《霹雳火》和《龙卷风》的"荣誉"仍是归于香港："只有香港人才懂得尽情展览人性的丑恶。"造成今天香港人一般分不开几时是生活几时是做戏。十来岁的年轻人至四五十岁的成年人经常口径一致："我怕会被人出卖!"俨如自己是《创世纪》新加插角色。

香港是从什么时候开始如此人心惶惶的？若是往电视剧历史中推敲，第一出以"不信任"为主题的经典，应该是上星期推出了 VCD 的百集长剧《家变》。

（二）

香港爱国商人霍英东在北京病逝，即将举行的丧礼想必是最被媒体与市民期待的"热闹"：极尽排场、冠盖云集，的确能为大众提供话题——就如任何连续剧的剧情。碰巧的是，无线有史以来首出百集时装长剧《狂潮》（1976）也曾被认为是影射霍先生的生平。剧中由石坚饰演的酒店大亨程一龙，在战时凭私运物资发迹。《狂潮》尚未正式开播，传闻已甚嚣尘上，以致观众抱着对号入座心理观看该剧，在宣传上已达事半功倍之效。

但使它愈播愈站得住脚的真正原因，是之前从未有过主题如此"贴近真实"的电视剧：为了达到个人目的而不择手段牺牲别人，原来一样得到认同和受落*，只要那位主角和大众同一阵线，都是追求名成利就。

《狂潮》以"富瑶酒店"为背景，但不同于近期在大陆热播的《酒店风云》，当年无线是耗巨资把以假乱真的布景搭在偌大的葵涌录像棚内。换了今天，主要租借外景场地拍摄的《酒店风云》，首先便输了派头气势。几次看该剧时我都发现除了主角进进出出，那家酒店几近渺无人烟，因此我将其改名《鬼酒店风云》。

在七十年代资本主义制度逐渐成型的香港看《狂潮》与今天看《酒店风云》的最大差异，是当年的社会还是倾向把提升身份地位的愿望视为与现实有距离的幻想。但自八十、九十年代社会受到金融和地产经济的冲击，还有背后意识形态的影响，晋身传奇大亨行列已不再是小撮人的权利。以至日后同类题材的长剧如《义不容情》、《天地》系列、《大时代》、《创世纪》等，都给人"一脉相承"的印象，也就是不断鼓吹"生存便是要不择手段向上爬"，加强香港人追求身份地位的欲望——和得不到所产生的焦虑，却鲜有在题材与形式上思变改良。

"商战"如是成为所有时装剧的二分之一主题（另一半是"专业人

---

*　粤语中被肯定、受欢迎意。

士如医生、律师"）。问题是，无线剧集不独没有为"商战"带来创意，甚至连至为基本的场面也总是和稀泥——本身也是大企业的 TVB，却容许剧集中必备的商业机构高层会议简陋到贻笑大方的地步：会议桌上不会有图表、计算机，只会人手一本廉价档案夹；列席会议者来去总是熟口熟面的那群特约演员；开口闭口上千上亿万的交易总是在三言两语中草草成交，而戏剧性往往只有一种——谁能成功收购百分之五十一的股权来"反败为胜"！

现实里的商战如果演变成无线剧集般肤浅，那便是每个香港人都可以当编剧了。不过现在也离上述的日子不远：人人都可以是编剧，因为没有人真正懂得编剧。而成就这个现象的无线大可自恃着掌握市场定律而无须求变，那便是相信"观众没有能力，也没有兴趣看太复杂的东西"。是以当台湾、内地都已拍出新颖的剧种，TVB 还是三十年如一日的"换企业类型而不换思维模式"，连回归十年的纪念之作《岁月风云》也是老掉大牙的豪门恩怨、兄弟阋墙。翻炒之所以成为无线的主菜，谁会相信它和大企业的保守性格扼杀创作，创作人员欠缺个性与才华没有关系。

港剧近年在大陆开始流行的现象因此未尝不是"红灯已经亮起"：香港人经过三十年无线乳汁的喂饲已"愈看愈蠢"，难道连文化基础大不一样的内地观众也逃不出相同命运？但愿那只是社会由贫转富的必然阶段，如当年的《狂潮》，而不是两地文化的殊途同归：原本有着发展的机会，却抓不住成熟所需的时间与空间。

2005 年 6 月 23 日

2006 年 11 月 5 日

港剧影响

无线剧集又称港剧。代表性可想而知。但它到底代表香港的什么，却少见详细论述。

在台湾，港剧的最早影响见诸《楚留香》。台湾电视台在上世纪七字头时代并不缺武侠剧——当《射雕英雄传》这部首创本土武侠剧尚未诞生，无线早在一九七〇年代便曾出现台湾武侠剧热潮，只是即使有大女明星李丽华担纲的《圣剑千秋》，张玲主演的《神凤》和《保镖》，都被一致认为"讲比打多"——最有名的一则笑话，是台湾武侠剧中不乏剑拔弩张、箭在弦上的场面，但下一句台词必然是"且慢!"，和事佬从天而降，干戈旋即化为玉帛，当然无须劳烦出动武术指导。

许是太多站在原地讲完一集又一集的武侠剧，当台湾观众在上世纪八〇年代初甫见识到楚香帅飞檐走壁，马上心为之倾，神为之夺。郑少秋人生的第一个高峰极有可能不是在香港创造而是在台湾：当年多少部古龙武侠电影由他挂帅? 连《楚留香》主题曲《千山我独行，不必相送》也成为当地最受欢迎的送丧歌曲。一定要说郑少秋在哪里更受欢迎，香港人不过是为他打开免费的电视，台湾人却以真钞票来捧郑大侠的场。

之后香港流行的商战剧豪门剧都因未能配合台湾社会风俗而未像武侠剧般风靡。原来一切只是迟早问题。到了上世纪九十年代末，香港一位资深电视编剧郑文华便为台湾连续剧打造出港式炮制的神话:《台湾霹雳火》。它的风势之猛足以吹毁台湾电视剧的温情主义基础，当备受冲击的观众还未回过神来，同一班底又以《台湾龙卷风》再下一城。

如今，台湾电视剧除了青春偶像剧还保留一点干净地，其余皆抱持"我不下地狱谁下地狱"的决心——情节和人物尽是承接港剧从八十年代《流氓大亨》、《上海滩》、《誓不低头》、《义不容情》，以至近年《创世纪》、《酒店风云》、《岁月风云》、《溏心风暴》的"人性何等丑陋，人心何不足信，自我何其脆弱，名利何其重要"的法则，总之演员都要在幕前歇斯底里，对白都要极尽麻辣，但说到人物深度，情节变化，反倒不用计较——观众看港剧是追求官能刺激，不是要看"戏剧"。

2007 年 11 月 27 日

港剧之家

写实

玛姬赞《宠物情缘》的郑秀文演得好，够酷。我却每晚无《缘来没法挡》不欢。(也曾怀疑只是对"通宵回放"情有独钟——若不是适逢亚视在相同时段回放四分一集也叫人哽不下的《万事胜意》!)

《缘来没法挡》离不开一切肥皂剧的公式，兼且是"周润发牌"——上半部的男主角例必吊儿郎当，到了下半部才愈执愈靓，回复大将风度。这一次的"周润发"是林家栋，连带周先生的口头金句"系咁先"也被成功地移植成"系咪先"。欢喜冤家若要天造地设，当然少不了嘴利牙尖的女主角。以往胜任有余的郑小姐，换上面很尖但声气语调很倔的袁洁莹。不像大富家女吗? 没关系，这只是出二十集的迷你剧。

一看便知是九八年前的货色。以地产经纪行业做背景，竟然还有人眨眨眼便发红发紫，荷包打开，随时拔出现钞三万庆功包底——看在今夕过着瘦年的观众眼中，就算不觉罪有应得，多少也生今非昔比之叹吧!

香港的写实剧近年并不怎样"写实"，换了什么年代，都是男女主角呷呷啤酒、烧烤、打保龄、上高尔夫球场，"工作"向来免问，怪不得《妙手仁心》不过在嘴上略抛几个专业名词，马上博得口碑与视评齐升。

《缘》的轻微可观，在于多少沾上现实的边——情节容或太多雷同

巧合，起码角色都是十分"现实"的香港人——且看众人如何为了一爿
蜗居穿肠烂肚，扭尽六壬[*]。

布景

广厦千万间，随意抽出其中的代表若干户若干伙，写成剧本，搬上
荧屏银幕，未尝不是地道的《铁达尼号》，或《乱世佳人》——"住屋"
在香港，任何时候都是可歌可泣的史诗，怪就怪在创作人老弹"题材难
觅"的旧调，却对俯拾即是的现成素材视若无睹。

乍听似《狮子山下》，过于小品？其实只是"写实"的概念被港
台^{**} 电视部垄断太久，或，这种说法对港台也欠公允，应该说，除了
它，两台^{***} 都不会愿意就地取材，就是简单"家庭"的布景。

若果主角属中下阶层，偷鸡摸狗的方便，永远是借助旧式唐楼，于
是屋檐下不怕开出夸张的五六间大房，外加筵开数席的客厅。大富之家
更加肆无忌惮，索性在楼高三层的片厂里搭出金碧辉煌的起居室，之宽
敞，之灿眼，使人有若置身酒馆茶楼的大礼堂。

至于占了本地人口最大比数的夹心阶层，在电视剧里偏偏"不存
在"——真按那狭小的生活空间做景，恐怕录像棚内的三台影机只放得
下半台。而像美孚、太古城甚至观塘等地区的密集式小公寓，从来不会
是两台时装剧集的写生对象。

开放式厨房真如电视剧所见般普遍吗？我也怀疑。不过有云听古不
要驳古，何况明知假得可以的布景？回放看《缘来没法挡》，编剧借男欢

---

　*　想尽办法，绞尽脑汁。
　**　指香港电台。
　***　无线和亚视。

女爱引申至人性斗不过寸金尺土，看毕有感而发，才写下这一章。

个性

假如日剧在本地大行其道乃纯粹得利于 face(s) value，那，韩剧也有高挑的俊男，大眼的美女，却为什么在一个卫星电视台同日三个不同时段播映的催谷下，仍然乏人问津？（韩剧是自《蓝色生死恋》〈2002〉后才正式在香港成为热潮。）答案：主人翁住得不够好。

你以为这是开玩笑？当然不。"住"，一直是香港人求之不得的一株葡萄树——累累果实摆在眼前，明知出于别人的泥土，属于别人的文化收成，却一样恋恋不舍，徘徊不去——尤其对于私人空间小之又小的 Y 世代。

例子（一）：父母，几曾见过与日剧的男女主角同住？家长的极限，顶多是大佬和二佬，否则不可能《同一屋檐下》。例子（二）：空间经过设计，不会太过夸张，但又不失巧妙，譬如《悠长假期》那一只 vintage 电冰箱。例子（三）：最重要的一环，当然因为那是"日本"——正确说法，是"东京"——论窗明几净和人物个性鲜明，瑞典、挪威也很不错，但是我们的 Y 世代不见得渴望移民北欧。

日本的"部屋"文化——特别是年轻人的，通过偶像剧（及时装杂志）来到香港。奇怪的是，我们的电视剧布景依然故我地"秉公办理"——编剧组管编剧组，美术部归美术部——假如我是《宠物情缘》里的郑秀文，有可能住在只有这么一只小衣柜的大公寓吗？

港剧比不上日剧，是两种本来不可能比较的文化竟然分了高下——都说日本人缺乏个性，却还是比港人高出一筹。

平面

比例，往往是港剧布景最叫人啼笑皆非的元凶。譬如莫问出身，有主角做，就能分配千呎豪宅——《我和僵尸有个约会》那位僵尸神探，一来孤家寡人（虽说是带子洪郎），二来甚少回家，却见大门一开，哇，现成的家私店陈列室一间，请问到底由谁设计和布置？

继而是主人房。公式化的清一色梳妆台搭大型双人床，此外，再无空间容纳其他对象——衣柜大多入墙。近年计算机深入民间，若果此宅不设书房，管他客厅睡房也要必备一台流行摆设，只是计算机也有不同型号呀，我们的电视台偏爱把办公室的那一台搬回家。

无法不使观众反问：这些人物就真的这样马马虎虎？但，你能不相信么？偌大的开放式厨房，管他医生律师，从来只会用它来做一碗即食面。

说穿了，布景立体是多余的，因为角色尽皆平面。所谓"家"，只不过是换个讲对白的场景。唯一的进步，乃把模拟的精神推向另一爿交际的场所——Pub。有话就在卖酒的地方剖白好了，起码是一景过，用不着交代浴室与睡房之间的甬道连不连接，协不协调。

收视率最高企的港剧，无论如何不会反映港人的生活情趣与品位——剧中人不管住什么地方，外出何尝不都是光顾卡拉 OK？就是夫妻也不能例外，体己话永远不在枕边细诉，却要约在咖啡厅。

合伙

几个小友在湾仔合租一户单位，卧室合共四间，包括天台，每月房租六千余元，看楼回来，欢天喜地："还是一梯一伙哩!"从此六人交租，八人同住，加上经常性的高朋满座，那七百方呎夜夜水泄不通。

若说"私人空间"，其实一般欠缺。不过众所周知，同辈友侪在同一屋檐下摩肩接踵，到底较少产生磨损。一来，类似的同屋共住，合则留，不合则去，选择完全自决；二则，主动权既然自控，年轻人对待朋友，忍耐力与实验精神都比对待家人为多。最终关键，自是系于同一伙人的投契与不投契——围炉、促膝、热情发表激昂高涨，"私人"的空虚随而被共鸣填满，待得各自回房，关门，跳上自己的床，只觉：噫，这样的公社生活，竟也不坏!

何况不趁血气方刚凑合这种热闹，还待何时? 依我看，家里如果不能划出年轻人的私人范围，固然适宜另觅栖身之地，就是每个成员皆有自己的书室睡房，搬出来未尝不也是好极的主意——尽早让年轻人同时学习照顾自己及与人相处，才会有助独立与成长。

先不去说大陆，据我所知，光在台湾，因为上大学与谋差事，"离家"已成一种文化，证明这种风气不净让西方专美。然而以年轻人合伙为主题的真人电视秀，却是美国开了先河，英国随后。（跟风?）名字叫《真实世界》（*Real World*）。

1999 年 2 月 20 日—2 月 25 日

骨与肉

　　港剧方程式的发明者并不是香港人，与很多潮流一样，它也是西风东渐，连电视剧最早在香港登陆，我们看的也是西方翻译剧。今日被尊称为 King Sir 的戏剧大师钟景辉，当年任职无线戏剧组，便以把舞台剧搬上荧幕驰名。我们吃六十年代奶汁牙牙学语的一代，没有豪门恩怨爱恨情仇，只有母慈子孝和田纳西·威廉斯、王尔德与易卜生等等。你能想象吗？如今被奉为戏剧圭臬的港式肥皂剧，当年还在美国各大频道的午间时段孵着豆芽。

　　我没有忘记连续剧刚开始在香港人生活轧上重要角色的阶段，那些晚晚播出的剧集，是《清宫残梦》、《芸娘》、《董小宛》，偶尔推出一两袭时装剧，如改编文学的《永恒的春天》，或《片断》，收视率马上大跌，例外的是琼瑶作品，像《心有千千结》。《啼笑因缘》大红之后，张恨水的身价暴涨，但观众迷上的不是鸳鸯蝴蝶派剧情，却是电视剧主题曲，加上 King Sir 离开 TVB，新挂帅的梁淑怡积极求变之余，敌台的麦当雄、萧若元班底也在摩拳擦掌，两位斗志旺盛的阵营不约而同把戏剧改革朝向现实进军，而就在一九七六、一九七七期间，美国推出了类似改良午间肥皂剧的新品种 miniseries（迷你剧集），最脍炙人口的一出，三十多年来不断被港剧借镜，就因为它有个长生不老的戏胆——抑或主题：《富人穷人》（*Rich Man, Poor Man*）。

　　男主角是两兄弟，生于同一屋檐下，但哥哥长进，弟弟反叛，命途自然花开两枝，偏偏一个如花似玉的女孩子又介入二人之间，故事说到这里，不难想象多少纷争皆由"钱"起：本是同根生，为何因为一个成为律师，一个误堕风尘就注定有人日子过得很容易，有人生活很艰难？

　　太陈年的旧账且不翻它，新近的两出回归剧《岁月风云》和《荣归》其实仍然有着《富人穷人》的明显影子，只是由于无线已经垄断了这条方程式三十多年——本来亚视前身丽的电视的麦当雄、萧若元班底才是正牌的始作俑者，当无线以上流社会为背景推出第一出长剧《狂潮》，丽的迎战的是"向上爬"的《鳄鱼泪》——大家才会误以为亲情剧是港剧本色。

不是的，比我们更早的还是荷里活。谁忘得了一九八〇年初斗得你死我活的《达拉斯》（*Dallas*）和《豪门恩怨》（*Dynasty*）？

2007 年 7 月 19 日

主流港剧女

小女人

　　"男女不可能平等"是港剧（亦即无线剧集）的重要特色。如果说它掌握了香港文化的某条脉搏，那便是"小女人是香港女性的主流"，而"小女人"之所以广被认同，无非因为"她"象征着女人梦寐以求的幸福：被宠、被爱、被疼惜。

　　这解释了为何源远流长，港剧中的女人们什么都没有，只有"爱情"。她们之中没有"丁蟹"*，没有"许文强"，没有为个人前途打拼的成功典范，即使有人是医生、律师、女警、鉴证专家，最后还是皆一一以小鸟依人姿态臣服于男主角。要港剧出现像《最高统帅》（*Commander in Chief*）中的女性国家领导人，恐怕要等无线的戏剧组大换班——虽然它的最高头头是位女性。

　　曾经，陈秀雯在《壹号皇庭》中的检察官是有过一闪灵光——她的"大女人"把丈夫欧阳震华，以及他的"猪朋狗友"反衬得极度"小男人"。奈何一转身"大女人"还是在"肥师奶"身上尝到更多甜头。《再见亦是老婆》正式开启了港剧"师奶为本"的时代，就连日后以饰演女强人创下事业高峰的汪明荃，也是在"小女人"的角色里找到最新归宿，那出让她跟上时代潮流的剧集叫《我的野蛮奶奶》。

　　反过来看，美国剧集中的女性角色却是愈来愈能与男性分庭抗礼。《单身毒妈》（*Weeds*）、《欲骨查》（*Bones*）、《真相追击》（*The*

---

　　*　郑少秋在《大时代》中扮演的人物。

Closer）、《灵媒缉凶》（*Medium*）等大受欢迎的新戏剧品种都是"一妇当关"。爱情对于剧中独当一面的女主人公只是生活一部分而并非全部。她们一身轻装，面对更大的悬案也不过把眉头一皱，而不像港剧中的"小女人"般，动辄就对男人们咆哮："我没有理会你的感受？你又有没有理会我的感受啊？"

我不是要说"月亮是外国的圆"，只是无法忍受港剧长期把女人描写成被动、小心眼、无理取闹、歇斯底里、不会思考、没有独立人格的典型"小女人"。但很明显市场欢迎她们的大量繁殖，拥抱港剧的粉丝们相信那是香港女人的忠实写照。只不过当编导和观众（主要是主妇／师奶?）同气连枝之际，愈来愈多港男已北上寻偶，而陈奕迅在《每当变幻时》一语道尽他们多少心声："你们这些港女，就是素质低，要求高!"

女鳄鱼泪

港剧在过去三十年来只有一个主题，表面上是解不开人生的两难：出人头地一定要不择手段，但得到成功却换来众叛亲离。不知多少首电视剧主题曲均是以这矛盾入词，主唱者不管是李克勤罗嘉良或更早期的郑少秋关正杰，都是如泣如诉。"赢了全世界但失去了你"是一种"报应"，但通常它只会帮男主角赚取更多同情分，因为不能打落门牙和血吞，便不是"天地男儿"，不配肩负"天地豪情"。

然而结局往往另有安排：女主角若非回心转意，便是因意外成了植物人。也就是说，"报应"于他如果不是不够彻底，便是冷不防一个光环戴到了他头上：以守候在病榻前暗示他终其一生将对失去知觉的那一位不离不弃。为了让女观众不要觉得被标榜男主角是痴情种子的结局所冷落，港剧先后多次安排植物人女主角在眼角流现一滴泪。

　　换了鳄鱼、枭雄是位女性，"报应"便没有那么便宜了。港剧史上第一出，也是唯一一出让女主人公成功坐上男人交椅的《家变》，她的"赢了全世界但失去了你"的结果，却是遇上郎心如铁。倔强的洛琳（汪明荃）在一百一十集的大结局里也淌下了不轻弹的眼泪，分别在于这滴眼泪没有叫任何人回心转意——除了那个介意她"刚愎自用"，不辞而别的情人朱江，电视机旁的三百万观众也认同女强人到底不是女人的理想出路，所以因事业有成而付出孑然一身的代价，是洛琳的"最佳结局"。

　　男人可以在港剧世界中"笑看风云"——管它是酒店业、赌业、财经界或汽车制造业——女人却从没有享受过同等权利，即使在相对属于女性的时装界里。《天虹》是无线最后一次以女性向上爬为主题的长篇连续剧。适值郑裕玲刚以佳视弃卒身份进入 TVB，我曾参与"度桥"的该剧，便是试图以黄淑仪配搭汪明荃带出上下两代三个女人的"英雄本色"。可惜意愿归意愿，大卡士归大卡士，最后演员阵容堪称钻石级的《天虹》——有郑少秋、谭咏麟、谢贤、梁珊（取代黄淑仪）、嘉伦也保不住流血不止的收视率：港人就是不爱看女儿当自强，换了是斗个你死我活的《金枝欲孽》和《溏心风暴》又当别论。

2007 年 7 月 21 日

爱情方程式

不少人诟病港剧的男女关系是一加一从不等于二的方程式：爱情对于无线编剧们，几乎就是多角恋。另一个五十年不变的模式：男主角和女主角总会"不是冤家不聚头"，灵感来自小学生的男同学和女同学。

把两种批评加起来，反映出港剧里的"爱情"，旗帜是够鲜明了，奈何灵魂缺失。以司空见惯的第一款程序来看，光是交代主人公左右逢源心猿意马已占去大部分情节，根本不会看见他们如何面对自己面对爱。程序二更是把全副心情放在斗法上，无疑十分切合港人比对"拍拖"更感兴趣的现实——将调情等同爱情。难怪港剧中的爱情中人都是差不多先生和差不多小姐。但你也可说这种典型是顺应大多数人的需求而产生：爱情如果不是自制回忆，就是对于不可能被满足的欲望的狂想。

狂想出于当爱情成为习惯，便有"闷"的可能，于是港剧片头总爱把男主角夹在两个女主角中间。"为爱辛苦为爱忙"。但什么是"爱"？没有剧中人的你捆我一巴掌、我泼你一杯酒，编导大抵认为等于没有激情。然而激情发生在一男一女之间，为何不是坐言起行进行情欲交流，而是满足于以"煽情"发泄？理由可能只有一个：看上去是成年男女，骨子里发育尚未完整。

纯洁如小朋友遇上小朋友。港剧中的罗曼史每多向"小学同学类"取经，清楚可见香港人的"迟熟偏执"与"可爱情结"。前者是男人情愿保留"小男人"身份逃避性别角色的责任，后者是被女人用来保护（障）自身利益的声东击西。港剧常常出现一男一女以与年龄不符的心境来"谈情"，乍看是"还我纯真"，实则是把两性矛盾简单化和稚童化，为什么成年男女要像小学生般对异性欲迎还拒？所谓男孩女孩的战争，主要基于害怕自己对异性的兴趣一旦曝光，便会遭受同辈取笑排挤。港剧的世界既然也不缺乏路人甲和同事乙，活在别人监视下的角色们似也只能入乡随俗。问题是当特定的戏剧情境渐变成恒常的戏剧处理，编剧们如果不是太懦弱就是太懒惰，并变相助长成年人以扮小孩来逃避社会的责任与压抑：只要他和她感觉还是个孩子，那就不存在为何港剧中的情侣总是两小无猜多过至情至性的问号了。

2007 年 7 月 21 日

哀艳的浪漫

为了"爱"，她代他背部吃子弹——所以才能死在他的怀抱，令他滴下男儿泪；她被他抛落家中的水池——也是唯有如此，她才能死在他的怀抱，享受他的忏情泪；还有第三个她，死无全尸，因为误中副车，被丈夫买凶布下的陷阱炸死；至于第四个她，代子服刑，在监狱里苦头吃尽，最后的画面，见她割开手腕，血流遍地。

你喜欢看女演员（人）们示范"惨死大全"吗？《纵横四海》，王晶策划的亚视剧集，共四十集，陶大宇、谭耀文、叶德娴、周海媚、田蕊妮、刘锡贤主演。这一出近期最受欢迎的肥皂剧，将会给你莫大满足，而且阁下毋须每集追看——上述的"牺牲"，每晚均可在片头重温又重温。

那么密集的前仆后继，据说支持者又是师奶观众居多，眼看姊妹们如此下场，难道同情之外，不会愤慨?——女性角色在同一出剧集里，为何几近清一色的是沙包?"捱打"事小，心甘情愿才可怕——女人对于"暴力"的抵抗力，原来不是站起来，却是躺下去——只有这样，男人才会懂得感激，最终上演墓前献花。

"男人"总爱表示厌恶"女人"一哭二骂三上吊，然而，变相鼓吹女人以寻死控制他们的，也是自己。报载妙龄女子不满男友为捧电视球赛的场而把她冷落，于是吞下二十颗过期药丸——鬼门关逃不逃得过，对用死亡明志的女人来说并不重要。忽然让我想起特首办公室外递交请愿信的人：对于成效也不抱期望，奈何行动上的选择不多。

"男人"喜欢看见"女人"为男人而死吗？答案多少反映在港产英雄片与剧集之中——屡见不鲜的场面，皆是女主角替男主角挡刀剑子弹及铁沙掌。再者，迫使大侠就范，最佳办法乃胁持人质，而人质的最佳选择，若不是他的妻，就是女友。

纵然这种手段最终不会让奸人得逞，因为脖子被架在刀口上的"女人"，最是深明大义，一句："不要管我!"说时迟那时快，胸前已经送上去给兵刃贯穿。这，可是代表"女人"也喜欢看见女人为男人而死?

或者单纯写个"死"字，有人会嫌失诸粗鄙——电影里肚破肠流也分不到一个大特写的无名小卒，是"死"，而奄奄一息之际还说上一车肺腑之言的（女人），看上去既哀艳，又浪漫，所以这个画面的情操必须被提高，叫"牺牲"。

如果说"女人"在新娘摄影的广告照片前得到遐想上的满足，我怀疑含笑绝息于心目中英雄里怀抱的画面，其实犹有过之——同样是"爱情"的防腐剂，婚纱照中凝固的幸福感，哪里比得上永远的怀念与遗憾?

我把引号放在女人二字的前后，因为我不认为所有女人都一样。然而每次在现实中看到同类的 fantasy，我会反问："先有'英雄'? 抑或先有为他牺牲的女人?"又，"女人"、"男人"的这些幻想，为什么老是止于翻炒武侠片?

1999 年 4 月 22 日—4 月 23 日

四十年的头十年

当一个城市的电视文化是被一个电视台"承包",而当这个电视台的品位又被公认很"师奶",这城市便很难逃避她的宿命——成为"师奶之城"。

香港,便是因为 TVB 在过去三十年的"师奶化"而逐渐把香港人塑造成"万千师奶"。我不说整整四十年,是因为从一九六七年至一九七七年的十年间,TVB 确是给一个贫穷、无知的地方带来了创新、飞越和突破的希望。以电视剧为例,刚开台时的电视剧种还是以翻译与中国经典为主。曹禺的四幕《雷雨》分成四周在《电视剧场》栏目播映。王尔德的《少奶奶的扇子》喂饲了多少不知道王尔德是何许人的小朋友们。今天的"甜孙爷爷"钟景辉之所以被誉为"戏剧大师",洋名阿 King,除了得力于在耶鲁大学修读戏剧,更是因为在电视剧仍属荒地一块的时代,他不怕现身说法地做开荒牛。

但随着时代进步,观众不可能满足于连续四十天看由姚克《清宫怨》改编一拉长的《清宫残梦》,即使女主角珍妃动用了阿姐汪明荃。电视剧中加上插曲的"潮流"便始于该时,每晚半小时的"翡翠剧场",总播映时间不出二十分钟,一首插曲约三分钟,藉着演员对嘴表演,镜头配合歌词活动,一集戏只须有十来分钟的"戏肉"已足以交差。所以,七十年代初的演员们均习惯"寓演于唱",郊游、上香许愿、折柳寄思等古方泡制的 MTV 有时比戏剧内容更能令观众印象深刻。

《书剑恩仇录》的诞生是打破钟景辉式戏剧的第一弹,监制梁淑怡不来自戏剧组而是节目部,"派系斗争"也在钟系人马投奔当年的丽的电视后从白热化转为尘埃落定——TVB 的戏剧史从此进入新纪元。武侠剧过百集还不算百分百原创——如果没有佳视《射雕英雄传》收视告捷的威胁，梁淑怡可能还想不到电视也可以有这样的新剧种，更不可能令金庸红足半个世纪。然而，时装百集长剧《狂潮》才是最大胆一役。每晚一小时的拍摄量固然惊人，注入社会元素和时代气息更没有必然成功的前例。若以今天的标准看来，"名人秘史"已站潮流之巅，一点不算稀奇，但在一九七七年，只能说是梁淑怡因明白什么是欲望，而把一个制作人应有的前瞻性发挥出来。

2007 年 11 月 19 日

甘国亮

认识甘先生那一年我十五岁。当时他刚从艺员晋升编导，第一部作品是由贾思乐主演的《少年十五二十时》。我的十五岁和电视剧中男主角的十五岁是两个世界。男主角的生活简单，家庭健全，父母是殷巧儿和李志中，女的在套装上穿围裙，男的烟斗不离口。换上今日的角度，便是很"无印良品"。"无印良品"的还有男主角每天骑脚踏车上学，背景音乐是 Francis Lai，学校是在国际学校英皇佐治五世取景，当然是男校。身边同学是刘仕裕、黄建勋、杜琪峰和我。四人中最 cute 是杜琪峰，因为他的角色笨拙而可爱。而我是怎样在电视剧中当起人肉布景板的？因为我在十五岁那年遇上甘先生。

那年我替某份青年周报写人物专访，对象是甘先生。才认识不久，甘先生便叫我试写电视剧本。生平第一出剧本是个十五分钟的短剧，被放在周末晚上的《青春乐》中播出。当时的编导是张之珏。而我便是这样代替甘先生成为张之珏的一支笔。只是我心里明白不论我有多努力也不会有他俩合作的效果。在更早前，甘和张已创造了叫好叫座的《朱门怨》、《太太团》、《两家人》。

之后张之珏随当时被称为"钟（景辉）系人马"跳槽丽的电视。甘先生留在无线。不知道他可有因为选择留下而被冠上"梁（淑怡）系"的标签？"梁系"和"钟系"对于十五岁的我的最大分别，是 Selina 时髦，King Sir 传统。所以甘先生可以在黄金时段拍实验电视剧。当今日梁淑怡和菲林组两个名字被人提起，大家几乎只记得许鞍华、徐克、章国明、谭家明。其实当年最被咬定为专跟观众过不去的是《淡入淡出》、《人间世外》，以至出动汪明荃、朱玲玲、缪骞人、余安安、李琳琳、廖咏霜、苗金凤、高妙思、程可为、黄韵诗、林建明等十二

位无线花旦向 *Charlie's Angles* 致敬的《玛丽关七七》，才会造就了"甘氏出品，必属难明"的金漆招牌。

甘先生的戏真是曲高和寡吗？在某集由黄韵诗主演的《诸事丁》里，确实出现过拿《八部半》大塞车和马斯杜安尼（Marcello Mastroianni）执黑色气球升空开玩笑的场面。又，在《人间世外》的其中一集里，由甘先生本人饰演的角色因留不住变了心的男朋友郑少秋而把他杀死，最后一幕是，在被他吃得津津有味的吐司上，抹的不知是草莓果酱还是负心人的血。

以艺术电影和同性恋作为电视剧题材，甘先生纵使不是开先河第一人，起码也没有落在潮流之后。还有在《香港风情画》中半小时男（甘）女（汪明荃）主角没有一句对白，全靠眉目传情；《淡入淡出》其中一集中的摄影师和模特儿分别是不在场的一个男人的情妇和妻子，甘先生用主观镜头把同一段对话分割成两个十五分钟的片段，观众每次只能在画面上看见一位演员，另一位的表演则只有声音。

不难看出甘先生不只喜欢看电影，更喜欢拍。荷里活片爱看，老好粤语片也爱看。认识甘先生后的第二年，梁淑怡下令开拍世界名著剧场，甘先生自己操刀拍摄《欲望号街车》，我则替他写《简爱》。《简爱》由李司棋担纲，罗切斯特先生是石修。这个卡士与电影版的钟芳婷与奥逊·韦尔斯何其大异其趣，但都比不上用苏杏璇饰演原本由费雯丽饰演的布蓝青大胆；甘先生版的《欲望号街车》里，史提拉是程可为，史丹利是石修。石修当然不是马龙·白兰度，但在陈振华是当家小生的年代，他已是少有的"粗犷"的电视小生。

用"粗犷"形容石修若是稍为牵强，从林子祥与黄锦燊开始在甘先生作品如《山水有相逢》、《过埠新娘》、《不是冤家不聚头》、《青春热潮》、《甜姐儿》等冒出头来之后，电视观众便不愁男主角不够男子气概。两个人都有两撇小胡子，是纯属巧合？还是甘先生偏爱？致使后来杨群也在《神女有心》中轧上一角，我也以为是"胡子"玉成的好事。甘先生却告诉我，当年的大小不良原先意属谢贤与苗侨伟携手，我才为电视史上错失一次司棋和谢贤的合作而感到遗憾。

但有人会说，司棋是甘先生在无线的"班底"，也就是"甘系"长驻台柱，多演少演一出并无相干。实际情况却并非如此，因为唯有在甘先生手上，李司棋才有机会不做"李司棋"。像《神女有心》中的泼辣鸨母常念奴，《无双谱》中精神分裂的鲤鱼精和相国千金，《山水有相逢》中集林黛、尤敏、葛兰、林凤、于素秋、红线女、白雪仙于一身，《轮流传》中城府甚深，任由理智战胜感情的富家女等等。我喜欢甘国亮笔下的李司棋。而李司棋在《轮流传》里发出的光芒，是一个女演员在遇上对的导演后为他无条件奉献所得到的回报。即使今天她的表演空间已局限在 2036 灵芝孢籽的几句广告台词里*，我仍然会在她的脸上看见某种不灭光辉。

我和甘先生的关系在《轮流传》筹备开拍前一度中断，是到《执到宝》上场时才回复以往的稔熟。因为他曾问我要不要为《轮流传》打头阵的一至五集执笔。我明知力有不逮，但又被故事感动而竟然不懂得一口拒绝。心理挣扎一番后，结果累了甘先生要在最后关头亲自出马。所以有段日子我连电话都不敢拨给最早告诉我我可以写剧本的那个人。

今年圣诞前在影音店赫然看见《轮流传》以"原装足本"的 VCD 面世。立时三刻买回家看得昏天黑地。随着剧中的圣诞、新年、农历年、端午、台风袭港、中秋，然后又是隆冬、游工展、开圣诞派对，编年史般纪录了每个角色经历的际遇和心情变化。而在最后的第二十二集

---

* 作者注：本文写于《溏心风暴》首播之前。

打出全剧终的字样时，《轮流传》里度过了一年半载，我们的却已来到二十五年后——随着这二十五年所消逝的，不只是三分一出《轮流传》，还有它背后的精神。在今日往回头看，我最无愧于《轮流传》的，也许就是让它的第一至五集得到它应得的作者：甘国亮先生。

2006 年 2 月 22 日

Hong Kong Version of
The Devil Who Wears Prada

当所有人以为女波士穿 Prada 是荷里活带起的潮流，当下在无线经典台回放的《甜姐儿》骄傲地告诉我们，原来早在一九七九年，甘国亮监制的该出情境喜剧已竖立起"OL 花生秀"的崭新戏剧品种。故事背景是"城西酒店"（一定是以"怡东"为蓝本，因为大堂布景有三分似），女主角是公关经理缪骞人。她是《穿 Prada 的恶魔》中的港版 Anne Hathaway，上司华娃的全天候"黑面"媲美梅丽·史翠普，Emily Hunt 的"闺密"角色则由苏杏璇脱胎换骨上阵：从影以来第一次且唯一一次名牌衫穿得比缪骞人更凶更狠，又是写专栏与主持电台节目的城中才女，影射的名人呼之欲出。

理应是"历史文物"，但《甜姐儿》却见证了什么是"永远流行"——即便看着缪骞人换了一袭又一袭老早"过气"或已消声匿迹的品牌裙子，如 Dorothy Bis——因为那个时代是鼓吹个性的，演员是有格调的，半小时一集戏看下来，目不暇接之余，也教人感慨当年的电视剧比起今日的实在时髦太多太多。

今日的电视女艺人中，有谁能把 pre-Agnes b 的大楷 B 小姐（Dorothy Bis）穿得像第二层皮肤？线条简单、颜色纯净的两大特色在今日的潮人眼中就是不够"浮夸"，"潮"之所以大行其道，大半是藉着抢耳、抢眼来掩饰多数人对过于平凡、不够突出的自己内心的惶恐。相反，要发放自信的魅力，难度上当然比紧贴潮流、兴乜着乜来得高，因为别人的羡慕目光可以只是金钱效应，唯由内而外的修养得来的气质，才让人长久受用。

《甜姐儿》若是在真的重视"时尚"的英美，早已成为博物馆藏品。奈何，这儿是香港，它便只能充当"三十年不见的月亮从云层中露面"，教人不知如何以对。

2010 年 1 月 17 日

长剧丹青

翘英先生在上期《明周》提到两部"长剧丹青",一是《轮流传》(不是"轮流转"),二是《名流情史》。《轮流传》的缘起不知和我以下的记忆可有一丝半点关系:七六年时我很喜欢一部英国电视剧叫 *The Gittering Prizes*,剧中以剑桥为背景,写几个大学生的生命之旅。有次与甘生谈起此剧,一定说了很多的它怎么怎么好。最近*The Glittering Prizes*首次发行DVD,盼望有此一日的同道中人原来是詹德隆。当我从影音店把光盘拿到手放进机器看毕第一集,每一分钟我都兴奋如昔。英国电视剧一向给人老气横秋之感,但它的优点正是"字正腔圆"经得起时间考验。于是急传电邮给詹先生,他却比我更紧张:因为怕重逢不如当初相识。

电视剧只能成为经典(classic),却不能"老"(aged)。多年前无线《狂潮》的录映带重新出土,一百多集去芜存菁,只保留了石坚李香琴狄波拉周润发缪骞人和一点点苗金凤的主线。这样做自有其明智之处,更是我等"陈韵文迷"的一大喜讯:可以更集中研究哉丝(陈的洋名)的"青葱岁月"。

重看《狂潮》程一龙一家人的"百态图",李香琴的程太与今日的嫲嫲(奶奶)真是两个星球的人。程太再乡气,都是出自摩登手笔的乡气。哉丝对待笔下人物总是痛爱有加:明知道丈夫嫌她老土,于是更不放过可以炫耀的机会,例如充满时代感的女儿。人前人后装作漫不经心:"我们思嘉……"我超爱那位表面慢条斯理,其实永远来不及争取他人认同的程太。

哉丝写人,与甘生是双绝。不过哉丝修的是另一门派,甘生刁钻,哉丝幽默。甘生连诮带打，哉丝见微知著。甘写对白是心理活动迂回曲折，哉丝则是逻辑推理环环相扣。两位都是高手。只可惜两位的最重要作品竟遭遇同一命运：见弃于香港人的品位。

但我想甘生也会同意哉丝帮角色改名字是神乎其技。《轮流传》里解文意翟粤生黄影霞王颖儿均恰如其份，但《名流情史》中的张海盈张海华孙奕凌容剑眉容剑慧张干持等都在平凡中透着每个人该有的一股气。多年前在嘟嘟手上借过一卷《名流情史》，里面有谭家明操刀的夏威夷外景部分，米雪的樊琳黛以三点式火拼郑小姐，堪称"孤本"。可惜这次谭家明电视作品回顾展来不及把它双手奉上。

2009 年 8 月 23 日

作者编剧

直至回放的今天，我仍然无法认同无线的《创世纪》好看，但，如果说它因为让香港人看见想看的东西（自己?），所以成为近期城中话题，我便不能有异议了。正如有些人不会明白，二十八年前的《家变》为什么今天仍有人愿意把刚出炉的 VCD 买回家一集一集重温，如我。

答案是为了编剧陈韵文。《家变》是陈韵文在无线的最后一个剧本。我记得剧集播出一半之后，我已在当时的丽的电视跟随她创作《追族》（张国荣唱主题曲）。回想起来，七十年代末的这一切好像从没发生过，纯然是我的想象，除了我对陈韵文的崇拜。

很多人怀念哉丝（陈的洋名），是她的音乐品味和主持深宵电台节目时磁石般的声线。我却是由她的电视剧本开始。第一出是《相见好》。没有一出以小夫妻生活情趣为主题的处境喜剧可以超越它，因为它充满陈韵文式的智慧。最近在看《宋飞正传》（Seinfeld），不期然想起哉丝笔下的豆豆（李琳琳）和子徇（没有脂肪的于洋）——香港人也曾妙语如珠，懂得会心微笑，而不是只会屎尿屁。

我不否认打从开始哉丝便吸引我，乃因为她是我生平认识的第一个"富家女"，而香港电视史上也是有她才有了第一个有气派的富家女程思嘉（缪骞人）。程的可贵体现在待人接物时表现的修养和气度，以及对自己思想感情的执着。之后的无线长剧几乎出出都有富家女，但再也没出现一个有同等风范的。你当然可以说，香港人一向把有钱人等同暴发户，电视剧观众哪会计较角色有否"发财立品"？或者港剧的问题也是出在这里：编剧们深信香港人（华人?）看电视剧时追求的是角色如何作奸使坏，而不是人性除了丑恶，也可崇高。

如非这样，为什么像《创世纪》式的电视剧并没有成为日、韩、美、英等地剧集的主流？

《创世纪》表面反映商业社会的尔虞我诈，但有关商界的实际操作却如玩泥沙。美其名反映"人性"，戏剧的笔墨净泼洒在人与人之间的仇恨和不信任上，也即是以煽情手法做容易文章。重看《家变》，虽也是权力斗争，它却努力拉近戏剧与现实的距离——起码在头五十集，把人际之间的利害冲突，按不同角色的身份、背景和语境，有层次地逐一开展。从廉政公署到地产承建商，传媒到制造业，西医到教师，乡绅到海鲜艇主及保姆车*司机，《家变》人物众多，阶层不同，但金钱所扮演的角色并无二致，因为陈是借用当年廉政公署大举肃贪的新闻性，揭示了贿赂、腐败不只是社会问题，更是中国人用来提升地位、换取关爱的一种惯常手段（例如母亲用钱收买儿子的爱）。这使剧中人物不会因为活在二十八年前的社会而过气。反过来看《创世纪》，虽说能迎合眼前香港人的心理，但角色其实千篇一律，因为类似矛盾，在以前、现在甚至将来的无线剧集里，都不断被复制。

可见陈韵文创作肥皂剧的动机与现今无线创作组何其不同，也因为有使命感作出发点，使《家变》的历史价值，也是它对香港的意义，在今天仍然突显。二十八年后《创世纪》对香港人的意义是什么？你或可以说，将来的人大可针对剧中人终日疑神疑鬼、将出卖与被出卖挂在口唇边的"特性"，归纳为"前／后九七的香港人的精神状态"，并加以论述研究。但它还是不会像《家变》般，让人有机会重温当年香港各阶层活泼、生动和丰富的生活语言。

---

* 保姆车，指专门为演艺明星配备的车子，车上能做饭、化妆、造型，能存放明星需用的个人物品等。同时车上也有明星的助手、保镖和随行工作人员等。

作者电视剧在香港已死，不论是诗意还是写实方面。没有人能写出像陈韵文笔下看似顺手拈来，却字字珠玑的处境和对白，让观众在没有防卫的情况下被击中要害。只可惜香港电视圈容不下陈韵文，七十年代以后，香港的电视编剧变成片末职员表的掠影，再没几人成为品牌，甚至没有名姓。

2005 年 7 月 8 日

附文

程思嘉

宣萱不是不好，但宣小姐，你不可能是程思嘉。

就是今日复制一个缪骞人，程思嘉也不可能像俄国大文豪的巨著——"复活"。

谁是程思嘉？提起这个问号容易，要答，典故就长篇了。首先阁下必须知道郝思嘉——"南方美女"之首，父亲乃万顷土地之主，他替她起名"腥红"，没想到一辈子果然轰轰烈烈。

《狂潮》的骨架取材《乱世佳人》，精魂却又是另一部名著——你知道嘉芙莲？长年被复仇之子吴基夫精神折磨的千金之女，那本书家传户晓，叫《呼啸山庄》。

或笑靥如花，或愁眉深锁，更加深入民间的是冯程程——博同情的天之骄女，表情离不开一号二号。唯有程思嘉不一样——电视观众并非她的良师益友，不见得不必要人前人后推心置腹。

当年主笔写她的是陈韵文，字里行间每每留手，是以这一位第一号富家女，留给了我们许多难解的微笑、叹气，欲语还休。

若果你不介意把这些称为"气质"，那，程思嘉是电视上唯一一次。

你当然不会忘记，缪骞人后来怎样如释重负，快快活活接演红豆沙。今日，重看歌娜，有人提起宣萱，只是此情难再，因为两条河流的中间，伫立程思嘉。

相见好

　　于洋与余慕莲为某公益作代言人的海报就贴在湾仔修顿球场正对面的栏杆上。那是今日的于洋。当年的他，对手不止不可能是甘草演员，就是与梅丽·史翠普同年六十岁的薛家燕也不会入围。因为于洋曾经那样"法国情调"——在一九七五、七六年间风靡全港的处境喜剧《相见好》中，他所饰演的"子绚"拥有所有女孩心目中理想丈夫的条件：从事广告行业——时髦！穿黑樽领毛衣配黑大喇叭裤——欧陆，那年代。说话很"倔"——肯定不是口甜舌滑——却又不失幽默尖酸刻薄抵死——聪明！当老婆看中那件家俱，他撩起衫袖便说买木自己做——够Man——你记得 *Sex & The City* 有一季 Carrie 的男友不正是同一倒模？而有此福分被他宠爱的小妻子，是以气质清丽脱俗著名的李琳琳（现实中姜大卫太太，曹永廉外母*大人）。

　　剧中的"子绚"离不开李琳琳饰演的"豆豆"，二十三四岁的两个角色组成一对小夫妻。在普遍是公一份婆一份的今日，再恩爱的两人都不会有太多时间打情骂俏，上世纪七十年代到底是另一个世界，所以"豆豆"既不用上班，自有大量余暇为生活平添色彩，又或叫"茶杯里的风波"，像豆豆小学时代的旧情人波比做了邻居，因两家浴室的窗户可以让二人把肥皂传来传去，怎不教子绚醋意大发？搅笑吗？无聊吗？但编剧陈韵文就是有本领把两性的调情写得令人会心微笑之外亦开怀大笑。现在的年轻人看了或许觉得"夸张"，只是那个时代有特吕弗与戈达尔，看过《婚姻生活》的人实在高兴荧光幕上出现了港版《女人就是女人》。

　　＊　港人称谓中岳母之意。

　　"法式浪漫"以今日内地文化角度来说，就是"小资情趣"。《相见好》确是香港人的第一个"小资梦"。廿岁的夫妻向往的不是买楼养车——因为都有了，而是怎样品味有着自我的生活——坚持"家徒四壁"，客厅坐地板，睡房只放床垫，一日之计在于一大碗黑咖啡。看惯了母亲把油炸鬼白粥捧上桌大喊"食早餐啦"的电视剧的我们，怎会不对《相见好》趋之若鹜？

　　何况于洋那样帅！李琳琳那样俏！陈韵文那样妙！无线经典台已在二月廿六日逢周五回放此剧了，你能不走进时光机器来感受什么叫 Back to the Future？

2010 年 2 月 23 日

Storytelling

　　无线电视收费频道回放七十年代菲林制作的《群星谱》。先一集是《徐枫》，后一集是《王钏如》。《王钏如》配上英文字幕，印象中是为了参加纽约电视节，有没得奖已是后话，当年却因形式独特已先声夺人。先一晚与电影界朋友丁先生聊天聊到新一代香港电影人对 storytelling 不知是兴趣缺缺，还是没有能力，坐下来把两集早期的电视电影细心看完，发现它们至今仍有资格充当活教材。如果影视学生总是认为外国电影文法就像外语般学好了也没有实习机会——本地的制作条件与市场哪里追得上? 这两部谭家明（柏德烈）执导，陈韵文编剧的"作品"，应该符合现在的教程所需：低成本，简单却仍见脉络清楚，肌理丰富。最重要的，是两部戏同样充满"电影习作"该有的情怀——或明或晦，作者对于生命或社会价值的不妥协不认同依然可见。

　　换句话说，很"年轻"。不过，因为是崇拜高达[*]的谭家明，加上个人风格浓得化不开的陈韵文，两部戏虽"年轻"仍保持 sophistication。部分是当年菲林组属于制作部的"名店"，每部剧集均镀上"作者论"的金边，制作费又以倍数计算，编导们不为成就感施展浑身解数实说不过去。

　　是以《群星谱》才会名叫《群星谱》。半小时的单元节目，没有固定主题，"星"——如徐枫、王钏如这两颗港人并不把她们看成大卡士的名字都能独挑大梁，证明编导的个人品位就是一切。以今天的形容，就是"煮什么你便要吃什么"，观众如走进私房菜餐厅般，没有打开菜牌左挑右选的权利。只是私房菜自有珍惜它不是大镬饭的食客——或老

---

　　[*]　即戈达尔。

饕——爱它能带来意外惊喜，和不是人人都能尝得到的"优越感"。

的确曾经有这样的年代，sophistication 是被作者与观众共同追求的东西，例如怎样令 storytelling 变得有型有格。

《王钏如》半小时分成上下两节。第一节只见经常一个人的女人在公寓里挪挪椅子，对镜整整仪容。外出与母亲午餐，话题琐碎，是与女朋友闲话，我们才从对方口中知道一点她的婚姻状况："阿卢近来常在外面，你不担心？"不怎么说话的女主角（因为不能说广东话）不置可否，女朋友（雷霭仪饰演，她是柏德烈和哉丝所有作品中女主角的"女朋友"，在《徐枫》中，便是发现她在浴室里自杀的 roommate）遂向她作如下建议："听吕太说现在流行'短期男朋友'，很方便的，打电话约好时间地点看样板，合心意了，才决定要不要交往。完事了又没有任何牵挂，完全不用付出感情，你要试试吗？"仍然不置可否的一张脸，女朋友再推她一下："试试嘛。"

第一节从她决定"约会"开始，连串是她步署行事的镜头。进酒店的酒廊，点了饮品，打电话给"介绍人"，回到座位，打量早已抵达但在接电话时才现身的"对象"（吴耀汉）。他结账上房间，她慢一步跟随。来到长廊上，一个房间的门半掩着，她推门走进去。下一个镜头，已是事后的她乘搭电梯离开，观众无从看见她的表情、反应，由于对住镜头的是她的背影。故事说到这里打住：广告时间，第一节完。

真正的主角是王钏如吗？我会说是"酒店"（喜来登）。因为关于深闺怨妇"叫鸭"的故事，变相是把我们对"酒店"的性幻想放在聚光灯下："男人想有艳遇，只要不把房门关上，半夜就有女人爬上床来。"吴耀汉后来对王钏如"开玩笑"说。所以，谭家明和陈韵文的高妙之处，是借两个人的"邂逅"来替现代人的欲望解码——没有性抑压，我们又怎会对酒店有性幻想？至于性抑压，在王钏如身上，就是身份与欲望冲突的结果。或可以说，如果不是丈夫把家当成"酒店"，身为人妻的她也不会到酒店找寻"家"的温暖和慰藉。

好的 storytelling 不只是把故事讲得一板一眼——天知道那可以有多乏味，如以行房的方式做爱。它必须让"故事"里的种子开枝散叶，把观众的想象往更茂盛处引领。又有人以为"结构"便是一切——塔伦天奴和基耶斯洛夫斯基看太多？——于是在布局上扭尽六壬，却不知所云收场。

《王钏如》下半部比《危险人物》早上二十年在结构上做文章：第二节开始，女主角尚未进入虚掩的酒店房门，第一节时以女朋友推波助澜（客观）来衬托的心理状态，第二节中全部以沉闷生活（主观）反映，到影片高潮——悬崖勒马，和结局——吴耀汉手捧玫瑰站在她家门口，让我们经历一次由外至内，幻想和现实冲突的挣扎。短短二十分钟带来横跨三十年的回味，不是 storytelling 的功劳，是什么？

2009 年 8 月 20 日

当年慈母

妈妈好

小宇，被你捷足先登，写了邓碧云的长衫——那一日，同一时间，我也蹲在小盒子侧，眉飞色舞，自言自语，总之是合不拢嘴。

上一次重播是不是八年前？人不在港，不好意思叫他人代劳，这次无论如何录得多少是多少——一百一十集，将来真要流落冰火岛，手上不可以没有全套《家变》。

《家变》不同《狂潮》，或者，《狂潮》非比《家变》，纵然"程思嘉"是唯一由港人发行再做的嘉芙莲——《呼啸山庄》被琼瑶搬演成《烟雨濛濛》，好在我们也没有交白卷。其实"洛琳"应该就是郝思嘉了——中兴衰落的家族，同样由一个打落门牙和血吞的女子担大旗，当年有没有想过索性把剧名改做《乱世佳人1978》？"程思嘉"胜在完整，"洛琳"则是上半段少女戏更诱人——三十开外穿上二十三四的大班廊洋装，妹妹是徐美玲，母亲是"脂粉不施"的南红——我忘记了汪明荃原来这样青春过。当然，邓碧云才是第一女主角，正如缪骞人好看，但《狂潮》动人的是李香琴——"母亲"在这些大老倌手上，无一不是化腐朽为神奇。连看看她们今天戴了什么耳环都是莫大乐趣——谁叫叫华仔的，除了刘天王，还有我。

还是家变好

布景是不堪的，节奏像蜗牛托世，导演的技巧，包括徐克，全部是同班同学——未上中学，顶多在等候六年级毕业试，但是《家变》仍然十分好味，十分好看。有一点连我自己都吃了一惊——当年，只肯看陈韵文写的部分，认定其他编剧的马位被抛离太远，这一次却连早已销声匿迹的少雅都觉得——哎呀，怎么今日的的电视剧本水准，原来真是一幅幅世事想当然？

现在依赖方程式，生产过程是流水作业，没有故事不熟口熟面，没有对白不是闭门造车——生活归生活，电视剧归电视剧，不相干的两个星球。《家变》却是混沌的：所谓"时装剧"，除了不是民间传奇，也因为旨在捕捉一个时代的面影，甚至不晓得煽情——抑或煽情在不知不觉之间，例如在饮惯了的开水里加了一点点的盐？

是的，《大时代》是不尽于我的，那种大悲大喜叫我看毕一集，但看不完两个十集。《家变》却带回来追看连环画的情怀——隐形墨水般的笔迹，一一逐渐复现，马进友其实是甘广开的私生子，詹伯林要在五十集后才出场，他有个不肯离婚的分居妻子，是大姐明，洛敏反璞归真，真命天子是卢大卫。

而且像小宇一样，渴望看见菲林拍摄的部分，因为是廿年前的外景。

妈妈经

慈母心，是否仅限"提点夜归子女把厨房里的一碗汤先喝为快"？现实里的开怀固然不止，就是变作絮言絮语，亦只会冗长上千倍百倍。若将伟大母爱搬上荧光幕，在今日的电视剧里，更多时候只剩下这一番想当然，归根究底，皆因大众妈打*濒临绝种，故此妈打艺术，注定

---

* "妈打"系英语 mother 的粤语谐音。

失传。

《家变》重播，邓碧云固然独步舞台——单看她应付出嫁长女，待嫁次女，以及蔫仔拉心肝*的不同声气，不同举手投足，便已值回录影带的价钱，何况偶尔还卖大饱，高声在子女面前数落他们的父亲，自己的老公!"我要你告嗰间杂志社!"督印人也姓洛，是大妈立意拉下庶出女儿的面皮。

有本事教观众望住她目不转睛，难为了同一出戏中的大小妈打。其实典范俯拾即是：不要小觑马进友（夏雨饰）的母亲叶萍，可能出于补偿心理，每每将私生子的老婆视作情敌——谁叫他的父亲长期见不得光？又有望洋兴叹的邓美美——乡巴老公恨不到她生的儿子，移情钻营荷兰水盖**，她，活现了"新界妇女既唔好睇，又唔好食"。

还有年轻医生张克伦的寡母（邓孟霞），身为妾侍的弱母（南红），上下等全部落齐，诚属七十年代妈打大全。

婆婆妈妈

劲量级如邓碧云，到底还是抢不去李香琴的锋头——《家变》有影偕双，后者大方地拢出陪衬的绿叶恣态，那份难得从容，一样叫人叹为观止。

李，演施李慕容之前，是程一龙夫人——当年无人不识，叫"程太"，老公的傍友马剑棠（阿齐）把这个称呼叫得贴贴服服，她却一直用眼角瞧他，那些戏，好味过肯德基。

---

　　*　广东话指最小的孩子是父母最疼最爱的心肝。
　　**　荷兰水盖原指香港的汽水瓶盖，后被作为女王勋章的戏称。这句话的意思是邓美美的老公想她能生个儿子，但一直都生不出，于是放弃去追求荣誉了。

　　我认为李香琴的第二春由陈韵文缔造。纵然后来落到甘国亮手上，一样连场好戏——富太沦为五十年代的弃妇，终日讨好子女变成有错没错，凡事破口骂了再算。未看过《轮流传》，即是未曾见识过香港影视上最有血有肉的"母亲"——李，经历陈、甘洗礼，不但替邹世孝的《风云》赚人热泪，就是苍白如《奋斗》，也因为她把头发剪成男式，饰演周润发阿妈而可观性增加不少。

　　过档亚视之后，强势台的大众妈打频频委派夏萍代表，声线低沉的她，好像永远只会跟儿女说悄悄话——层次感因此大打折扣。

　　而年龄上合格有余的罗兰，却因惯演《龙婆》而与妈打绝缘，于是，汪明荃也被问及"你可介意接演母亲角色？"

　　近期备受期待的荧幕母亲，当然是白发上阵的雪妮。

雪妮

《天地豪情》正在深夜回放中。在那出被我称为"乜人都有"的大卡士剧集中，我把镜头对准了第一次亮相电视剧的雪妮。当年她还坚持原装白发上阵，与秦沛的对手戏大多是委婉的、惶恐的，虽然在念对白时仍贯彻粤语片时代的雪妮风格，那就是有一点童稚的牙牙学语 feel。

我喜欢雪妮。我也莫名其妙地喜欢与她差不多时期出道的新人罗爱嫦。或者真要找出原因，我也不是不知道为什么——在一系列由她俩合演的《女黑侠木兰花》中，雪妮是木兰花，罗爱嫦才是我更情有独钟的穆秀珍。缘于自小我所认同的"英雄人物"都不会是主角，却是他们身旁的得力助手，英文叫 sidekick。以致最近看完《青蜂侠》的预告片，心里"恨"得痒痒的——周杰伦的 Kato 太酷了！这与周董的个人魅力无关，而是那位平素沉默寡言，一出手便所向披靡的司机先生，令我恨不得也有此能耐，不，是风采。就像罗宾之于蝙蝠侠，我是从小向往当辅祭多于想象有朝一日成为神父。穆秀珍集齐我喜欢的 sidekick 性格：冲动、冒失，屡屡闯祸要木兰花出手相救收拾残局。但面对她暗地里祟拜着的高翔时便趾高气昂。最后她能嫁给云四风这样的科学家，该是第一代修成正果的野蛮女友吧。

无线八十年代拍摄《木兰花》时，选用赵雅芝与杨盼盼，又把背景挪移至所谓的 1950 年代，简直是创意大倒退——倪匡原著中的高科技（幻）成分全都因为迁就制作条件泡了汤。牺牲的不止情节，还有观众的想象力——木兰花等人的足迹原是遍及南美利亚高原、喜马拉雅冰川、巫教盛行的海地、北极、火山、猎头族、海底古城、神秘的达华拉宫……探险成分被无情取替后，补上的是老掉牙的父仇不共戴天"砰砰砰"。

六十年代的电影版《木兰花》好看得多，功不可没还是雪妮。即便是当时得令的宝珠，演女黑侠也没有雪妮眉宇间的冷。宝珠演神鞭《大师姐》很好，而纵使纸上的大姐姐比雪妮的演绎有人情味得多，但在胶片上，就是要雪妮般铁面无私才够风格化。说到温暖与冷峻，宝珠和雪妮在仙鹤港联时期合演了两部《金鼎游龙》，狄素云狄墨云的姊妹恩仇外加一笔龙三公子（曾江）的感情纠葛，几乎就是《天地豪情》中周海媚、郭蔼明和黄日华的三角恋。难为了夹在中间的母亲——满头银发的雪妮。我是花了不少唇舌才说服自己接受在《雪花神剑》中崭露头角的玉女终于升格演技派，然后，庆幸《天天天晴》中饰演"大伯娘"与李司棋演对手戏的那个人，是气定神闲的雪妮。

2010 年 6 月 24 日

Ⅲ｜香 港 秀

英国的改革

那一年英国电视第四频道改革早晨的新闻节目，第一件是重新设定它（想）要的观众。之前，奉行一本正经，与目前无线、亚视所采用的形式无异。经过大刀阔斧，每天早上七至九，新闻不再是主体，娱乐才是，于是，一个全新概念的早餐秀诞生了，名叫 *Big Breakfast*（《大早餐》）。

重提这件旧事，并不是要把《大早餐》捧为典范——对于坚持"不论任何时候新闻都应受到严肃对待"的人来说，《大早餐》就是电视新闻的"苹果化"——而是想向亚视大员进一言：除了继续巩固娱乐制度的明星化（以何守信、朱慧珊代替新闻部员工），难道就不能度出更活泼、更食脑、更有创意的新闻节目？

《大早餐》的卖点，是把新闻草根化。说它像《苹果》，因为《苹果》沿袭小报路线，而《大早餐》根本就是它的电视版。所以新闻报道也是摸着小报读者的口味来撰写。除了简和短，报道员的形象也要别树一帜——一改逢纽必扣的拘谨，或就是身上全套装备，那一条领带也要制造出戏（喜）剧效果：大红大紫，花喱花碌。

明白到画面上每一寸都要用来与观众打成一片，连标题插画都不忘玩嘢，鸡嫲咁大只字，配合五颜六色——俗不可耐，但是，这样的新闻节目，的确从未见过。

如此这般，普罗大众闻风而至了。

1999 年 10 月 29 日

废话奥运

电视屏幕上是奥运举重项目比赛，健儿正要把大大两块铁饼从胸前举向头顶，全世界又在屏息静气等待纪录被打破，有好成绩面世，没想到紧张的气氛竟被叫人失笑的一句旁述完全破坏："举重其实很容易让人扭伤的吧？"口出此语的是谷德昭。熟悉港产电影的人对这名字应该不会陌生：他是演员，也是编导。谷德昭在编导演上的成绩孰优孰劣不在本文的讨论范围内。但他身为奥运节目的首席主持，屡屡让类似上述被香港市民公认为"无厘头、侮辱观众智慧、坏品味"的说话充斥大气电波，则无疑不是担当旁述员的合适人选。为了不想耳朵被插科打诨式的评论干扰，我早已尽量不看谷德昭担大旗的奥运节目，但偶然一瞥，竟又被我听到他的另一句"杰作"——正当游泳项目进行得如火如荼，参赛健儿个个弯下腰身准备向前一跃，冷不防谷先生的声音又从旁响起："哈，这运动员戴的游泳眼镜可是新款的啊！其实奥运除了有比赛可看，运动新产品也不少呢！"

谷德昭为首的奥运节目主持团队，是香港电视广播有限公司（简称"无线"）翡翠台的代表。队员中还有许志安、马德钟、胡杏儿、杨婉仪（两个均是前香港小姐），及一众被力捧的新晋当家小生如吴卓羲等。一字排开近二十人的阵容，却被香港媒体骂得狗血淋头，理由是《苹果日报》娱乐版的头条大字标题："废话连篇"。许志安最为人津津乐道的"典范"，是看见姚明进入奥运会场时，以"凶残"来形容他的样子。另外有主持人问远在希腊实地采访的方力申："你以前在外地出赛，是不是亲手洗自己的游泳裤？"又，田径比赛中阿伦·庄逊（阿兰·约翰逊）跨栏摔倒，无线运动节目台柱韩毓霞把麦克风送到刘翔的嘴前，要他回答的问题竟是："刚才庄逊摔倒，你在现场是否看得更清楚？"

　　"废话"种类还不止此。开幕典礼当晚，方力申、叶璇（电视剧演员及前华裔小姐）和韩毓霞在现场旁述仪式实况，当电视上出现一个男童拿着国旗的画面，旁述员便会说："大家看见一名小孩，手上拿着国旗。"当载着男童的白船缓缓驶进会场中心的人工湖，观众听到的旁述是"船已慢慢地开入会场中心"。男童登陆后手拿国旗会合希腊总理，旁述员还有什么可说呢？答案是："小孩拿着的国旗是要交到总理手上的，今天下午彩排时总理曾经到场，咦，不知道总理今晚来不来呢？啊，原来总理已经来了，现在正走入会场。"我的一个朋友看到这里忍无可忍，跳起来指着电视大骂："X! 当观众都是瞎子!"

　　而当传媒抓住谷德昭，要他响应香港市民的强烈不满时，谷先生的答复居然是"要看严肃的奥运旁述，大家可以转看中央台"。

　　乍听"很幽默"的这句话如果是谷德昭代表七百万香港人把一顶高帽送给内地人民，作为香港人一分子，我必须表明我的立场：中央台的制作出类拔萃诚然值得我们骄傲，但那不能被利用来成立香港人的不专业、不认真、不学无术和柴娃娃*。能够让如此不负责任的一句话被记录在香港历史里，按道理说，第一个红脸的人应该就是说这话的谷德昭。但事实摆在眼前，当事人是眼也不眨一下，而抬不起头来的却是做观众的我们。

　　为什么谷德昭可以这样理直气壮？一个可能性是他是真的这样相信，就如王朔的那本书的名字："无知者无畏"。另一个则不属猜度，而是事实："无线"是一座可以被人恃势的大靠山——纵然这座靠山已被认定外强中干，可是那也不能改变另一个事实，香港人有许多"知的权利"，都被无线那以"迎合大众口味"之名而执行的反智制作方针剥夺

---

　　* 柴娃娃，广东话中指并不真的热中某事，只是凑凑热闹。

了。所以当中央台的部分节目如《对话》、《艺术人生》等在我们家的电视上出现时，没有别的形容比"沙漠中的清泉"更能道出我们有多受用和感激。

但据内地来的朋友们告诉我们，内地观众的口味正好相反：例子之一，因公式化而经常被唾骂的无线剧集，日渐已成为大陆人的心头好。听见他们这样说，我不禁忧虑起来。因节目水平愈来愈低劣而正逐渐失去支持的这台香港人的"思想机器"，可会藉着抢滩内地市场成功而又重新发挥它的反智威力，引证百足之虫，果然死而不僵？

2004 年 9 月

香港人的希望在内地

广府人把农历除夕的晚餐叫"团年"，北方人则称"围炉"。我喜欢后者多于前者，因它既有画面，又有意境。而我认为电视机便是现代家庭里的"炉"——在吃年夜饭时我们容或可以没有围住取暖的那团火，但少不了给一家人制造温暖的除夕特备节目。

在家里吃年夜饭，很少人会不把电视开着吧。看不看倒是其次，只要它能在旁边发出声响，一屋子倒似真的添多几分喜气。只不过若要用火做比喻，无线的团年节目恐怕只能是卖火柴女孩手上的最后一枝火柴，既划不出希望，也不能带来暖意。

最主要的原因，是它欠缺了人气。暖意要通过荧幕来传递，本来便十分抽象。它是话语，是色彩，但更重要的可能是面孔。在以团聚为主题的节日里，大多数人期望看见的，是"亲人"。以往无线之所以给人无比的亲切感，是因为受人喜爱的艺员会在重要的日子回到"大家庭"与大众一同度过。这些艺员曾几何时也是香港人心目中幸福的象征——看见梁醒波扮演的"财神"，没有人会不从心底笑出来。尽管近年无线一直想借薛家燕的"好姨"接棒，但由于今日的《皆大欢喜》和从前的《欢乐今宵》，不论在收视或受欢迎程度上都相差太远，二人的地位自然不可比拟。

你也可以说，一切都是无线制作方针早已全盘改变之故——TVB 虽不过始于三十七年前，但对新一代香港人来说，《欢乐今宵》已等同咸丰历史，财神和梁醒波，是谁？——不再制作综合性节目，表面是因迎合观众口味的改变，其实也是节省成本，经年累月下来，后果便是令香港再也培养不出拍摄大型综合节目的人才——每年的台庆、选美、慈善筹款、颁奖礼全属例牌菜式，更因为家喻户晓的角色的湮没而中断了港人与 TVB 早期所联结的血脉关系。

所以，今年与往年一样，无线的团年节目不会教人兴奋或鼓舞，相反只会使观众感到它可有可无——谁想看见十个站出来的艺员中，有八个是叫不出名字的？合唱贺年歌曲，从镜头摇过所见者，为什么总是甩嘴比记得歌词的更多？所谓的游戏，为何总是敷衍了事？预告十二生肖的运程，不都在午间妇女节目已经讲过，然后在初一的贺年节目再来一次？至于众大小歌星（主要还是中牌、小牌），凭什么可以完全不理场合，又是照播 plug 歌咪嘴*？

是到了大除夕夜，我们才又一次看清楚无线是怎样从一个"大家庭"过渡成一家"大工厂"，而这家"大工厂"甚至没能力也可能没有要求自己为这社会制造一种"家"的气氛——你没看见做团年节目的艺员都是上班开工似的？故此我有理由相信，香港人对家庭的失落感，有部分是从无线业务转型那天开始的。

失意于本地的电视台，我只有继续往别处努力。而从去年开始，便给我发现了中央电视台的《春节联欢晚会》。我不敢说我对这节目的好感完全没有一点"异国情调式"的猎奇心态——看着浓妆美女身披露肩晚装列队唱着如《兄弟姊妹》、《天下父母心》之类的宣教歌曲时，但是，不管《晚会》在形式上是如何的"俗品"（Kitsch），它还是让我看见了一个国家级电视制作的努力和进步，包括布景设计、节目编排，以及最基本的一点：怎样处理"送旧迎新"的主题——在这方面，无线只会言之无物恭喜恭喜。

《春节联欢晚会》把"送旧迎新"这大主题分拆成不同的小主题，主要是感恩、对各种跨阶层跨地域的伦理关系的检讨及呈现形式式的

---

　　*　假唱主打或当红歌曲。

社会新气象。感恩是对父母、兄弟姊妹，也是对公职人员如护士的致意，多数以歌舞表达。正如我在前面说过，个别看来叫人无比尴尬的场面，原来放在"恰当"的空间和脉络里，也是"无伤大雅"，可以接受的。

短剧，又名小品的环节，是《晚会》不可缺少的重头戏，今年起码有七出之多。它们大多以小人物之间的各种误会（很多时候是身份错乱）作为骨干，结局当然是互谅互让，化争拗为祥和。乍看是迎合小国民情怀而设计的这些"小品"，其实也涵盖了相当广阔的社会层面。正当我以为故事的主人翁不是工，便是农，背景不是城，便是乡之际，忽然便走出一个从国外留学归来的博士，因错认送水工人是供他念书的后父，引出一幕"好心未必坏事"的错位喜剧。

这些小品尽管可能都会被认作聊博一粲，但它们在《晚会》中的讯息却是十分清晰——"对于每个阶层的人在生活中所作出的努力，国家都是给予肯定和鼓励的"。

连 keep fit 这种小资得紧的休闲文化，也假"健康"之名被搬上舞台发扬光大。除了大批舞蹈员身穿紧身衣在那里跳着健康舞，该段名叫《阳光健身房》的歌舞小品，还安排一群赤膊上阵的筋肉壮男随着音乐大摆甫士。不管是表现健康还是性感，这无论如何也是令人精神一振的一幕。而在镜头捕捉观众反应的刹那，我看见台下许多面孔都是年轻而欢容的。

我倒真希望《晚会》的从容，正是中国电视传媒的走向——政治宣传和道德说教不是没有，只是在分量和腔调上已调低了许多，而且镜头运用灵活，场面调度多变、畅顺，主持人串场的表现得体，台词绝对不像港式综合或信息节目里惯见的生硬牵强。就是尾段有偶像歌手如周杰伦、莫文蔚的演出，也不至于出现嘉宾大过《晚会》，或歌迷高叫偶像名字的声音盖过歌手唱歌的情况。

《晚会》如常在迎接新一年来临的倒数仪式时达到"高潮",今年较特别的是请来杨利伟做嘉宾。这安排明显是要给中国未来的发展许下更grand 的期许:国人不应把目光只放在十三亿人口脚下的土地,更要放眼辽阔的太空。对于不是民族主义信徒的我,类似演说不论有多么激昂,照理都不会造成情绪上的多少回响,然而就在我把电视机转回翡翠台,面前有一堆人在互勉"赚多啲搵多啲"时,我看见了两地电视传媒对待求变的不同态度:无线是能不变就不变,央视却在有限的空间中探索自己的美学,并尝试向世界宣告中国人民的生活形态正在改变。这时候,我无法不想起有人对我说过的一句话:"香港人的希望不在香港,在中国内地。"

2004 年 1 月

在八卦和是非以外

实在喜欢当访谈节目的主持人。喜欢到什么程度？大概是，三年内不让我排一出舞台剧，全心全意做访谈节目，不管是电视、电台、网上电台，我也会考虑答应。不过，真有三年投放在访谈节目的耕耘上，我的理想不是做一个或几个单元，而是把以"访谈"做主题的一条电视频道搞起来。

我的这个想法，表面是出于个人兴趣，但我相信大众竖高耳朵，期待从别人对话中找到认同，甚至灵感的欲望绝对不会比我少。奈何媒体一向不信任"谈话头"——我是说香港的电视台——在大多数情况下你也不能说他们不对——像无线最近有个法律游戏节目《百法百众》，好不好看本来有赖现场观众有多能言善辩，只是构思与现实大有落差，经常出现的场面若不是观众放弃发言，便是语无伦次，一百个人是同一副面目，简直是对节目名称的最大讽刺。

言之有物的人，表情自然在面上开出一朵花。反过来说，受访者再有明星相，但言语无味，就是拍摄度再五花八门，也不过是出"空城计"，只会让观众愈看愈没有想象。如果用电影来作比喻，就是"布局欠缺张力，剧情停滞不前"。吊诡的是，访谈节目所以好看，有时候也在这里：看主持人怎样化腐朽为神奇。

没有《对话》，没有《艺术人生》，没有《鲁豫有约》，也没有《小燕有约》、《康熙来了》、《真情指数》，香港在电视访谈节目上几乎尽交白卷。这使我不能不怀疑，到底是香港人不懂得问，还是不愿意回答。有一次向刚主持完《不一样的对话》的郑裕玲请教"先有鸡还是先有蛋？"，她说经验告诉她"电视台还是有尺度限制"的问题。即使主持人有问的胆量，来宾也有答的勇气，大机构还是会怕误触地雷而只保留两人的客客气气。所以，我们看到的才会是一场样似对谈的"戏"，而不是言谈之间直见性命。

用到"性命"来形容访谈的质感，未免有点过于耸动。只是大陆、台湾最有代表性的访谈电视，皆以主持人擅长教受访者落泪而驰名，证明"情绪"的流动和变化，才是节目可观性之所在。如果受访对象是艺人，他或她不可能在风光背后没有辛酸或藏垢。换了是普罗大众，那就发掘不平凡的事迹吧，而你和我都知道，最容易被接受的"平凡中见不平凡"，便是和病魔搏斗的经历。

还有一个题目可以让最普通的一张脸忽然耐人寻味，那就是当当事人谈到"爱情"。有段时间每集《百年婚恋》都追着看。节目的整体水平无疑有所参差，但是你不会因为编导的失手而否定主角的情操——有一集追忆越剧名伶傅全香的生死恋，我在演艺学院教课时放给学生看，套句西洋谚语，下课时"没有几双眼睛是干的"。严格来说，《百年婚恋》不属于visá-vis（面对面）的访谈节目——受访者的倾诉对象不是主持人却是观众，也就是说，荧幕的两头无须桥梁，因为感人的故事已直接消弥说者与听者的距离。

然而，不是所有访谈节目都是为了宣泄情感而存在的——也不应该。我在英、法、德等电视上看过的谈话头节目中，许多都是说理多于言情，像苏珊·桑塔格（Susan Sontag）的访问，怎么可能一字一泪？又有一位丹尼斯·波特（Dennis Potter）先生，是著名的现代剧作家，以《会唱歌的侦探》（*Singing Detectives*）和《天上掉下的银子》（*Pennies From Heaven*）家传户晓，九十年代初得悉患癌，英国广播公司立刻为他制作一系列访谈节目，与其说是有碗说碗，为了满足戏剧者的好奇心，不如视为"大师最后的一堂课"，立此存照之外，更是暮鼓晨钟。

可见"八卦"未必就是访谈节目的唯一可能（塑）性。而我最想做到（和看到）的，也是介乎知性与软性之间的"智慧访谈"。毕竟，中国文化对"说话"设定不少禁区，"意在言外"、"正话反说"，全是对言语敏感的考验。所谓"智慧"，除了是对语境的控制与拿捏，也是为了体现我们也能做到机灵而不失大方，聪慧却不流于卖弄。英文中的 sophisticated，便是值得访谈节目主持追求的境界。

2005 年 5 月

学问

做电台节目的好处是，像阿拉丁擦两擦神灯般，一般人不可能实现的梦想都会顷刻成真。例如邀请偶像面谈——这种特权我倒算是从小便享受不少，还在中二便穿着校服坐在餐厅里等待温拿五虎降临。还记得访问是在落地大窗旁边的桌前进行，却忘了当时的我可有因过分飘飘然而乱问一通。

中学生做访问节目主持人的意念，为什么没有电视台敢采用呢？想必是怕说话没有分寸得罪人，又或思想未够成熟（广东人说的脑笋未生埋）而抓不到重点。然而《康熙来了》中小S的"随口嗡"又真是深思熟虑、语重心长吗？当然不。问题如"你会一个人上厕所吗？要不要保镖先进去行一圈保证厕所中没有其他人？有别人在你尿尿时站旁边偷看你吗？"，谁说不可以是出自小学生的童言无忌？没有被上述问题难倒的那一位是刘德华先生。没有哈哈大笑几声，也没有扮听不明白，他示范了什么叫平常心，就答"有"和"没有"。

在偶像再没有个人尊严可讲的今天，没有问题是幼稚的、无聊的。就算听起来有分别，也只因语言可以扮演一张花纸，包装不太光鲜亮丽的内容。不过任谁都会知道一个小学生和小S的差别可能在于：前者是对问题的答案由衷感兴趣，后者呢，我猜她单独与刘先生聊天时，大抵不会以类似问答作话题吧。

但主持人又真的相信观众喜欢知道明星偶像的日常琐事吗？我想未必。一天吸多少口烟？早上起床先喝水还是茶？遇上卖旗筹款时会投进多少钱？家里订阅什么报纸？平淡如天上浮云，通常吸引不到人们抬头看着它们缓慢挪动和变化。就是在美国大受欢迎的电视剧集《我家有个大明星》，在这里也没有引起像《色欲都市》一样的高谈阔论。香港人对待明星偶像明明是恨多过爱，但却非得把明星最不见得人的一面（又名西洋镜）暴露人前的新闻，解释为不过是有人愿意写，我们才不介意看。

理论上每个人都可以是明星访谈的主持 —— 只要真的爱他、关注他，每个人都可以提出最具真知灼见的问题，而无须借助饭局或摸着酒杯底。

2006 年 10 月 11 日

Shall We Bank on 郑裕玲?

没有了 ABCD 的选择，悬空答案的问题顿时考起了大多数的参赛者——我不奇怪《百万富翁》会比《一笔 OUT 消》更有观众缘，但后者对观众的挑战性正在于此：你会"忍心"看着海军和水兵的对垒吗？你会忍得住不为每晚的奖金愈开愈少而喝倒采吗？但是在不忿赢家往往只是"好彩"的同时，你又可会自信电视旁的你，表现一定比他好？

没错，《一笔 OUT 消》已愈来愈像赌气多于常识问答比赛。不过，作为电视节目，它的另一个可观性却也在萌芽之中。

每晚在《一笔 OUT 消》序幕所见的八名参赛者围坐谈笑的画面，到底是什么时候被拍下来的？我可不知道，我只是清楚看见，自他们各就各位于比赛岗位的一刻始，便被严禁公开或私下作任何交谈。就是一个回合的问答比赛录像完了，主持人走进了与工作人员商议的黑帐幕，他们还是不能"破戒"，连上洗手间，也要由场务员陪同；没有需要的，则从站着改为坐在早为他们准备好的灰色塑料圆凳上——依旧不可发言。

播出街那一小时的尔虞我诈，原来是三小时录像的孤军作战——当然，该种心情亦只有汰弱留强的参赛者才能体会。我到电视城作壁上观的那天，下午五时才录完一集，七时半又开工了，中间的时间刚好够郑裕玲不慌不忙吃顿饭。但是对于胸怀赢取百万奖金大志的人们来说，同一段时间该是紧张得多吧。所以当我冷眼旁观他们如何"自食其力"、"背城借一"——他们一直都是背住观众站立，不像《百万富翁》般，可接受观众的打气，甚至求助——心里不由对这些人生起以前未有的"侧隐"。

是的，一些脸孔，当他们出现在屏幕上时，我和你大抵都是以轻蔑态度对待居多。"咁都唔识?"、"有冇搅错?"——当参赛者被不知如何作答的问题弄得目光呆滞、舌头打结、活脱脱便是不自量力，合该被我们嗤之以鼻。然而目睹了比赛的录影过程，我再也不会菲薄他们了——纵然，当晚一位叫阿凤的参赛者，确是想了良久都无法回答以下问题："以莫须有罪名害死岳飞的是?"

那一刻，我发现自己再不是暗里咒骂她"没常识"，而是把注意力转移到她脚下踏住的一只透明胶箱。仅够一双脚站在上面的方形物体，明显是为使参赛者看上去高度一致而设。几个男的当然用不着它们，较为矮小的女士，如阿月，便不得不更打醒精神，犹如站上擂台上的擂台：梅花桩。

这个例子或许正好说明，屏幕上谈笑用兵或言不及义的参赛者，可能是"有苦自己知"——适应能力较强，或表演欲更旺盛者另作别论。至此我才真正明白，容或我们把这些其貌不扬的人们当成是"上了镜的家庭观众"，实际上，三小时的录影已把他们训练成以家庭观众身份包装的"艺人"(entertainer)——不论自觉与否，他们都是在做 show。

而且整个训练都是"速成"的：由场务员要求每人以自我介绍"试镜"，到轮流讲 bank "试声"（嗓门不够响亮的，会令全厂的人觉得他"不够专业"）等基本动作以外，还要兼顾"演出"的部分——每当一个回合的问答结束，郑小姐不是要求参赛者写下心目中想他出局的人名吗?"写"的过程，以及按钮揭盅，全是分开逐次补拍，而并非像电视上所见的一气呵成。有时甚至因镜头或"演出"不能配合而必须重拍，亦有因迁就剪接而一再补拍，经过这些"训练"的参赛者，部分已能投入"做戏咁做"——尽管明白自己低首写字只是一种扮演，但也没人因此而欺场。

连被郑小姐说成是"众望所归，冇得留低"的失败者，也要重复两次地走上弯曲的"屈辱大道"——为了让这过程有多点的拍摄角度，每个被 out 出局的人便要连输两次——起码（如果不因意外 NG）。

不过，真正需要戏剧细胞来应付的，还不是该等指定动作——它们并不提供任何的话题性、趣味性、娱乐性——而是当郑小姐与她们开展"对话"的时刻，亦即是在场务员口中的 chit chat 环节。

未曾观看现场录像前，我曾以为这部分是由百分百即兴的谈话剪辑而成——也是基于这个"以为"，我对郑小姐表示想看一次录像：想看她如何与普通人互动。实际情况则是：郑小姐在每个回合录完小休的片刻，都会回到后台与工作人员商议 chit chat 的内容，待她重新上场已是有备而战。相对来说，参赛者却只能见招拆招。之前我曾为了他们屡屡答非所问而皱眉，如今经过亲眼见证，才知道参赛者的表现不光决定于应对能力的高低，更重要是知不知道自己有与主持人"交戏"的义务——它已从正襟危坐的常识问答比赛蜕变成另类的真人 show。我的意思是，当《百万富翁》把节目时间大量用在由主持人读出屏幕上一目了然的 ABCD 时，《一笔 OUT 消》里的郑裕玲却可以借认识参赛者之名来——主要是——调侃、挪揄、试探他们的"生活"，令普通人和小市民——也就是香港人的心态和价值观得以曝光。这又令我想起十年前当郑小姐从加拿大回流香港首次主持访谈节目《星夜倾情》时，我曾建议她大胆放弃访问"名人"，而去和"凡人"聊天，十年后看着《一笔 OUT 消》又重提旧事，她对我说："是做这个节目让我放下不少在镜头前与人闲谈的包袱。"

身为主持人，郑裕玲是否可以在一百零四集全部播毕之前（明年一月）成功地将《一笔 OUT 消》转化成更地道，让民间智慧更得以发挥的 game show？可能性不是没有，但由于它始终是"全球一体化"的产物，BBC 明显不会让它自由发展。郑告诉我："听说今天又收到了电邮，叫不要再提议观众即场唱歌，也不要即兴地在画面上 key（宋承宪的）相片……。"

谁叫《一笔 OUT 消》不是由香港人自己所创？

2001 年 10 月

最令人不安的台庆

　　形容今年的《万千星辉贺台庆》是"历年以来最盛大隆重的"的台词，在节目开始不久便由沈殿霞说出。那一刻的沈殿霞，一定没有想到今年台庆夜竟也因为她而开创纪录：由开心果担纲演出的"美人鱼舞"令广管局接获多宗观众投诉，理由是看了令人"不安"。

　　对于"不安"的理解，可以是言人人殊，但既云"不安"，则一定跟心理状况有关。虽然普遍意见皆会认同投诉只是"欣宜效应"的余波，肥姐不过是"代罪羔羊"，但若以这理由解释事情的始末，则明显低估了"美人鱼舞"在设计和演出效果上给观众带来的心理反应。因为由六位窈窕的无线花旦充当小鱼，烘托出沈殿霞的"大鱼"的助兴项目，不折不扣是个"奇观"（spectacle）。水平孰优孰劣还是其次，重要的是它承袭了传统——由跳给昏君看的御前表演到荷里活大型歌舞片，我们不会不知道载歌载舞的最大目的，乃是以千变万化的场面调度使人叹为观止。

　　然而"美人鱼舞"唯一叫人有"奇观"之感的，却是夹在六位 S 字身型的红当当大小阿姐之间，时而摆动双手，时而扭动观众要用想象力才看得见的腰肢的沈殿霞。把旗下艺员当作"奇观"来搏观众一粲，本来是台庆夜的必备环节，只是以往的做法与今次大相径庭。以著名的杨盼盼为例，过去不单会在《欢乐今宵》不断预告表演的高危和难度，在演出期间还加上肉紧的旁述——那才是沈殿霞的专长和表演空间！

　　反观当肥姐变成"美"的奇观，一来是在没有预警下登场（煲不起观众的期待情绪），沈殿霞的"造型"确实杀观众个措手不及；二来是从表演者眼神中流露出来的"放过我吧！"很难不令我们心生恻隐：连她都无法相信自己是美人鱼，却要扭罢前面扭后面。表演者尴尬，观众也尴尬。若当事人在表演中用自嘲来解嘲还可以为观众减少一点"不安"，但眼前的表演却要求我们通过她来赞叹"美"的伟大——实际是用她们的"瘦"来突显她的"肥"！可见"不安"不一定来自看见"丑陋"的东西，而是在面对虚伪和虚假之际。

如果我说"虚"和"假"是无线台庆夜的主题，不知有多少人赞成或反对？观众对于无线大型节目内的表演者唱歌不对嘴型、跳舞不夹舞步，早已司空见惯。甚至在被标榜为当晚重头戏的《隆重一叮》，也是试图以同样方式应付过去。

曾志伟、陈百祥、邓梓峰"扮"草蜢三人组，郑裕玲、丘凯敏玩"魔术"，沈殿霞"持竿跳"——将三个环节凑合的《隆重一叮》，既不隆重，又没有任何人被叮走。名不副实，你可说是非表演者之罪，而是为何电视台非要他们吃力不讨好不可。歌舞和魔术还可以半搞笑半认真下便过关，全程抄袭东洋节目《日本扮嘢大赛》的"持竿跳"，却在当晚让沈殿霞第二次成为粗制滥造的受害人。但见她出尽九牛二虎之力才达成任务的一刻，我真担心无线连《筋肉擂台》也会出动，届时肥姐又不知道要接受哪一种双手倒立过窄桥之类的考验，或是献丑？

耐人寻味的是，过往无线台庆似乎从未一而再地把"表演"放在个别艺人身上，尤其这个艺人的本位是司仪。沈殿霞在今年台庆成为"箭靶"的另一个原因，可能是她折射出香港人对无线省时省力的不满——包括由司仪兼演表演环节，唯一的星级表演《如果·爱》属内置性营销）——等于被邀请去吃大餐，却发现菜式几近一鸡几味。甚至有评论怀疑，无线是为了悭皮才把台庆夜变成颁奖礼。我倒认为在生日会上庆祝成就无可厚非，问题是被高调褒奖的项目，到底是否实至名归？

"一年一度的电视颁奖礼，是香港的艾美奖！"——除非写这句讲稿的编剧或司仪对艾美奖真是一无所知，否则它足以令香港人蒙羞——闭门一家亲式的员工联欢晚会怎可与全国性专业水平大比拼相提并论？正正就是信口开河不知所云的这句话，说明兼印证了无线在专业态度上是如何轻率和缺乏国际视野。在欠缺专业态度下竖立的权威姿态——如"颁奖"，自然会给人 self-congratulating 的印象。而因有着强势（惯性收视）可恃便把抄袭、裁剪得来的节目，自封为"最具创意"、"最具欣赏价值"，就算不是混淆视听，也有掠人之美之嫌。其中至为典范的例子是把最佳外购剧奖颁给节目采购部，《大长今》的荣耀如是又落在无线袋中！真可见"巧立名目"在台庆夜扮演的角色有多吃重。而它作为手段要达到的目的，无非是要令 TVB 的权威性得以保持。

任何形式的权威都是来自大众的认同。无线一直因平庸而被诟病，但又在收视上长胜，便是因为吃定了"大众是平庸的"这条定律，这个策略明显见诸为了取悦大众而颁发的（演员）奖项。低能儿、丑八怪、恶家姑之所以脱颖而出，除了是演员有功，更重要的是这类被无线戏剧组重复利用、剥削的弱势社群或刻板角色，永远正中香港人自我形象低落而大有市场，否则瘦身、露乳沟封面、《烂泥》、《无赖》、《天才与白痴》不会成为社会主流。电视台的意识形态种下的因当然不应由艺人来承担后果，所以我可以不认同剧集，但看见汤盈盈获奖后泪盈于睫，汪明荃松一口气，我还是会为她们感动。就是被网上留言版痛批惺惺作态的周丽淇，我也愿意相信《秀才遇着兵》里的表现是她真有作出努力。

但当周丽淇演到七十岁时，可会想在利孝和夫人手上接过万千光辉演艺大奖，我则十分怀疑。今年台庆的另一个虚情假意的 moment，便是从宣布夏萍得奖，到她现身领奖、致谢词（"我从影以来说过太多对白，今晚不打算再讲了！"）的闪电式完事：全程竟不到两分钟！被安排在送楼送车前的"致敬"，台前幕后一致心有旁骛——夏萍的演出片段只有电影，没有电视作品；她的值得尊敬之处，由司仪手持纸仔以急口令念出；夏萍说谢词时，她背后的艺人各自交头接耳。至此，"尊重"两字成了它本身的终极反讽——无线对从影数十载的一个艺人的"尊重"，也不过是例行公事，甚至是落雨收柴。

我写此文时关心的，不只是无线，而是可以在台庆节目中，看见多少社会的缩影——要做到尊重我们的工作和工作中的自己，以及得到应得的尊重，为什么会如此困难？

2005 年 11 月 28 日

笑不出声

　　和詹瑞文排演舞台剧《万千师奶贺台庆》，过程虽然"痛苦"，但真的值得。"痛苦"不是指生产过程——与玩心童心俱重又编导演集一身的詹先生共同创作，每一刻都有被笑弹当头炸开的危险。笑个人仰马翻之余，当硝烟四散，原来意念啤啤早已诞生。"痛苦"的是我们迫自己在一个月内餐餐以无线电视的节目送饭、洗眼、漱口，连晚上做梦，也因为白天看过太多 TVB 而做着有关的梦，恶梦。内地读者大抵很难明白如此多"娇"、多"fun（纷）"的一个电视台，为什么会被我们说得如入鲍鱼之肆——你应该亲眼见证詹先生连续看着几年"贺台庆"时的面部表情：笑匠笑不出来的欲哭无泪相，原来那么"滑稽"——在他时而肌肉绷紧，时而下巴要掉到地上，时而双眼睁得比灯笼还大的面谱上，"不可思议"竟是如此荒诞的表情。

　　"贺台庆"令一位搞笑艺术家笑不出来的原因说少不少，说多也不多，不外乎是演出项目达不到预期效果。但看深一层并不止于电视台"偶有失手"：从项目设计的聊备一格到演出艺员的被赶鸭子上架，或干脆寓整蛊别人来娱乐自己，都是（数）十年如一日，分别只在从前同一个节目还有大明星可看——上世纪九十年代的四大天王与五虎将都有百鸟归巢的时候——但今天？八仙贺寿式的热闹场面已改由一众电视剧的小生花旦加上历年台柱如陈百祥、郑裕玲、曾志伟勉强撑住。"撑"，是声如洪钟，但画面难得精采。

　　模仿歌手的扮嘢秀几乎成为全晚最具话题性的表演。Rain、蔡依林、郭富城以至草蜢等在李思捷、王祖蓝与阮兆祥的乔装下只有形似，却看不到原装的神采。看得出他们来得及学舞步已没时间掌握被模仿者的神采。也可能是编导根本看不出"扮"的层次可高可低——以前卢海鹏哪有半点似黄耀明，但他的"挞成一块"绝对经典。

詹瑞文在舞台剧《万世歌王》甫出场就化身郭富城，以《对你爱不完》会观众。让全场嘻哈绝倒的他，看了台庆虚有其表但又费气力的表演，想必感触良多，所以笑不出来。

2007 年 11 月 26 日

告别梦幻的香港选秀

近期国内最火的娱乐新闻还是选秀。从《我型我秀》、《超级女声》到《加油! 好男儿》,反映出中国的演艺舞台真大,人才需求量更大。著名学院如中戏、上戏每年的毕业生原来也不够应付市场需要,这个热潮看在身在香港,又常把望远镜瞄准台湾的我眼中,不能不惊叹于两岸三地寻星、造星的文化何其不同。

首先是香港。早到咸丰年代的无线节目《声宝之夜》(1969),是公开让家庭观众藉参加歌唱比赛上电视。是的,虽然该节目也有台柱制,不乏奖金奖品,但真正挑起那年代的香港人的欲望,我认为不是与一般歌唱比赛大同小异的战利品,而是能在荧幕上被上百万市民看见、艳羡的满足感。《声宝之夜》最有名的看点,是参赛者要看着自己的成绩被一盏一盏亮起来的水银灯昭告天下,“一盏灯,两盏灯,三盏灯……”无独有偶 (还是无线是一只拷贝猫?),台湾也有公开给民众表现歌唱才华的电视节目《五灯奖》(1965—1998)。和《声宝之夜》相比,马上可见历史价值的悬殊:前者不单年份更悠久,就是巨星如张惠妹也是九二年的《五灯奖》胜出人马。至于后者,虽然张国荣、陈百强也曾参加却无功而回,但有最著名的得奖者,《上海滩》原唱人叶丽仪。

无线的歌唱选秀,则是要到一九八二年第一届的“新秀歌唱大赛”,才陆续为香港乐坛造就了梅艳芳、吕方、张卫健、杜德伟、苏永康、许志安、黎明、关淑怡、周慧敏、李克勤、江欣燕、吴国敬、草蜢、谭耀文、郑秀文、陈奕迅。到了十五年后何韵诗、刘浩龙摘下金奖的年代,正值无线卫星机构“华星唱片”偃旗息鼓,一年一度的比赛因此改名"全球华人新秀歌唱大赛"。而在九六年拔得头筹的何韵诗，是到二〇〇五年底，二〇〇六年初才在事业上略见收成，与去年"超女"李宇春、何洁、周笔畅、张靓颖的一飞冲天一比，何的星途无可否认崎岖得多。是香港后起之秀太多而阻碍了何韵诗的进一步发展？光以她胜出"全球华人新秀大赛"后数年的成绩表来看，并无多少得奖者还留在乐坛积极发展，唯一例外是吴浩康。至于近日因发新唱片而在香港街头到处都有广告的泳儿，也是经歌唱比赛进入娱乐圈。她所参加的已不是"全球华人新秀大赛"，而是三度改名的"英皇新秀歌唱大赛"。

由"华星"到"英皇"，历史见证了香港自八十年代初到今天在选拔乐坛新秀上的不同势力、不同风气。只是若论这类比赛引起媒体的关注程度、大众的投入热度，香港当然无法跟眼前内地的选秀气候看齐——"一登龙门，声价百倍"，香港人不是不热衷，只是并不相信一个娱乐别人的"新星"在将来可以有多出人头地、呼风唤雨。

我的意思是，香港人并不随便把热情和幻想"下注"在别人身上。又或是香港人对明星、艺人的成王败寇，一直不过是隔岸观火，所以对"新星诞生"的热衷不会像大陆十几亿的人口。我一直认为香港人真正崇拜（也就是把自己投射到他身上）的大明星不是来自演艺界而是财雄势大的商界，因为骨子里我们并不想去娱乐别人而只想别人娱乐我们，这解释了为什么富豪如李嘉诚和何鸿燊，即使不常出现在娱乐版，但他们所到之处，轰动程度往往比任何艺人皆有过之。

亿万富豪如李嘉诚、何鸿燊有可能在全国选拔大赛中诞生吗？美国人近年以大量电视真人秀（例：《飞黄腾达》）告诉全世界：可以！那是因为美国人相信只要做梦，就会成真。大陆选秀热潮的众多因素之一，也是人民想要做梦需要做梦。从此角度看来，香港人可能是各种各样的梦都做过了做完了，所以只能更加相信现实。

2006 年 7 月 30 日

选美男的学与问

女人当家选美男？

今年夏天，香港两个电视台除了选美（女），也选美男。选美是司空见惯，选美男虽然不是第一趟，却从来没有在以大台自居的无线上演过。因为把男子汉的衣服剥剩遮盖私处的一小块布，再让大众评头品足，会被认作胜之不武。而对于在收视率和整体形象一向处于最弱势的亚洲电视，同样场面却是恰如其分——如果它不能出手一招险似一招，为大众提供边缘性的娱乐趣味，观众为何要把频道校到本港台？

亚视选美男虽不是一年一度，但在过去已有起码两次纪录，而且名目先后有别。第一次是八十年代末期的电视先生选举。没有记错的话，是连续办了两届。继而是九十年代末的香港男士选举。前者回想起来有点像超模选拔大赛男装版，只是少了真人骚。后者则比超模真人骚更赤裸地暴露参赛者的"短处"——堂堂男子汉竟在伸展台上"出卖色相"，谁说不是脑袋少了根筋？合该让各式各样带有羞辱性与剥削性的问题被编织成荆棘做的皇冠，轮流在他们头上试戴。

虽说"美貌与智慧并重"这句早被反过来阅读的港姐选举口号已经荣升香港文化中的"经典笑话"，但起码在选美中进行的答问环节，大会司仪还是要在适当时候表演怜香惜玉，也就是先摧花，后护花。换了参赛者是草不是花，待遇自然不可同日而语。就此现象，不妨让我提出颇堪玩味的一个问题：司仪的性别对于选美男节目的可观性，到底有多少加分和减分的影响？

任何人都会明白选美为何通常不考虑"女性"做大会司仪——除了

因为始作俑者的欧美节目也没有。你可能马上反驳：郑裕玲和沈殿霞不是多年伴着陈百祥曾志伟陈欣健郑丹瑞与众佳丽同台亮相一并登场？是的，历史不容被篡改，但事实也不能被否定，两位"阿姐"在大众心目中的性别成份早已超越了"女性"：她们是因才能备受肯定，才与一众披上煲呔与踢死兔*的男司仪平起平坐。兼且，她们再重装出击，全身珠宝首饰再价值连城，都不会对佳丽的收视率构成威胁——她们愈是more is less，佳丽则在相形之下而尽得 less is more 的好处：再少一点，再少一点，女性的性征才会成为当晚的焦点所在。

有趣的是，换上选美男也不会出现"林志玲与侯佩岑双双出任司仪"。至少过去没有。不过这也可能是出于文化上的差异。换上社会背景不是香港而是台湾，你别说，大小 S 和陶晶莹便绝对大派用场。这是不是也反映出台湾社会——或应说台北——在女性表达欲望的开放度和自由度上，真是比香港更进步？

如果不是这样，便很难解释为何过去电视台的选美男总是沦为变相的"选舞男"——参加者的质素当然有份构成该份色彩，但更具关键性的，是男司仪们会出尽法宝来争占口舌的上风践踏参赛者，为的是挽救自己作为男人的"尊严"："看你们怎样出卖和贬低了我们!"

不过以前是以前，现在是现在。无线这次选举便率先把"目光来源"锁定在除了女性，还是女性之上。因为纵然司仪未必——至今还未公布——是女性，起码评审是公开征选的六百名女性。"女人欲望男人"的宗旨被盖章确认之后，竞选的环节项目的设计便无须欲盖弥彰，顾左右而言他。毕竟，这些年经历了美国电视剧《色欲都市》和韩国师奶杀手连番袭港的洗礼，"选美男"再没有理由不可以由女人当家作

---

* 煲呔，bow tie，即领结。踢死兔，指燕尾服 tuxedo。

主，而观众们——男的女的都好——也不应该只能看见美其名生鬼和抵死*的小男人司仪们，继续以寻别人的开心来转移焦点：为什么自己做不成女人的欲望投射对象？

女人可以有欲望？

不论竞选的是"香港男士"（亚视）还是"香港先生"（无线），目的与本质跟一切选美没有两样，都是引发和满足观者的"性幻想"。当竞选的主角是男性，那便是针对对男性——包括外貌、身体、性别气质——有幻想、有欲望的人而设的投射活动。有趣的是，一样是以挑逗女性（及基佬）为主的两个电视节目，为什么只有无线招人话柄，亚视却平安过关？

最简单的答案，是大台、弱台在地位差异上的必然因果。是的，事隔亚视选"香港男士"不到三周，多数人对它的印象，我想一定不是节目有何可观，而是收视仅得四点。以惯性收视当生招牌的无线便不同了，动辄有二三百万观众支持，制作自然不能脱离大众口味和道德标准。所以尽管亚视在过去二十年多次以不同名目摆下男性选美的擂台向无线挑衅，TVB 还是紧守岗位不为所动，直至这次破天荒"人选我选"，果然便引来投诉。

但是，如果把主办"港男"竞选看成是无线的某种"进步"——终于承认男人也可以像女人（对象）般，藉展览被人欲望——广管局收到的不满于节目不雅和意识不良的十一宗投诉，又可不可被视为"反动"呢？我有这个想法，是因为从今次无线处理男士竞选的形式看来，即使

---

* 生鬼，粤语中指生动、有趣的意思。抵死，粤语中有古怪精灵的意思。

不是追求高档，也是有意避免粗鄙低俗。这一点，不难从司仪的选择上看见——全女班到底不同全男班。

过往亚视主办的男子选"美"，参加者很少逃得过被男司仪、男名嘴及男性嘉宾以"考验智慧与口才"的名义揶揄、奚落的命运。一般状况是，当大部分答问的背后都有着"堂堂男子为何出卖色相有损尊严?"的预设，对话过程又被发问一方不断印证"你们有令香港男士蒙羞之嫌"，参加者便只能勉力招架，他们的吸引力也随之降低，而节目的趣味便转移到不肯放弃强势的（男）主持身上。这些大佬之所以能够高于参加者，并不因为拥有比参加者优越的（外表）条件，而是"权力"：他们是电视旁不屑但又充满欲望的男性的代言人。唯有打击参加者的尊严，这些人才得以保持心理平衡。

这次两台同步替司仪的性别换班，我认为是《色欲都市》的另一次修成正果：男人，应该被四个或以上的女性评头品足。但亚视却功亏一篑，找来吴嘉龙、王合喜、尹子维等公认型男撑场，结果效果只能用灾难形容，除了翻译再翻译的答问环节又笨又长，他们的出现不免再让比较产生：大部分参赛者可是太没有自知之明了?

无线倒是忽然开窍，明白选美过程该是一种精神的体现："形式便是内容"。于是做了几件"对"的事：（一）以被认可了的欲望形象包装参加者，像李云迪和木村加 Rain 的混合体，方便观众对号入座；（二）减省无谓对答，保持参加者的神秘感（也就是性感）；（三）过程以快刀斩乱麻的淘汰方式进行，帮助观众认定自己的心水（亦即是最受落的包装）。

当然，你可以批评形象归形象，各参加者的实际表现仍属差强人意。以吹色士风和跳拉丁舞两件才艺"外衣"为例，便不是量身订做，反而暴露了"衣穿人"的尴尬。然而衣不称身在选美活动中永远不会造成致命的伤害——观众最后要看的，还是肉体。"花洒湿身"的安排，加上候选人上半身的小衬衫要脱不脱、几时才脱皆由自己决定，我认为那才是全晚最贴题的环节：它是 sexually suggestive，but not explicit。

换了中文，便是"乐而不淫"吧？但是"淫"又怎样？你别说，"淫"也要有程度的人才懂得欣赏。这样说来，形式挂帅的"港男"其实远远尚未达到"淫"的境界，它只能做到"乐"的层次。如非这样，现场又怎会传来此起彼落的叫嚣欢呼？

叫嚣欢呼来自六百名女观众（也是评判）。把六百名各阶层及不同年龄的妇女"关起来"接受男性提供的娱乐，有报章以"鸭店"比喻。姑且先不谈"鸭店"是如何双向歧视，我想借两个观察提出一个问题：无线对待"女性把欲望释放"这件事情，是否真的如表象般开明、开放？

乍看当然是。但见镜头全晚迎着六百名现场女观众不断俯冲挑高，目的是制造热烈气氛。然而通过态度积极的镜头，我们却看见大部分时间女士们均正襟危坐，恍如参加毕业礼——除了前排几位外籍女士。甚至有（起码）两位每次被拍到时，都以大会场刊遮面！加上电视机旁的我们总是只闻叫嚣而看不见激情的真人，使我不能不怀疑现场的女性观众既然来了，但为什么还是只有"出席"，不能尽情"参与"？

真要追究，大可在无线当晚的节目安排里找到端倪。把"港男"拦腰切开的，是处境喜剧《窈窕熟女》。剧中四位主角，无一不是不分对象、不理场合，若非念念有词，便是一见像样男子便如跳蚤般往他身上扑去的急（男）色妇人。她们的表现是否"惹笑"不在本文讨论之列，但类似的言行举止，却肯定对观众有心理影响：前后不过一小时之差，无线似是要我们看见"女人"的两面。正面告诉你"欲望无罪"，反面却是"有欲望的女人便是姣婆"。有份为港男叫嚣的女性观众如不介意自己的行为被无线换个"戏剧角度"便画上丑角的等号，大可在紧接《熟女》后播出的"港男"下集继续叫嚣，否则，她们（也是我们）应该在荧幕上清楚看见香港女性的矛盾和悲哀——到今天为止，不论选人或被选，女人仍是被利用和定型的一方。

男权被颠覆了吗？

主要还不是要向内地的《加油! 好男儿》看齐或挑战，而是去年办了第一届的香港先生选举，今年算是"见好不知收"的添食，结果在刚过去的周末晚上播出的两小时第二届香港先生选举，一致被看过的观众劣评为 déjà vu——"似曾相识"不是最传神的翻译，实际上唯有法文的原文才能传达个中的荒诞：主办机构，即无线电视，可是故意为我们制造"选了等于没选，没看等于看了"的幻觉？"选了等于没选"是因为今年的最后两强之中，黄祥发是去年落选者黄祥兴的弟弟，左看右看都似借尸还魂；陈志健和上届香港先生高钧贤相比，体格虽然略壮，面相骨格却有七分相似，通常港人把该类男士称为"削"男。因此，不论胜出者是黄祥发还是陈志健，都只会是第一届赛果的变相延续：上届功亏一篑的今届卷土重来，上一届成功吃糊的今届再糊一铺。一样的选拔过程和一样的赛果，当然会叫人感觉"没看等于看了"。

心水清者更指出：第一届和第二届的唯一差别，只在答问环节的沙发颜色不同。难怪连内幕都不再是秘密：同样选举，绝不会有第三届了。

反观大陆和台湾，为什么又能把美男选举炒作得盛况空前？早前《三联生活周刊》以"男人也是消费品"为主题分析了"男性也选美"的现象和因由，清楚揭示出大陆与香港的状况明显大有不同：前者参赛人排山倒海，后者是"池中无鱼虾为大"。导致第二届香港先生选举没有瞄头的主因，确是与候选人由卖相到身手无一不泛泛之辈有关，谈吐更是乏善可陈。唯一稍为令观众眼前一亮的，只有肉体——文雅的说法，是体魄。但看上去六块八块腹肌的肌肉男，一闻歌起舞，竟有人露出姐手和姐脚；要舌战女主持，除非不开口，开口便像小娃儿牙牙学语；举止因欠缺自信而显得阳刚不足外，更因思路、口齿不清而答非所问，使人不能不联想起那句极具性别歧视色彩的对女性的形容：胸大无脑。有人或可持参赛者多从外地归来的理由，为词不达意的他们辩护，但到底不会让观众改观的是，他们大多数有着一个共通点：虽身为男性，但阳刚的男性气质普遍薄弱，唯有加强渲染成分，也就是"男扮男装"。难怪主持郑裕玲与邱凯敏虽身穿低胸晚礼服，却比他们任何一人更有丈夫气概。

是的，第二届香港先生选举起码隐藏着"双重掩饰"：（一）参选人的"男子气概"都是平面式的，只能以惊鸿一瞥昙花一现来吓唬人；（二）他们之中，好一些根本不是地道香港人——换句话说，主办者没能说服具备更好条件的香港男士参加比赛，而现在观众看到的比赛恰就是他们裹足不前的原因：（香港）男人不是不喜欢被看，也不一定介意被女性评分，只是他们较难接受在被物欲化的过程中，首先要受到"女性化"的洗礼（港男选举的泳衣环节便安排参赛者演出"出水芙蓉"），或阉割——不论如何以才艺表演来标榜人人不同，只要都是经历倒模的塑造，再输送到观众眼前，参赛者便已丧失了大众心目中男性该有的主体和主动。

亦即是，不管在个人宣传片中如何像兰博（Rambo）般闯越枪林弹雨，但人人都是兰博，便等于没有一个是真英雄——何况，没有观众会愚蠢到不知道只有面部特写和摆甫士镜头里的才是参赛者，其余把电单车骑得像野马般，头戴密封头盔的真汉子，都是替身。

把广告时段扣除的香港先生选举，剩下只有一个钟头多。"健力"

和"潇洒"两组的十四个参赛者是以近乎快速搜画的速度汰弱留强。这未尝不可以被视作是主办机构施展的第三种掩眼法。一字排开的这些男士质素如何无线自然心中有数，吊诡的是，做观众的我们也被逼睁只眼闭只眼地与名不副实的一场选秀共谋。选美男于是从本来"颠覆男权"的活动——鼓吹姊姊们把男性对女性的欲望投射以其人之道还治其人之身——变成更加巩固男人必须是强者的合理性："男扮男装"引起的女性尖叫只是虚张的声势，并不能等同真正的心跳，所以当一个个把肌肉穿在身上的男子在女观众面前扮演穿花蝴蝶之际，缺席了的男人味已在空气中被加倍强化、怀念，然后进一步被渴求。

有人相信只要愈来愈多 Muscle Mary（洋人对以穿上肌肉来伪装阳刚的"男子"的谑称）和花样男子的出现，女性的欲望空间便会愈开放。我却认为眼前热闹更迹近是一次虚拟革命，只会叫（女）人在误会现实已经有所改变的同时，更难看到真正想看见的男人。

2005 年 7 月 7 日

2006 年 7 月 19 日

细世界

香港的无线电视 TVB 近年在业务总经理陈志云领导下，一直推行公司"品牌"化，即是希望以营销策略提高旗下艺人及节目的市场价值。曾几何时只看重收视率的媒体机构，终于明白仅赖观众把频道锁定在自己一台已不合时宜——数码化广播在港推行在即，加上"电视已死"不再是杞人忧天却是真的正在发生的事实，无线当然不能继续守株待兔，是以该台节目的光盘已大量在市面发行。

要做到让消费者有更多选择，理论上无线必须在节目类型上开发更多品种。乍看《15／16》、《味分高下》、《美女厨房》、《向世界出发》等都是为配合品牌多样化方针而制作，但细心一看，《味分高下》、《美女厨房》均有抄袭痕迹，《15／16》内容缺乏，更令人关心的，是这些节目包装容或不同，精神却是一样空洞，一样不能满足观众对创意的要求。

就是宣称提升心灵素质的《向世界出发》，虽远赴世界"每一个角落"取景，"希望藉各地文化风俗与主持艺人的个人经验擦出火花"，但在光鲜亮丽的画面背后，原来还是一股"香港精神"的换汤不换药——所谓"放眼世界"，不外乎为了令自己"不被淘汰"，说来说去，仍是"为了生存"那一套，与每部无线剧集中宣扬的人生哲学如出一辙。

我看的一辑是汪明荃游京都。旁白者是化名韦家晴的陈志云。在他咬字铿锵的声音下，汪明荃既散步在名胜古迹之前，又跟"能剧大师"、"舞蹈大师"习艺。如果上述内容被剪成两三分钟预告片，它必然让人误会一向功利的 TVB 转性了，但一连四集看下来，才知道京都和日本传统文化艺术都被利用了，所谓向大师习艺，不过是皮毛的几下动作，连带感受也是泛泛之辞，如"我获益良多"。

但最叫人吃不消的还不是表面化，而是潜藏在幽雅恬淡下的"压迫感"：每几句旁白中便有一句：你知不知道自己的价值？你怕不怕被人淘汰？你想不想像阿姐般不败、屹立不倒？想的话便要像她般不断"自我增值"！

去得再远，在那把催眠似的声音笼罩下，一日是功利的香港人，一辈子都是。

2007 年 11 月 26 日

志云饭"局"

访谈节目

即使不是有传林子祥在接受访问时，因不满在外地高卖太阳眼镜的旧事被重提拂袖而去，《志云饭局》和它的主持人陈志云之于香港人也不会陌生。是的，鲜有一个电视节目会像它般，谈论它的人数远远超过每集都在看的真正观众。原因很简单——它只在收费频道播放，而习惯了看电视奉旨免费的香港人，当然不会只为一个有话题性的访谈节目，与钱包过不去。

大抵既是主持，同时也是无线高层（总经理）的陈志云也深明这一点，所以访问不只有真人版，更有文字版，定期在某周刊原文照录刊登。我就是那种读了文字便不会想去付费收看的大多数人：周刊才十来块，收费频道却动辄过百，而且访谈文字的魅力，或所挑起读者的想象空间，有时比起三口六面可以犹有过之。

除非不能以文字来传达的突发状况在访谈过程中发生，可观性又作别论。假设林子祥真有应约赴会，并在饭局途中拍桌离场，那再绘形绘声的文字实录都比不上亲眼目睹：目击他人情绪急剧起跌可以媲美坐过山车，按道理说，不论文章有多生花妙笔，也不会有人觉得想象坐过山车的感受会比亲身体会来得更刺激吧？

是以访谈节目想要拼收视、搏人气，主持人便要懂得提供惊奇、惊喜、惊险。惊奇是问别人所不敢问，惊喜是找到出人意料的嘉宾，惊险则是主持人与受访者的"惊就两份"：在唐突、冒昧、尴尬的边缘互相拉锯，使观众边看边替双方捏一把冷汗：到底谁比谁的面皮更薄，又或一个人的面皮可以厚到什么程度?

毕竟每集都要激怒一个嘉宾是件不划算的事,就算是最麻辣的访谈节目主持人都不得不同时经营另一种可观性——让来宾落泪。《志云饭局》早期便有以陈慧琳泣不成声作招徕,新闻见报之日,教我想起当年邓丽君接受商台清晨节目《笑口早》访问时,因一时感触泪流不止而震动娱乐圈,对邓本人是无意,对电台和主持人却是可遇不可求:该节目因此而打响招牌。

总不能每个嘉宾都像郑裕玲般事无不可对人言——洗肠、整形皆不回避,或狄波拉般把太极耍得叫人口服心服:她们的妙语隽语,读文字便好。

上台下台

演员和艺人当然是值得以访谈形式被认识的。有说从事表演事业者的确比普通人活多了几辈子生命,比喻归比喻,它也不无道理——娱乐圈容或不是绝对的大染缸,但为了更有效率地反映"戏如人生",圈中的空气确实比圈外的更浓稠与高压。吸多了过分剧性的空气,好处是举手投足皆有"戏",不好的,甚至足以致命的,是别人还未来得及操控阁下的情绪,你已自导自演地把自己玩得死翘翘。

艺人或演员的访谈节目吸引人,正是因为大众想看见他们戏外的真情绪——俗称"没上妆的样子",又叫"素颜"。台湾某综艺节目中一个受欢迎的环节,便是要求女艺人以阳春面上镜头。假如访谈节目也能做到"素脸相见",未尝不是表现诚意的方式之一。

可惜大部分访谈节目都是以情绪掩藏了访者与被访者的真面目,当某个话题触动了艺人的伤心痛处,通常只要他或她的泪水一挂下来,或甚至只是开始哽咽，节目的配乐——大多是钢琴——便会乘时代替未说完的话——原来这类节目重视的不是内容多少，而只是多么能让观众被打动。

欲言又止与尽在不言中是让被访艺人完成访谈节目的最佳句号——因为它也是代表未完的"省略号"。所以我们的访谈节目更像一场演出，多于是充满语言艺术的谈话秀，尤其当主持人决定扮演透明的角色时——像《志云饭局》中的陈志云。

和台湾的张小燕与蔡康永不同，也跟内地《艺术人生》的朱军不一样，陈志云的访谈风格，是一种"人民喉舌式"的求证风。是以大部分问题的起首均是"据闻"、"侧闻"、"听说"、"有传"、"曾经有说"之类。而且在受访者把答案娓娓道来时，主持人也甚少在其中找到更多互动空间。一集《志云饭局》下来，看似是电视台为了满足观众八卦欲望而搭建访谈的擂台，其实真正目的是要为被访者提供安全又简便的澄清下台阶。

若是不以答案有现成与半官方之嫌，《志云饭局》还是能让一些观众满意的。但好看的访谈节目少不了有个性的言论，有承担的主持，否则便只能落得平庸收梢。

餐桌政治

少见受访者与主持互动的电视访谈，听着听着成了独角（脚）戏。《志云饭局》便是如此。有说因为主持人是大机构的高层人士，问问题不好穷追猛打有失仪态。但看看问题本质，还不是"人问我问"？真要把访问的水平做到另一层次，首要动作是戒八卦、戒平庸、戒像师奶上菜市场时互相交换小道消息。

《志云饭局》无疑是"师奶 friendly"的。节目设计用心良苦，宁舍主持的个人观点而取代人发问，结果是总经理轧上男师奶角色——明明是一人之下，为什么不是高瞻远瞩，倒反而芝麻绿豆地跟被访者斤斤计较起来？但与此同时，一个好像没什身段的高层主持又隐隐渗出另一番权力游戏——旗下艺人不看僧面也要看佛面吧？

"饭局"从来不是吃饭的地方。《志云饭局》的名字一落实，呼之欲出已是"杯酒释兵权"之类的鸿门夜宴。如果坐在主家席的不是老板，还有与客人平起平坐的可能性，但一旦一对一坐下来，加上每次的餐厅都只有一堆空桌空椅和食客两个，"局"的味道自然比"饭"来得重。

老板和员工"闲话家常"固然有着看不见的兵刃之气，而一涉及个人私隐，就更觉身为下属的不能不"交心"，起码要"交戏"。新近一辑的嘉宾陈豪在节目中"自爆"刚走红时挥霍无度，弄到卡债债台高筑，可观性看似在于艺人的真情剖白，然而当"觉今是而昨非"的情怀是被放在"没有 TVB 就没有现在自我"的潜台词下被体会，一切"忏悔"都可以变成是对服务机构的投诚。一场"饭局"，原来不是主客关系，却是主仆的从属。

所以主持人很易陷于"两边不是人"的局面——邀不到公司员工以外的贵宾出席有公司面子不足之嫌，改为请员工充当嘉宾受访又让人觉得因利趁便，即使不能称为剥削，多少也是某种权宜。"权力"——看着主持人如何以语言或大众关心某议题之名来操弄受访者和电视旁的观众的情绪，一直是谈话秀的精神所在。《志云饭局》的"布局"（setup）本来就充满权力游戏的气息，只是该节目上下人等对它视而不见。

请别忘记，说是"饭局"，我们看得最多的却是食物的浅尝辄止——怕被下毒乎？

吃素吃肉

　　TVB 走向品牌化的经营策略，《志云饭局》是第一块试金石。成绩如何？若从锋头来看，当然是理想——它是无线收费频道的"招牌菜"，观众数量肯定不及免费广播的翡翠台，但在名人私隐如此渴市的社会里，《志云饭局》成功捉到媒体和大众的心理，就是自己没看过，也要谈过、说过。每隔三天一次的小见报，五天一次全版或半版，造成锦上添花的效应，节目从电视走进书店，由通俗娱乐变成"高雅文化"。

　　作为大媒体机构的头号品牌，当然要重视形象。形象可以来自包装，《志云饭局》的背景总是选在高级食肆，而且能有任何机会，编导都会把看天看海的景观收进镜头，只是看得见的"高雅"，往往更反衬出内容的"粗鄙"（vulgar）——温文尔雅的举止背后，还不是内藏一颗市井、师奶的心？

　　访谈节目的格调孰高孰低，关乎到主持人如何定位自己：他和普通人问问题有何分别？他和娱乐记者、编辑的身份又有何分别？除了位置，更有角度的考虑：哪些事情是多知一件与少知一桩没有分别的？邀请什么人来谈什么事情是在引发观众兴趣之余，还能对社会有所影响？上述问题不见得每个访谈节目的主持人都会细想，但毋庸置疑的，是成功竖立个人风格者，都能在他们的节目里示范个人学养和气度。真正的高雅，正是从中流露的气质而并非身穿名牌与用名贵餐具吃名贵菜式。

　　当然，至高境界的"高贵"是发自内心的高尚情操。台湾的《点灯》和内地的《艺术人生》都是走探求人生意义的雅俗共赏路线。只是太过严肃正经又会流于板着面孔说教，而且零嘴就是零嘴，何必，又何须戴上道学面具来推销？有人宁看血淋淋的活剥皮，就是受不了虚假伪善给他全身毛孔带来不断站班的折磨，只不过真性情也有矫枉过正的时候——把一切访谈节目等同都是剥削，会不会只是优良示范看得太少？

　　"高级"的访谈节目，应是人性与语言艺术并重，主持人的思想层次既在众生之中，又在平庸之上，任他怎样娱人娱己，背后还是有着修行的精神，否则所谓"聊斋"（纯聊天），也只是嘴巴茹素，心里仍是大口大口啖着别人的肉。

2007 年 9 月 5 日—12 月 5 日

IV | 单向欲望，集体焦虑

这里是香港

网中

朋友说得好："根本就是相同的材料，报纸把一则新闻刊注销来，电台主持人读完了，又轮到晚上的软性时事节目。你以为上网会看到不同的东西？原来又是一样的事件、人物及一样的评论。近期，电视台甚至与报馆联盟，节目里的'直击'片段，都直接由狗仔队提供。而同一些片段，当然会先被放上报馆旗下的网站。"

这就是香港式"传媒"，或，如果你认同"传媒"对本地的大众只有提供娱乐的功能，这，也就是香港式"娱乐"。犹如食肆为了加速顾客人流而设的快餐、特餐，传媒也为它的版面定做"每日例汤"：成龙的下流抑或风流已经明日黄花了——谢谢上帝，今天登场的是 GiGi 多么"令人讨厌，犯众憎"*。例者，例牌也。即是要就供应，不要就拉倒，当中不存在任何选择。所以不管读报、上网、打开电视，只有一窝蜂把 GiGi 描成大黑脸，不见丁点异议与分歧。

这般人云亦云，居然还标榜网页文化是如何独立、尖端、反霸权、打破市场垄断！上网，真的与进步无关——在这个有很多人借高科技来表达"应该恢复浸猪笼"的地方。

炒楼烫了手，改为炒网页。电视和报纸不屑看，但是在电脑上补给个够。又一次说明了什么东西落在什么人的手中，就会变成他或她的倒

---

* 梁咏琪与郑伊健的恋情曝光引来娱乐版对梁咏琪施以口诛笔伐第三者横刀夺爱，她也因此而得到"好胜 GiGi"的绰号。

影。传媒之后，网亦如是——这里是香港。

娱乐

　　这里是香港，住于斯长于斯者，叫香港人。香港人如果把这里当自己的家，就不可能对她没有感情。但是，每次有人以书面或口头批评这地方，提出意见，却要铤而走险，随时被人掷以石头："唱衰香港!"

　　带头掷石的，是我们的领导人。然后，不论批评的言论是忠言逆耳或苦口良药，都可以嫌它不中听而被否定。当然，"否定"已是一种包涵了，因为身为香港人，应该不会对"欲加之罪，何患无辞"感到陌生。如是这般，不想被标签为"唱衰香港"的人便学晓明哲保身，宁愿一厢情愿看好将来，"唱好香港"。

　　有趣的是，打开报纸，你会发现头版与经济版已渐渐从黑暗中走出来——楼价稳定，恒生指数升至九七年来新高，中国大陆加入世贸后香港有牌发——但，娱乐版却反映我们正一步步踏入中世纪似的"黑暗时期"。

　　而，对于大多数的香港人来说，娱乐版才是港闻版，版内每个名字，既似股票——价值由市场决定，又是香港人格的倒影。容许我作以下的推论：没有"香港人"，就不会有我们所认识的"成龙"、"蔡枫华"、"洪朝丰"，以及正在酝酿中被石头掷的"梁咏琪"。

　　"人格"的问题，不会被香港人愈辩愈明，只会在娱乐版放大后，被大众明贬暗褒。有人可以藉类似方式上位，揾真银、过骨（过关），为何我（们）不能？不能，只是因为不敢，是以更加关注——不管面上的表情多么鄙夷。

目光

有两种情感（绪），分别名叫爱和恨，主宰着我们生活上的种种信念。耶稣之所以会叫世人"爱你的敌人"，便是因为自信无惧。自信的泉源，乃是一望无际的胸襟，而拥有这一片平原的人，很少会像我们那样捉襟见肘，误会自己懂得爱人，其实连自己都不知道怎样去爱。

基于这个逻辑，我发现香港人对于爱和恨，原来极为混沌，知之甚少。

当大家咬牙切齿地面对某个名字时，理论上此人便是过街老鼠。你以为他的处境岌岌可危，谁不知，不消一刹那，之前的齿冷、咆吼都可以变成掌声、欢呼、喝采。例子俯拾皆是。像某位不惜以出丑来博取曝光的歌手，终于成功开了个唱，表面上是他个人心愿得偿，但，请勿忽略了现场两千多人的反应，更不宜低估蛰伏的家庭观众——暂时，他们仍然按兵不动，但只要这场演唱会继续被高谈阔论，他们自会加入扑飞、炒飞的行动，或"热潮"。

届时，他们会如梦初醒，承认这位歌手不是大花脸，而是大众精神上的代言人——"刹那光辉不代表永恒!"潦倒归潦倒，厚脸皮也不碍事，重要的是，他终于站上台，以撕破脸皮的方式来赢取别人的目光（attention）！掌声雷动，正是集体的宣泄：尊严扫地，但，终于被看见了！

放下高高在上的姿态，才能得到一直渴求的 attention。若你问我，这个反映着集体欲望的演唱会可以在红馆开足一百场。

精神

在我到过和生活过的中国人社会，往往弥漫两种气氛：上层是意气风发，下层是委曲求全，而两者的中间……好像没有中间——连中层的人们都觉得自己若不能像上层般允文允武，便是毕生遗憾。

难怪"上位"这个名词会风行于坊间。它的广受欢迎，反映多少人蠢蠢欲动。但，在这些不满现状的人群当中，又有几多是主动地想到改善修养和学识，甚至推广至更高层次，追求社会也进步？

对我来说，上述要求是一种文明的体现。它或许经过漫长的时间，然而效果还是涓滴可见的——透过大众在生活素质上的改革和进步。优质生活的诞生，首先端赖社会上不同角色的人对自己的价值感到肯定，进而认同自己的位置，认识到自己和他人的联系，并对分工合作加以肯定。简言之，既做好本份，又关心周围，唯有这样，"本份"才不会变做固步自封的代名词，"自己"也可以成为超越自己的推动力。

只是，几乎在所有的中国人社会，都没有这等充裕的时间。香港、大陆、台北，全部跑在数字的脚跟后——要不是就时钟，要不就是股票指数。于是，社会的荣辱视乎个人的安定繁荣程度，即是，名下财产多少。

如是造就了一个又一个不讲求公德的社会，以及一堆又一堆孤独得发疯的人群。《明珠报告》："街上每五人之中，便有一个是潜伏性精神病患者。"说的是香港。

1999 年 12 月 8 日—12 月 11 日

是非

有几年我在伦敦做独行侠——那是打长途电话去英国仍要七块钱以上一分钟的年代，是以一年三百六十五日，绝大部分时间跟香港的朋友隔绝，连报纸也没得看，造成了心情上的疏离，自然而然，开始觉得自己应在归属感的一栏上填："英国人。"——回想起来，那竟是生平中最耳根清静、天下太平的日子。

你知道吗，英国报纸是没有娱乐版的，纵然卖遍全球的《Hello》杂志（包括西班牙、法国等版本）其实是英国制造。可是当我的选择是《独立报》和《卫报》，一般的小道消息，便不会像苍蝇飞舞于果子附近，叫人看见，也对滋扰感同身受。

这并非说西方人在讲谈"是非"之上比我们高级多少——他们也有gossip 这个字，即是四海之内，皆有说长道短的空间。只是，"是非"虽然不以上乘与下作分野，却可以显露出哪一些是为了过口瘾，又哪一些是位置之战，潜藏政治。

契机可能就在"是非"和"gossip"两字的分别上。后者较近为了发声而发声，同时音量是倾向小的，因为悄悄话若给全世界听了去，只会对讲人者不利。然而表面无伤大雅的"是非"，却有"大是大非"的千军万马在背后随时出击——大义当前，没有一桩（别人的）事情不可以挑起我们的使命感，一如"民族兴亡，匹夫有责"。

以前"是非"是流传的多，现在呢? 广播。

2000 年 1 月 18 日

一对怨偶

（一）

　　艺人与传媒，好似正在吵架的鼻子和嘴巴——"谁更需要谁?"传媒的版本，总是深深不忿:为什么只有我们被利用，而你们就不能被利用?为什么你们一觉得被利用了，就叫做私隐权被剥夺，而我们只能接受"有事钟无艳，无事夏迎春"的游戏规则?

　　艺人，最响亮的反驳:"'艺人'只是职业、工作，所有上班族的都有下班时间，艺人不能例外。"

　　这样子各执一词，当然是不会有结果的。有点像父母子女、婆媳、老板下属之间的纠纷，当事人往往被一句说话牵住鼻子:"道理不在你那一边，它在我这一边。"——看，所有为了紧守（岗）位置而发动的干戈，都是百年抗战，而且常常说打又不打，说了不打，失惊无神间又把炸弹掷到对岸。

　　你别说，艺人和传媒也适宜搞"两岸三通"，而不是继续鼓吹"敌不动我不动，但是我的声音要比敌人大"。因为，在"公共"这个题目之下，谁更有利只是钱币的两面。然而，艺人和传媒却相信其中一方的确有着绝对的主权——每天接触任何有关艺人的新闻，正正就是见证双方如何争持不下，文斗武斗，务求宣示"我（更）有权"。

　　有人把这个现象立论为鹬蚌相争，渔人得利——"但凡市场上有竞争，只有消费者是真的获益者。"却忽略了可能有很多人并不喜欢在乱葬岗里捡便宜，或被流弹打中。

（二）

在传媒的心目中，艺人都是自私的，当然艺人也是这样看传媒，只不过艺人不能像传媒般以机构或集团的名字来行走江湖——刘是刘，黎是黎，郭是郭，吃粥吃饭，全看个人名字的修为，说得堂皇一点，那叫"名誉"。

传媒有"欺负"艺人的本钱，就是倚仗这一点。所谓的"光暗之战"，乃是身在暗处的人把同样见不得光的别人加以曝光，本来两者都是摸黑行事，只不过其中一方有头有面，更易被顶上的光环出卖。

明白这个逻辑，某影后便以身体力行反击——你按快门，她也按，结果拍人者与被拍者一同被镁光灯的"咔嚓"轰炸，身体轮流遭受闪光镀金。能够出此一着，在某程度上也是进步——再不是走避、装聋扮哑、揸打。但是，当事人有时候也会变成精神上的阿Q——原先只是据理力争，图那长远的清静，却弄成终日高度戒备，一只手老是离不开口袋里的摄影机，这样一来，反而本末倒置，先累自己变了神经质。何况拍了的照片根本没处刊登！

倒不如回复低调，息事宁人。"低调"，马上使人联想起墨镜、全球帽压住眉心的样板"明星出巡"打扮。尽量隐形和没有特色，正好又挑起了镜头偷窥的欲望——"无私显见私"，乃传媒侦探学的入门第一课。

艺人总有理由支持自己不上镜、不见人、不讲话，除了当要宣传的时候。这样坚持公私分明的原则，正是传媒眼中的"鸡蛋与鸡"——你自私，所以我才自私。

（三）

大部分的香港艺人均是商人——分身有术的，可以兼饰货品和推销员；若是不懂得 sell 自己，就更明白经营的重要性，因此加倍相信卖艺只是副业，投资、炒作才是正经。艺人有句术语"揾真银"，意指正职报酬有限，不过是意思意思；看见真金白银当前，才算有大鱼可钓。

这里的艺人深信他们比起普通人更需要钱——你试过与从事这行业的人聊天吗？愈红者，话题愈是离不开钱，管他是股票经、麻雀经、房地产经，自然绝对少不了饮经食经——享受的学问，也是钱。

虽说也有一些光爱赚，不爱花的。很久之前就道听途说："艺人要为自己的将来打算，他们在行业里的竞争大，寿命又短，是以打工不只为了谋生，而是尽快储够急流勇退的本钱。"——不安全感，果真能由钞票的多少来消灭吗？如果是，有人藉提早退休来抓一笔，之后又后悔离场时太年轻，到重作冯妇不知多久，钱也赚多不知多少，为何却仍在歌台舞榭上让我们看见更多的不安全感？这样的例子，并不被大众见嫌，又是为什么？

也就解释了其他商人为何只在艺人的身上闻到钱、看到钱——包括传媒。难怪口同鼻拗，徒然浪费时间心机——"你用我们来抓银就可以，我们在你身上吸回油水就是没有'公德'，这是什么逻辑？"

互指对方自私，艺人和传媒一如一对苦于离不得婚的怨偶。

2000 年 1 月 25 日—1 月 27 日

偶像

从事演艺行业者，如果不做"偶像"，钱马上赚少几个开。但是，"偶像"并不是易做的——有天赋，不代表拥有所需条件的全部。试想，阁下可以忍受面对群众时的举步难行，与名利双收之余，一并附送的不自由吗？

约翰·列侬（John Lennon）并不认识向他开枪的男子。最近连四只甲壳虫（The Beatles）之中最低调的佐治·夏里逊（George Harrison）都捱了一刀。又，嘉宝（Greta Garbo）息影后深居简出，偶尔穿成木乃伊般走到街上，还是被认出来了："啊! 嘉宝!"受惊的她飞奔到对面的行人路，险些遭汽车狼吻。阅罢这则轶事，我笑得打跌，朋友怪我幸灾乐祸，我澄清："这不是单纯的笑，这是替她苦恼的笑。"（有出中国电影，就叫《苦恼人的笑》。）

"偶像"只能在人海中有限度地走动，其中一个原因，是他们太有钱了。当然，城中财雄势大的名字俯拾皆是，而比起大小超人，天王天后的身家，不过是花生米。但，"偶像"的不同之处，在于这些钱是因为群众给面子，才会"集腋成裘"。表面上房地产和娱乐都是生意，只是很少人会因为李泽钜长得好看而排队买他的楼盘。

愈有钱的艺人，愈容易产生不安全感——根源未必是财富的多少，却是背后的群众力量。因此，"偶像"只适宜在特定的时节和场合现身，否则让人看多了，看出了人的一面，大家就改拜更有神秘感的另一个神了。

艺人以金钱来交换的，不只自由，还有自我价值的自主权。

2000 年 1 月 28 日

有失明星身份

　　阅报得知某女星被电单车撞伤，先是愕然，继而感到不可置信，一句话在心里变了层层选：不会吧不会吧不会吧……不是因为我是她的影迷，而是这条新闻实在太超现实了——（女）明星被一辆电单车撞到"当场腾空飞了起来"?! 怎么可能?!

　　只因我以为明星都是不用过马路的。不不不，应该是说，马路不是铺来给明星们走过去的。不不不，也许最正确的说法，是为什么当了明星，尚要亲自过马路呢? 我还当那些名叫"保姆车"的小巴，都是明星代步的工具，不管要到什么地方去，明星只要等助手把车门拉开，然后矮一矮身便跳上去。这个画面直到此刻还在我的脑海盘旋，所以你不要怪我放下报纸已好几小时，对这消息仍旧半信半疑。

　　怀疑的是，女星可会是为了别的原因而挂彩，却不好意思告诉别人，才想出了"准备出席宣传活动，撞正下班时间，街上来往车辆甚多，为闪避前面的一辆房车，竟被左面驶来的电单车撞倒"? 类似的胡思乱想，你可归咎为"庸人自扰"，但亦未尝不是被娱乐新闻长期喂饲的"后果"——每件事情皆可能是宗被掩饰或有待揭发的丑闻。不不不不，更更准确的说法是，"应——该——是——丑——闻"。否则，单纯因冒失而被一辆电单车撞倒，真是平凡得有失明星的身份。明星不是不可以遇上交通意外，但我们预期那是十倍轰烈的，像当年的戴妃——除了死者和死亡本身光芒万丈，别忽略了报销的车子，不是法拉利，就是保时捷。

2001 年 4 月 3 日

印象 Pie

演员关海山先生中风入院后的第二日早上，报纸的娱乐版无不以大字标题报道。我记得那是个天色阴霾的星期天，中环很静，我坐在檀岛咖啡室里吃着沙嗲牛肉通心粉，背后传来对白声：

茶客甲："关海山爆血管，入冲医院㗎。"（不知道为什么，他把声音压得很低，像那消息"不可告人"，但因周围很空，每个字都清晰地"落入"我的耳朵，于是引起我的好奇）。

女茶客乙：（大声的）"怕都好大年纪啰。个女都咁大啦，个女有冇跟埋去医院呀吓？"

甲："女？有女嘅咩佢？"

乙：（更大声）"有！做戏㗎嘛！叫乜名呀？呢，几靓吓㗎呢，对眼好大㗎呢……"

男茶客丙："有冇拍电视㗎？"

乙："冇！（斩钉截铁地）叫咩名呢……有卖化妆品广告㗎……呀！关之琳呀！"

甲："关之琳系关海山个女？唔系嘎话？（不是吧?!）"

乙：（好大声好大声）"系！乜唔係啫！（怎会不是!）"

甲："关海山个仔系关聪吖嘛！"

乙："个女咪系关之琳啰！"

丙："唔系，关山个女系关之琳。"

甲："吓，乜有个关山㗎咩？"

丙："六十年代帮邵氏拍片嗰个咪关山啰……"

女茶客乙：（仍然大声）"呀！我仲以为关之琳系关海山个大女……"

　　趁着前往柜台结账，我匆匆一瞥，这二男一女的年龄均不算很大，应该六十上下，但当他们在讨论这串人物关系时，口吻却出奇的老态龙钟，好像口中的名字已经是再上一个世纪的人物。"混淆"似乎只是表象，我记得我在推门离开之际发现：娱乐版有时和画家莫奈一样，都是"印象派"。

　　是什么东西把"娱乐版"和"印象派"从遥远的两点连成一线呢？一个是报纸的内容，另一个是艺术的流派，理论上，它们是"大缆都扯唔埋"的。但请不要忘记，两者其实都牵涉了我们在对待事物时的切入点，那便是"如何看"。

　　看"印象派"的画，不能用看"写实派"或"超现实派"的眼睛，就如看"娱乐版"时，我们很少会衷心反问：这些图文，对我有何意义？（广东话讲，"关我乜事？"）因为，我们都把心思放在别的问号上了：真有此事？怎么可能？有冇搞错？使唔使呀？（"何须至此？"）

　　换言之，"感性"才是"娱乐版"的主题——至于"理智"，难道还要我们逐件新闻亲自求证不成？所以，虽然从未与图文中的人物交往或有过任何接触，我们却一样觉得对其言、其行、其心理状态了如指掌，故此只需眼角一瞄、视线一扫，大家便可得到对某个人与某件事的整体印象，然后作出终极裁决。"土归土，尘归尘"，黑归黑、白归白，八舅父*是"奸"的，蔡枫华是"疯"的，莫文蔚是"大胆"的，王菲是"酷"的……有趣且矛盾的是，"印象派"的画风其实跟我们在看"娱乐版"时所捕捉的"印象"正正相反：后者是愈鲜明愈有力量，前者却是以朦胧、隐晦和依稀的色调来打动心灵。

2001 年 4 月 6 日—4 月 9 日

---

　　* 指当年香港邓家（新马师曾一家）争产事件中的重要人物洪家泉，人称"八舅父"。

普罗大众的 Life Style

娱乐版的账目

　　方力申替计算机拍广告，赚到六位数字的酬劳。谭小环为美容院做代言人，酬劳也是六位数字。汪明荃与罗家英往跑马地有名的法国餐厅晚膳，吃了九百元一客的牛膝，还有一千一百元的法国烧鸡——"但罗家英没有将座驾平治 ML320 交给代客泊车，而是人手插卡入咪表。"这段花絮，可是暗示他"犹太"？九七年亚姐郭金在内地拍剧，一集薪酬已超过当年在亚视的月薪。帕瓦罗蒂离港前，乘坐由演唱会赞助商 Audi 提供的 A8 轿车赴机场，该车售价约港币一百零三万。张天爱在北京听帕瓦罗蒂——"我坐二千蚊美金（约港币一万五千六百元）嗰种。"张说。某极品香槟举行名人晚宴，人手一杯粉红色液体，"每支售价一千九百八十八元"……

　　今天是二○○一年六月三十日，娱乐版上与名人挂钩的数目字不比往日多，也不会少，事实上，若是没有了他们的收入和支出的最新情报，读者可能便会觉得当天的新闻"冇料到"，有如一碟菜既没放油，又没放盐。

　　可见大众对于名人艺人的兴趣已经逐渐转移——以往是把焦点放在他们的工作和绯闻上，现在则瞄准另一样东西：钱包。我反而更想在采访现场听听记者朋友如何就花费的问题向名人们旁敲侧击或打烂沙锅问到底，因为现在读到的报道，总是对方自问自答，像阿姐吃完牛膝出来，不知为何，竟对空气说："贵唔贵？OK 啦！"

李泽钜 vs. 藤原纪香

替明星艺人在衣食住行上的花费埋单计数，已成为现今娱乐版的"重要"素材，是以记者们必须熟读名牌时装每季的 catalogue，又要去遍城中大小至 in 的吃喝玩乐场所，若非如此，他们如何能把明星艺人由头到脚的价钱，和当天为什么事情掏过腰包，以清单形式罗列，为了向读者交差？

今天不同报章的娱乐版便都有一个"贫富悬殊"的对比：李泽钜 vs. 藤原纪香。

女的，一下飞机就满足了文字记者和摄影记者的"需要"。大家如数家珍："周身名牌……千多元的 Chloe 的黑超……手挽四万多元一个的鸵鸟皮 Hermes 手袋……住海景套房，约二万八千元一晚……坐平治房车往半岛酒店顶楼 Felix 晚膳……可谓极尽豪华。"

男的，则拍摄了全部可供读者"看字识图"的相片：与妻子吃的是埋单三百九十元的日本料理（暗示"优惠套餐"），购物也只是到大减价中的马莎，买下原价三百二十五元，折实后是一百九十五元的卡其裤，直击报道之余，执笔那位不忘奉送对李泽钜的私人评价："十分符合'小超人'节俭的大原则。"

这个对比的意义，再次反映出"娱乐版"的一个特点：它总是在有形无形之间，引导读者把性质不同的事物，放到同一个天秤上秤。

花钱新闻

为什么我们会喜欢看名人"消费"的花边新闻呢？包括：把钱花在

哪里，跟谁一起花，花在什么人的身上……还有最最重要的：到底他有多少资本可以"花"？

最后一项有多重要，每每可从记者选材和报道的方式得知。例如，阿姐日前的确是吃了一客牛膝，而我们之所以会知道有这么一件"新闻"，当然不是因为牛膝特别，却是它那非同小可的价钱——近一千元！当大家被那数字灿得瞪了一瞪眼，你别说，阿姐在我们心目中的份量，说不准又加了两钱重。

谁不知道艺人的"权威（力）性"是来自他们的"身价"？而没有任何事情是会比"（高）消费"更能显赫他们的矜贵了。你可知道，同样是一客牛膝，在娱乐版上伴着阿姐的名字出现时，它的价值是九百多元，但我发现同一天在同一份报章的副刊里，它不过是一百三十元。餐厅的级数不同，价值自然会有上落，只是，这也不足以改变另一个事实：坐落平民区的廉价餐厅，又怎能奢望阿姐会纾尊降贵的上门光顾？

花钱要花在看得见（visible）的地方——有些艺人懂得，有些不。懂得的，都是明白到那是不可缺少的"宣传"（publicity），也就是日后可以回本的"投资"，像我的偶像嘟嘟自《男亲女爱》建立了珠光宝气的形象之后，但凡有她出没之处，忽然都光猛起来，所以连超市都要借助她当大灯胆，省招牌。

可见艺人的"极尽奢华"，有时也不外是一种"投资和表演"。

双重判断

名人穿戴什么，用什么型号的汽车，上食肆点哪些菜式，为什么都有机会变成凡人生活中的某种焦点？简单的"八卦"或"诸事"似乎不能解释一切，像李泽钜买一条一百九十元的卡其裤也可以成为大众茶余饭后的谈话数据，因为他"节俭"——大家当然对"孤寒"的暗示心领神会；而全身衣物加起来刚巧也是一百九十元的刘德华，则被形容——抑或嘉许？——为"平易近人"。同一个数目，出来的却是两种评价，为什么？

报纸看似不会主动比较李与刘，但是读完一版读另一版的我们，早已在脑袋里设立了比较的系统，而它原来不是按照不同处境来操作，却是把日积月累储好的数据，一并进行"判断"——有时甚至不会加以分类：N 年前林海峰与彭羚被人拍下拍拖去吃鲍鱼和鱼翅的照片，到今日竟仍被我在这里引用，你知道是什么缘故吗？因我清楚记得当时对这段花边新闻的评价："奢侈！"

说明了在羡慕、向往、妒忌之余，名人消费——不论是巨额还是小额——新闻对大众的"意义"，是让大家有机会作出双重性质的"价值"判断：（一）对花钱的人的"身价"认同或不认同。（二）质疑他的消费模式和身价是否平衡、匹配。如果不，又是为什么？例如嫁入豪门的某港姐，为何要在超级市场入平价厕纸的货？

写到这里，我也不禁笑起自己来了——此等"旧闻"，我到底是用脑袋的哪一处来装载的？

享受别人的人生

促使普罗大众乐于以名人的消费方式来判断他们的品位，以至人格，还有很实际的一个理由：若是连他们那么有条件（钱！）的人都不懂得花费，凡夫俗子如我们，还可以跟谁学习？向什么人要"如何享受人生"的指引？

所以，管他是银坛的长春树或接班人，还是名门之后或暴发户，只要在娱乐版有头有脸，便是大众可以仰望的"叹世界"的模范。而为了不让我们失望，这些人必然要在衣食住行的"风格"上交出最佳成绩，至于那些足以满足大众的好奇、猎奇、虚荣等等心态的享受方式，是否也能同时满足他们自己，可能只是其次了。（谁会想知道郭富城到底有多喜欢驾驶兰博基尼？大家只要看见藤原纪香如一只凤凰般从车厢走出来，便已觉得"香车美人，夫复何求"。郭富城于是没有一百，也有九十分吧?)

　　没有"明星"当头高照，我们也许还真不知道有钱该怎样花。尤其是今天的世界——有钱人如恒河沙数——不信? 翻开娱乐版的社交页，每一天都有新星诞生。他们与艺人们共同承担"启发"大众的责任，是以我们尽管不像他们般富甲一方，但也学会了评头品足，知道怎样去不屑一些穿着上一季衣裳和不懂得"有品位地生活"的人。

　　是娱乐版令我们分享了本来只有名人才有资格享用的一个词：life style，而且，我们顶多只需付出一份报纸的价钱。

2001 年 7 月 3 日—7 月 8 日

明星与自由

谁在三十岁退休

今天（2001 年 7 月 11 日）的娱乐版有一则的小小"新闻"：陈冠希宣布他要退休——当他到了三十岁。

第一个反应是：陈冠希出道多少天了？第二个问号是：为什么又是三十岁？张国荣第一次退出乐坛的纪念演唱会不是也在他三字头的人生阶段？还有梅艳芳。那些应该都是十年前的"盛事"了，当时最普遍的人生理想是"三十岁便赚够下半辈子所需花的钱"——名义上是"退休"，实则是"全职的玩"。现在看见有人说着同样的话，感觉有点像在看"回顾展"，问题是，一个才起跑不久的新人，连精选大碟的歌曲也未储够，又怎可说服别人他真有成为"典范"的一天？

但只需回心一想，便会听懂所有声称要在三十岁前退休的新人（不止艾迪生）的心声——（几乎）全无私生活可言的"生活"，过十年已是够得不能再够了，若不是每天都在提醒、鞭策自己"见好就收，重新做人"，一辈子岂不变成任人浏览——如果大众对你还有兴趣——的"橱窗"？

做"橱窗"不是不好玩，尤其对于喜欢"公开展览"自己的人来说，只是他（们）也要经受时间的考验——这一行到底是门面事业，一旦到了皮肤不听意志使唤的光景，任那当事人如何不惜工本、"大兴土木"，大众也只会当是旧式百货公司的循例翻新，吸引力始终有限。

三十岁当然不是青春的极限，但整整一个"双十年华"不能属于自己，谁不想它早日降临并得到解脱？

此私不同彼私

昨天写到艺人为何都选择三十岁作为收山的年龄，话口未完，今日的娱乐版便出现另一个参考："不能像普通人般跟朋友出外吃一顿饭"的陈慧琳。

一张张图片都是不愉快、不情愿、不开心，总之是不满之情溢于言表的她。图片中情绪低落的这些 Kelly 们，没有一次与镜头对望，明显是以拒绝跟任何人（不论是拍照者或读者）有眼神接触来抗议私生活受到骚扰。

除了愁眉苦脸跟平日的明眸皓齿判若两人，还有衣着与发型上的反璞归真，也跟向来的"花花世界"大相径庭。换句话说，"偶像明星"的陈慧琳被"邻家女孩"的陈慧琳比了下去，因为后者给我们带来较大的新鲜感。

"后窗"是在"橱窗"的衬托下才更引人入胜。"平民化"了的 Kelly，随时可被看成是"借平凡作掩护色，为了不想被人看见她在拍拖"，这当然未必真有其事，但在传媒眼中，"低调"便是欲盖弥彰的呈堂物证，所以尽管陈所光顾的饭店不是什么 best kept secret，饮桌上也不只有她和传闻中的男朋友——但是由于陈在新闻图片中表现出极度无奈，大众便有理由相信她是"无私显见私"。

甲之"干卿底事"，乙之"见不得光"——艺人与普通人，永远就是纠缠在同一个"私"字的不同解释中。

自由的代价

这一阵经常接到一些"邀请"，均是曾经一起排戏的演员的要求，一个说："我要投考演艺学院，可否为我写推荐书？"另一个："在这份表格上签名便可以了，我要参加新秀歌唱大赛，你做我的提名人好吗？"对于前者，我是诚心诚意地告诉她："我怕我的一封信反害你不得其门而入。"而后者，我是连一句她哼的歌都没有听过。

但都不重要了——真要入行，我深信她们终于都会找到门径——我说的，当然是娱乐圈。

是的，娱乐圈是时下最多年轻人想投身的行业，纵然陈慧琳满脸不情愿地被拍下的"生活照"看来使人感喟，曾志伟又"无缘无故"的捱了在头脸上缝二十多针的苦，只是年轻人们似乎都不会把关注放在这些事情之上——毕竟，它们不过是大前日与昨日的旧闻，全属过眼烟云，注定是被遗忘的。或者，就是明知道这一行最易惹上是非，又没有个人私隐，但立志成为圈中人者，自会找寻最中听的解释。像："没有陈与曾的知名度，也不会有他们的烦恼吧？而若能像他们般'名成利就'，自然要付出相等的代价啰！"

一副已经做足心理准备的口吻，却不知道在她口中的"代价"，可以是从此任由别人的目光来占据、分割、控制她的"生活"，说得严重一点，便是"失去（生活的）自由"。把这话对她说，得回来的反应是："被这么多人看的感觉，我没试过，真想试试……"

金钱就是自由？

我好怕"睇明星"，因为我怕被明星睇返转头——"此君为何目光如此呆滞，眼神如此复杂，面上肌肉如此绷紧，嘴巴如此微张，两肩如此贴近耳垂，手脚如此无所适从，还有……擘大口便咬着舌头，完全不知道自己在说什么，想说什么！"——普通人如我（们），是机缘巧合了，才会偶尔的"失态"一次，但我可以想象，明星却是想一天不遇上这样叫他们啼笑皆非的人也不行，除非永远有保镖开路，或全天候棒球帽与墨镜不离身。

赵薇来港替《少林足球》做完宣传，临上飞机前向大家"诉衷情"："我已失去自由，但我只有二十三岁。我在很多地方都不能做自己，所以我喜欢去欧洲，因当地没有人会认得出我来……"没有切肤之痛，这一席话对朝思暮想加入娱乐圈的年轻人来说，有如亚里士多德从棺材里爬出来向大家讲授"哲学"，多么的"玄"！——被传身家过亿的富女，竟然"慨叹"没有自由？岂不就如餐餐吃燕窝的人说从未试过饥饿，感觉不到自己似个人？

"金钱就是自由"，深信这个逻辑的人，当然只会在乎"看得见"的自由：想居住不受骚扰？买个私人岛吧！想出入交通方便？买私人飞机呀！俨若一切尽量"私人化"便可得到最多的自由，却没想到把生活的范围愈收愈窄，个人的潜质也会跟着愈来愈缩水，而在这种比例的影响之下，一个人纵然享有"自由"，最后却像得无所用。

天赋自由？

自由是人权之一，理论上是天赋的。但每个人却不拥有相同的分量，有人天天朝九晚十捱骡仔，有人一年才做三个月，或一日只需工作三小时，而这两个人就是在性别、年龄、教育程度上完全一样，还是可以有此出入，你知道为什么？我认为，那是在开拓"空间"的能力上不同之故。是的，"自由"只是一块牌匾，意义因人而异，不去开垦耕耘，它便如好大一片的荒漠土，只会突出个人的无助与无力感。相反来说，若是知己知彼——既明白到最无形的东西也可凭着摸索、试验而把它实践，同时体现自己未知的潜能——"自由"便是不愁没有收成的稻田。

　　像任何待人开创的空间，"自由"也是要脑力与劳力双管齐下，才会令它的意义及力量更见明显，这也解释了为何人们总是在生活的空间愈缩愈小之后，才慨叹当初没有尽力争取。也不一定要被送进监牢才叫失去生活的自由空间——事实上对某些人来说，那可能才是真正"生活"的开始——而是，每日出入自如于各式场所以至全球大小城市的你和我，极有可能常常懊恼于行走的困难——想转左，没有路，要转右，那条路又不通。照说我们都是有护照和签证的，奈何生活中"不准入境"的国度处处都是。可见"看得见的自由"只是造就了我们的一相情愿，就像明星们以为一架上墨镜，戴上帽子，大众便认不出他是谁。

2001 年 7 月 11 日—7 月 18 日

她必须死两次

又一个十来岁青年跳楼自杀的新闻成为报章头条了——今天的。但，有分别吗?——对于日日匆忙乘船上班赶火车逼地铁而只能在百忙中抽空把六元掷下将出纸 A 至 Z 厚厚一大叠捧上手再循例把第一版标题迅速一瞄然后抽出娱乐版或经济版或副刊或马经来细心阅读的普罗大众，这则新闻可能只是昨日及大前日以至近年趋势的延续，或有人对它被安排的位置感到诧异——昨日不是也有学生自杀／跳楼吗? 为什么那又不能荣登头版头条?

依我猜，那一线之差在于生和死——永远失去了的、追不回来的，地位当然"高人一等"。只是，那不保证我们便会格外重（正）视今天的这位死者，甚至可以恰恰相反——又是被橙色抢救工具嵌住头部的现场照，又是有箭嘴指示死者从哪一层跌下的新闻图片，又是家长从遥距被拍下的松郁蒙相*，如果不把内文逐只字地咀嚼，这则新闻（的报道手法）确实与其他同类型的个案"大同小异"，就是看毕全文，也不过是典型的"社会的错"而已。所以，当我（们）说"又一个十来岁青年跳楼自杀的新闻成为头条"时，其实是慨叹新闻中的"她"已没有了个人性，或可以说，她在跳楼死了一次，继而成为头条后，第二次失去了"生命"。

这就是为什么当眼睛以"浏览"来换取这则（类）新闻的"印象"时，我们不会得到心和脑的响应——是习惯使大家变得麻木，而麻木又使我们感觉受到保护，以及更重要的：感到安全。

2001 年 2 月 23 日

---

* 广东话，指照片影像松动、模糊。

单向欲望，集体焦虑

（一）

为什么森美、小仪会想到选举"我最想非礼的香港女艺人"而不是"我最想非礼的香港文化人"呢？

因为两个符号代表着差天共地的一样东西：性幻想价值。没有人会否认女艺人——一般范围涵盖歌影视明星——的其中一个社会功能，便是给大众提供性幻想。这个定律既不始于昨天，更不是由香港人发现——早在电影发明之初，默片明星便已成为性感偶像。而且在 sex goddess 外，更有 sex god 如华伦天奴。至于本地，就是地位崇高如张曼玉、钟楚红，也是从选美会的伸展台跨上大银幕；老资格如汪明荃，演电视剧是一个人，主持歌唱综合节目则是或露背或开高衩的另一个人。郑裕玲近年所走的性感路线是红地毡式，即是只在隆重场合才穿上暴露程度大致与全球女星所认可的标准看齐，通常不会少也不会多。而纵横娱乐界数十年却从不在形象上与"性"沾上关系的女艺人只有一位：沈殿霞。

然而，那也是过去式了。时至今天，要在娱乐圈占一席位者，几难不凭她的"性感指数"决定前途吉凶。而且随着社会的改变，上述名牌女星的作风或风范已不适用于新人身上：以往她们还可以选择性地性感，因为曾几何时，摄影机要捕捉的是女明星的个人气质，但在今日，要找有自信的女艺人真是谈何容易！所以才会看见一个一个不管时节、场合、观众，总之能穿少一点便少一点，短一点便短一点的女艺人在争取曝光。形象之外，更要在口头上使"身体"能在媒体上突围而出——

主动引导采访把话题放在和身体有关的事件上，小如尾指受伤，大宗新闻则如近期叶璇的牛肉刀插伤大腿——当然，你也可说类似事件不过是鸡和鸡蛋的因果关系，出于身处大众兴趣和媒体利益的夹缝中，女艺人在跟随市场规律之外，还能有何选择？

女艺人在今天的处境，我认为不只是必须随着大队行性感，而是只能行一种性感，那便是芭比式的身材、穿着、姿态、声音（芭比如果会开口说话，没有人会期望她是鹅公喉的吧?），以至思想。不要说像西方银幕曾经有过的嘉宝、比提·戴维斯、嘉芙莲·赫本、珍·摩露、珍茜宝等等不同签名式的"性感"，就是本地七八十年代所容许的某种"性感"，如瘦骨嶙峋，经常自嘲为"洗衫板"的缪骞人，也是香港不可能再有的。眼下只能被大众认同的"性感"，无一不是 Lolita 的翻版和变奏，就是已届超龄但还想得到粉丝支持，她也要一直扮幼齿，假如外型欠缺说服力，便要在谈吐上恶补加分——尽量以无知、低 B、弱智、白痴的言谈来增加她的"性幻想价值"。

如果你同意目前香港娱乐圈最被需求的都是这一类的"性感"女艺人，你便不会奇怪当名字被列入"最想非礼"排行榜上，为何当事人均会以"觉得光荣"或"不会认真看待"来响应——也许，她们早便明白身体其实不是自己的，却是用来被大众消费的。当肉体与心灵长期分家，无法抗拒的猥亵、侵犯便会转化成精神上的伤害。同时，我们更加不会意外森美、小仪为何觉得香港女艺人在性方面所能提供的吸引力只是"被非礼"，而并非其他更需要想象力的性幻想：可能他们认为，香港女艺人的性感，只在于满足手足之欲的层次，而不是需要花上更多时间、心机的恋慕。写到这里，容许我以近期多部重拍电影纷纷出笼的现象作为比喻：新旧版本的《海神号》和《凶兆》分别在哪里呢？我的看法是，七十年代的原装是鼓励观众与它（们）谈恋爱，今天的新版却只是让新一代观众度过紧张刺激的两小时，毋须为剧情付出思想感情。"非礼"背后的态度如出一辙：被非礼目标没有激发出非礼者对自己的美好幻想，她只是引起他想以行动来证明他有把欲望付诸实行的能力——及权力。

是基于对某个对象产生了性的欲望，但又自觉该种欲望并非双向，一个人才会想到以单方面的行为去满足欲望。"非礼"便是在这种情况下发生。那么，是什么让非礼者觉得欲望只能是单方面的呢? 很大程度上，是由于他相信自己不会被欲求（desired）。不被欲求（undesirable）的原因有很多，可以是"没有原因"，也可以是外观条件欠佳，身份地位悬殊，或自觉缺乏沟通技巧和魅力，致自信不足。又由于社会过分把人的价值建立在外表和身份地位上。森美、小仪提供的网上选举，正是通过投票选出被非礼的女艺人来合理化选民单方面的欲望，从而把焦点转移到有哪些女艺人更 desirable 的提名而不是让选民面对自己的 undesirability。就这样，选民因自信不足而造成对被拒绝的焦虑便得以释放。

让这样的集体焦虑得以释放，本来也是森美小仪的社会功能之一。而在事件发生后，有不少网民继续声援二人，证明他们不单是受欢迎的DJ，更重要的，是他们的价值观受某一撮人的认同，他们的声音是某一撮人的心声——例如与拥有名利距离尚远而有着焦虑的年轻人和学生。因为森美小仪的节目方式，赋予了他们行使无须为行为负责的权力的机会。问题是，在满足某一撮人的需要的同时，是否就要令女艺人"被非礼"——以及接受在如此复杂的动机和前提下，一切不过为了开玩笑的借口?

至于因榜上有名而表示"证明自己有吸引力"的响应说法，只会令我想说：（一）就算中文欠佳，当事人也不会不明白翻译成 indecent assault 的"非礼"并不是什么恭维语；（二）如果明知"非礼"的意思，还要用自我安慰作为下台阶，更是反映出本地女艺人趋向认同"愈要有商业价值，愈不能追求个人尊严"。难怪一些识时务的女艺人，已学会利用丑闻来自我增值。这是香港女性的悲哀么？似乎又不一定，因为，有人总会相信吴君如在响应森美、小仪事件的一番话有其真理而不是阿Q精神。吴说："女性系自己尊重自己，唔系靠人哋尊重，所以唔需要咁执着……"

（二）

我在一个文化课程里给学生一份功课，请他们就森美小仪的"我最想非礼女艺人事件"写篇一千五百字的文章。学生们全介乎二十二至二十五岁之间，是年轻人，但又不是少不更事的青少年。他们理应可以从一些经历中整理出较全面的看法，也就是说，应该较传闻中森美、小仪的目标听众——一般来说是小学生和中学生——更有分析和判断能力。然而大多数收回来的文章却告诉我，我是多么低估了他们都是由森美、小仪"襁褓"的一代人的事实：当思想尚在萌芽阶段时，这两位节目主持人陪伴他们的时光比任何人都多，为他们与同辈间制造了不知多少排遣寂寞打发时间的话题，是以在他们笔下，甚少是对事件的客观与全方位论述，而是爱莫能助居多——他们最大的感受，是觉得二人"唔好彩"（有欠运气），就像一群小朋友眼看一起作弊的其中两个被老师人赃并获，他们即使只是壁上观，心里到底戚戚然。

十份功课中有七份认为二人只是跟社会开个无伤大雅的玩笑。而为了替二人开脱被宣判了的罪名，大多数同学都提出了一个相同的论证：为什么周刊封面能肆无忌惮地以标题来淫辱女艺人，"森美小仪的非礼那么含蓄"，却偏要受到公审惩罚？

　　文章都是学生们的心声，更是集体的价值观。他们认为：（一）如果周刊封面没有被追究，森美小仪也没有理由被追究；（二）"非礼"只是一个字眼，不能被当成行动看待，而没有行动便不构成冒犯。不过他们又不约而同地提出另一论据："如果森美小仪的题目是'我最想非礼的男艺人'，社会便不会反应如此激烈"——言下之意，是社会本来就奉行双重标准，既然非礼男艺人不会引起大众的震动，那么便不应该因被非礼的是女艺人而针对森美小仪。看得出他们无意讨论非礼在这次选举中的特定意义，而只是利用社会奉行的双重标准替森美小仪开脱。

　　森美、小仪不认为"非礼"有问题，我想那是因为他们是主流的香港人。香港的主流文化一向都是理所当然的男性中心，并且是草根式的（"麻甩"）。所以在森美小仪成长阶段耳濡目染的流行文化中，大不乏《奇谋妙计五福星》（钟楚红被吴耀汉、冯淬帆、岑建勋、洪金宝、秦祥林轮流"抽水*"非礼是港产片中的经典场面）、《追女仔》系列（一直到《精装追女仔》、《超级无敌追女仔》）、《求爱敢死队》等（由石天、麦嘉到王晶）"癞蛤蟆想食天鹅肉"的男性性幻想。而在这些电影当中，除了一群缺德鬼和被欲望投射的靓女，通常还有一个女性身份失效，导致她近乎"没有性别"的女配角（例如瘦身和变靓前的吴君如）。"没有性别"是由于她没有 sex appeal，本来处于这个不利位置的女性，却原来可以藉与男性联成同一阵线而凌驾于"美女"之上。今次事件中，小仪不以当选"最想被非礼女艺人"第一名为忤，与港产片中处理吴君如的惯常模式如出一辙——以女性做挡箭牌宣示"既然本人（女性）不介意，便不存在侮辱女性的成分"，但却暴露了小仪的当选不过是掩眼

　　　*　非礼。

法：谁不知道她在节目中一向是以丑角争取认同，她身先士卒被选为"最想非礼女艺人"，未尝不可被理解为是认真地（选举目的）替选举戴上一个不认真（选举态度）的安全套。

是次事件引起的争议声中，有不少认为反对人士是"小题大做"，甚至是把事件政治化，其中更有人持"森美、小仪不过是后生细仔玩大咗"来淡化传播机构对于建构和强化社会价值观的影响力。先撇开年过三十岁的两位主持到底是心智仍未成熟，抑或是以"后生"之名鼓吹反智，我觉得更加值得探讨的，是在一些表面开明的言论背后，可有隐藏着对批判男性中心的主流价值的抗拒和回避？因为，若对事件背后的价值观继续拆构和分析，必然会使某些被男性中心价值观保护的人之偏见和歧视彻底曝光，致令他们人格和诚信受到质疑。由此推论，他们为森美小仪说的话，会不会是在替自己说话？

2006 年 6 月 8 日—6 月 20 日

豪门情结与皇室想象

现实里有大美人女明星生日，富豪一掷千金搏她一笑；连续剧也乐此不疲地搬演着类似情节，只不过背景不是现在，而是女人必须以色相换取生存的"过去"——红了一出《金枝欲孽》，效颦者有《大清后宫》，虽说现实乍看没有这些戏剧般险象环生人人自危，但"好戏在后头"的刺激性，对于社会大众来说还是一样的——但见新人笑，不闻旧人哭，只是情事瞬息万变，新和旧的位置谁敢保证不会说变就变？是的，我一直认为拍了又拍的清装宫闱剧集在华人社会仍有市场，是两岸三地的中国人最容易把得不到满足的欲望投射到它之上：我们其实都想像欧洲人一样，拥有一个既被羡慕，又被唾骂的"皇室家庭"。

又因为中国不可能像英国或丹麦甚至日本般拥有皇族，所以"豪门"才会成为心理和实际上的补偿。表面看皇帝家庭只有一个，豪门却如百家姓，随时可以列出长长一张名单，两者自然不可同日而语，而最大分别，是象征民族最高道德典范的第一家庭绝对不能犯错，但民间的寻常百姓，即使再财雄势大，也不用承受同等压力。因此，大家不难发现欧洲（例如英国）的狗仔队主力是咬住女皇伊丽莎白一家子不放，相对于皇室，他们对一众大亨明星名人反而较为"对事不对人"。

反观我们的大小传媒，却是渔翁撒网，疲于奔命——都怪至今未能锁定一个长期能够提供绯闻、丑闻、奇闻和没有新闻也可以随时替他制造新闻的对象？这样的对象虽然可以由艺人名人出任，但请别忘记，艺人可以息影，名人也可以归隐，甚至政治人物也可以用下台来避开所有长短镜头，唯独皇室中人一日是蓝血人，一辈子都是蓝血人。从宿命的角度来看，他们除非是圣人，否则代代相传，传媒毋须担心没有借用他们赚钱的机会。

话说回来，既然华人地区已渐跟西方看齐——他们任何名牌，我们都能以金钱换取——偏偏欠了最尊贵的民族身份象征，唯有劳烦媒体一边打造，一边经营。九十年代初在香港创刊的某周刊开了先河，每期例必报道上流社会的社交活动，将殖民地的夕阳风情向草根市民推销。是以新兴词汇如 Ball 场（舞会）、Ball 后等，为香港人大量制造提升身份地位的欲望。再不久之后，同一机构出版的日报更将炽热升级：豪门中人穿什么，吃什么，买什么从此天天见报。就是在报纸销量全面低落的黑暗日子里，新闻图片会因节省印刷成本而改印黑白，唯是名人版里的每张照片维持七彩。

七彩的意义，是达到刺激欲望的目的。本来，皇室人员与艺人明星在性质上的最大分别，是前者每次在媒体出现，理应都是执行公职如出席慈善活动。带有服务社群性质的活动不同于个人宣传，既然他们的功能不是为了娱乐大众，报道也就不应该着眼在其私人生活。也就是说，他们是国人情操的化身，而不是情人眼中的苹果。问题是，在没有皇家的地方，艺人明星却在"担起贵族责任"之余，还要身兼二职：既要有教人景仰的人格——这样才会使善事做得有说服力；与此同时，他们又不能完全罔顾大众被他们吸引的真正原因——毕竟不是因为他们不吃人间烟火，而是他们的或风流倜傥，或美艳不可方物，总之都是欲。

针没有两头利，艺人明星也不可能个个做到一人分饰魔鬼与天使。因此，他们的生涯注定是要不精神分裂，要不就像我们的刘德华：从他即将要发的新唱片的主题看来，他的确是向着另一个境界进发——不是贵族，不是元首，是成为某种精神领袖？若他追求的目的是"成功"，那必定是抱了破釜沉舟之心：将私生活归零。

从观众的七情六欲中升华超脱，代价可能是多了一些人的支持，失了一些人的兴趣。凡夫俗子生活里不能缺少的，离不开是《金枝欲孽》、《大清后宫》与二十一世纪现代人心态合谱的古今交响曲：大美人会否终于嫁入豪门——"入宫"？"入宫"后能否继续受君王宠爱？君王之上又可有太上皇和太后？大美人的命运和中国史上的后妃将有何雷同？

要逃避上述诅咒，除非如张曼玉一般——虽然她的"远嫁"还是会被中国宫廷连续剧的死忠粉丝定性、归类为"昭君出塞"。

2006 年 6 月 25 日

由自杀想起

自杀在香港，往往沾有一点星味——光有阮玲玉在上海开的先河，随后万人空巷的纪录创造者如林黛、乐蒂、张国荣等，都替自杀漆上一层难以磨灭的光芒，使死者成为香港天上的流星。就算不能永留青史，但集体记忆一定给他们保留席位，是怀缅，是惋惜，是慨叹，是同情，总之不会如废纸被一手皱成一团再投到篮子里，如写坏了的情书。

对于自杀明星的生命，大众可谓"人弃我取"——从此不怕他（们）私自发展出与我们期望不乎的枝节。甚至，以古典美人（《玉堂春》、《梁山伯与祝英台》、《倩女幽魂》等电影的主演）乐蒂为例，尽管有哥哥雷震一再试图通过访问说服公众她是死于意外而非自愿，却只能怪"佳人薄命"与"玉殒香消"之类的词汇与乐蒂的形象与戏路太太吻合，以致历史不可能因另有实情而自动改写——"历史"，本来就是大多数人想听、喜欢听的故事。

纵然，现实中死于自杀者不像娱乐圈的例子般"重女轻男"。两者的最大分别在于，现实里的男性自杀者多数是遇上困惑但不懂如何求助，又不愿随便宣泄情绪，于是以死找寻出路。所以跳楼、自焚者无分身份上的贵贱，当中既有中产与无产阶级，也有上下流社会。足证压力一旦无法负荷，男人的膊头不一定比女人强壮。当年因债务缠身而以一死解决的钟保罗便是其中例子。除了他，自杀在娱乐圈都近乎是女性的专利。万绿丛中一点"红"的是张国荣。但张在某层意义上也是"女明星"：华丽、优雅、"孤芳自赏"，更重要一项，传闻他的死与爱情有关。爱情使男人"女性化"——罗兰·巴特（Roland Barthes）的名句——故此因得不到爱情而轻生的男人甚少受人景仰，因为一死更肯定他是"娘娘腔的"。很多年前香港发生过一宗男性为情自杀的新闻，一女二男中的女主角是城中的名女人，裙下之臣中有一位因追她不到而狂吞安眠药，事件的英雄当然不是痴心的男主角，而是后来到医院去探问和安慰他的女主角。

女人的名字在这次所以不叫"弱者"，因为她是狄娜。

遇上事业失败，感情受挫而没有倒下去的，都有成为强人的机会。乍看娱乐圈的存在是为了给心灵弱小的普通人注射强心针，但圈内却百分百是强人世界——每个人都要通过市场考验来证明自己的价值。于是造成好些艺人不能不在可亲与可怕、敏感与麻木、自大和自卑、爱自己和憎自己的矛盾中挣扎。信心不足是艺人的天敌，但信心爆棚又会带来精神上的另一种折磨：世界被过分膨胀的自我排斥在外，一个人在孤寂之中慢慢窒息。

再已感觉不到生命的人有理由相信自己已停止呼吸。"自杀"不过是替已逝的心灵找回死去的躯体。你可以说，除了是心理活动的催化，寻死也是对哲学的背弃——当答案就在眼前，一切问题还有何意义？吊诡的是，若说自杀是希望的破灭，寻死的人却总是在遗书上留下未有答案的问题。张国荣有他著名的"为何这样?"，近日自杀获救的芝 See 菇 Bi 的"遗书"更是满纸对婚姻和关系的"为什么"。只是生死所系不全是理性和感性如何搏斗，却在于情绪扮演怎样的推手，也就是一般人认为的"一念之间"。

2006 年 10 月 19 日

性的八卦

八卦

西谚说："好奇心足以杀死一只猫。"那"八卦"呢？是只会使小动物遭殃，还是威力足以摧毁一个城市，一个民族？连番"偷拍"风波之后，轮到"自拍"也出问题了，"谁是遗失手机的艺人 A 小姐？"成为城中最受欢迎的猜谜游戏，可以想象全港白领蓝领又将不乏大量碎嘴、扯谈的话题。有了可以大声讲笑的是非，便不用为生活与工作压力没处发泄伤脑筋了。

八卦，从正面角度来看，确是纾缓压力的有效"良方"：（一）所谓先有共同的敌人，才有共同的朋友，因此一个被公认的针对对象，变相制造大量的和谐；（二）既是八卦，即牵涉未被证实的信息，在百般揣测的过程中，人际间多大的距离都有实时被拉近的可能。只是这些正能量有时也是负能量的"祸根"：当八卦被利用来替某小撮人攫取暴利。

八卦从来不会漫无目的，八卦背后，就是"权力"。换作从前，被八卦觊觎的对象一定有着某种身份上的优越，才会像花蕊吸引蜜蜂，蜜糖惹来群蚁。而八卦之所以总是"由下而上"而较少"由上向下"，便如"人往高处，水向低流"般属自然定律。但你会反问，在八卦周刊的读者群中不是有一定数量的中上阶层吗，这又如何解释？

只要你明白现实的身份和理想中的地位可以存在哪些落差，便不会诧异再富裕的人为何还是会对他们口中的"戏子"又爱又恨——谁不渴望被万千宠爱的目光集于己身？

下等人爱在上等人的私生活中找寻梦想，但上等人也需要在一些可供他们投射欲望的对象身上追求慰藉——纵然"梦想"和"慰藉"到头来都因媒体的全面草根化而变质。以往名人艺人隐坐云端的时代已一去不返，现代人如你和我便得把对他们的羡慕调整成另一种心情：我本将心托明月，奈何明月照沟渠！"八卦"的盛行如是将既定的阶级（层）权力彻底翻盘——上等人从此在普罗大众的监管下做人。

双重快感

　　八卦是求知欲的一种。但有些事情不知道对人没有损失，另一些则纯然"得个知字"，既不能提升学养，更不会改善人生。唯一得者，是心理上某个痒处被搔个正着，连带身体流过说不出的舒畅——"八卦"所满足的是官能需要。

　　追寻个人满足并不犯法，除非它有侵犯他人权益。"八卦"曾被视为"缺德"，便是因为沾有偷窃色彩。然而时移世易，"闲谈莫说人非"如果还需被严谨遵守，寻常百姓还有哪些话题？难道大谈自己的"是"？能有成就感的人大抵还不觉得把自己当话题是讽刺，但对于自觉半生牛马营营役役者，"自己"不过是"由他人所拥有的一条命"。与其被逼面对无力感，不如主动抓别人的痛脚。"八卦"不再名列现代人十诫之上，很大程度乃社会已经默许它是最有效的集体疗伤。

　　问题是它不单治标不治本，甚至，它会反过来蚕食使用者的精神健康。原理和吃头痛药饼几近一样，服用分量会随着神经麻木的升级而愈来愈多。更糟的是，表面不再不适，但是药物却会变成囤积的毒素，不知什么时候才能排出体外。

　　"八卦"一词在大多人心中都是无伤大雅的。不要说以毒素作为比喻，就连"不道德"都谈不上。正如很多人所相信的，电视娱乐、新闻节目或报刊的娱乐消息尽是过眼烟云，对人生谈不上有什么大影响。然而，他们亦无法解释为何短短数年，我们（华人）对"八卦"的需求量不只大增，还直接从被喂饲转型为主动发掘及制造同类信息公诸同好。

被拍到更衣录像的艺人 A 小姐便是这种趋势的"牺牲品"。报警求助使她成为被半公开身份的头号受害者，但她肯定不会是最后一个：在全民皆被利诱向传媒爆料的时代，要向平淡生活报复者既能藉消费别人私隐出一口气，又可从中感受"软权力"赋予自己的优越感，正是双重快感，何乐不为。

女巫

围绕艺人的爆料、偷拍、揭发丑闻，十居其九和性有关。当中有"合法"例子如吴彦祖在家中与女友光明正大在一起，但它又同时可被渲染为"不合法"——吴的女友 Lisa S. 靠近裤裆的一只手便被标题写作"操阴"（搔下体）。"操阴"二字便是市场价值，尤其当被"捉"到的是位一线小生的女友，兼又身为超级名模。

粗鄙、不文从来是极具效果的惹笑元素。说港产喜剧二十年来靠它们食糊（吸引观众）也不为过：《功夫》中有演员裤子穿在股沟下，《龙咁威》和《新扎师妹》不乏与身体排泄物有关的笑料。不论创作人是否自觉，这些笑话都潜藏对"身体就是禁忌"的神经反射。只是，反射经过导演手法的过滤再被观众接收到的，往往是向社会标准低头居多——《功夫》把裤子穿在股沟下的演员武功再高，也不可能取代星爷的位置，而在片末像神般被膜拜的星爷，也不容许他的身体被开玩笑。

身体之所以会是禁忌，因为它可以带来性的诱惑。港产片经常以粗鄙、不文的手法把性抹黑，表面是观众看了开心，实际情况却是，从大多数报刊均以露这露那作卖点看来，香港人明明是求"性"若渴，偏又出现必须藉丑化身体来"去性化"的自相矛盾。有此现象，可是因为香港人欲望很多，但又害怕面对"性"的"不道德"？害怕，又可是因为在"性"面前，每个人都只能认错，却提不起勇气来面对它？

若要维持"德高望重"，当然是光讲不做，又或只看不做。但即使只做旁观者，便得有人提供材料或戏码。既然社会已把性和不道德扯上关系，名星、艺人虽然师出有名地替大众制造情欲的投射空间，却不代表他们能被授权道德免疫。反过来，他们更加因为是"替身"而必须背负大众对性的恐惧和罪咎。

甚至，当恐惧和罪咎不断膨胀，名星、艺人便自动变成禁欲时代被捕猎的女巫。

猎巫

女巫，是"原始社会的村落共同体中，藉助神灵附体的力量，替人祈祷驱邪治病的专业人员"，"她们具有强大的魔力，能透过药草的协助，诵念咒语，召唤神明来施法，并创造出不存在的幻影"。"正义的女巫外表可爱美丽，邪恶的女巫往往是妖艳的"。而"猎杀女巫"的定义，则是"中世纪之初基督教在日耳曼地区发展，教区认为按基督教教义，女人应绝对服从于男人，教会贬低并丑化女人，捏造女巫形象，迫害女人，甚至活活烧死所谓的女巫。藉由猎杀女巫之名，三个世纪内约有十万人被处死，其中绝大多数是女性"。

沿着上述的历史一路走来，不难发现中世纪女巫所司的职责，在今日已改由媒体代办。以往巫婆的法力，就是今天科技的法力。但科技到底不能代替活生生的肉体满足人类的欲望，所以它们需要借助美丽的形象施展魔法。艺人，特别是女性的，因此成为被神灵——即是媒体——附身的力量。表面上她（他）们等于现代女巫，实际上只能是媒体的工具。

吊诡的是，媒体这只手藉"女巫"迷惑众生，那只手又掀起大规模的"猎杀女巫"行动——除了以身作则地派出大量狗仔队，更引发全民爆料与偷拍相机无处不在的社会"监察"风气，目的是"以正视听"吗？习惯了看艺人出丑的大众连把道德外衣先穿后脱都嫌麻烦，干脆拥抱"娱乐无罪，娱乐有理"，义无反顾的精神倒让传媒老板省掉解释为何身兼矛盾二职的时间，总之"娱乐就是娱乐"：把艺人捧上天的镜头也将是把艺人下地狱的镜头，参与游戏的人第一件事便是要遵守规则。谁叫今日的传媒已在扮演中世纪的基督教角色？

歧视女性源于害怕她们的力量。而最具威胁性的女性力量非"性"莫属。所以今天的"猎杀女巫"便是藉丑化女艺人的身体来影响大众对女性的观感。且看新一期周刊封面的大字标题："掟煲*三个月李珊珊生疹暴肥"。

2006 年 9 月 7 日—9 月 13 日

---

* 广东话中指情侣分手。

赌王的大师班

　　赌王就是赌王。记者遇上他就如蚂蚁黏着蜜糖，因为不愁他口中出来的任何一句话没有新闻价值。英文有个词汇叫 soundbite，赌王的说话一如它所形容的，是会咬人的声音。洪钟似的音量固然充满架式，但他的话之所以有着超级被引述价值，还是因为内容的独家性、权威性——你能想象有第二个人能像他般轻描淡写地"宣布"香港女富商龚如心的死因吗？原来重点不在死于什么病，却是"身怀一千二百亿身家的人也会为了悭钱而不愿看医生"！赌王的口气半点也不耸动，然而翌日全港报章都以他的话作为头条，证明 soundbite 不一定要大大口咬下去，它只要到位地在人性弱点上轻轻一啃，便震慑全城。

　　纵然龚如心的发言人马上以"赌王好幽默"来否定"悭字累人"的传说，但一切为时已晚，因为大众即使理性上没把赌王当真，心理上却已留下烙印——我们都愿意相信富人的智慧就是不及两袖清风的穷人。是真的有所体悟还是阿 Q 效应都不重要了，留下一千二百亿遗产的小甜甜恐怕就这样被"听回来的死因"盖棺定论——谁叫每个传奇人物死后一定都有留给世人参考的道德教训？

　　相比起说话全无分量的新一代艺人，赌王当然更有娱乐性。早两天我不是写过年轻一辈的最大败笔是不懂得如何"小事化大"吗？曝光率若要靠为别人制造茶余饭后的话题来维持，把鸡毛蒜皮转化成不可不听的故事才是艺人必须钻研的艺术。赌王的以身作例未尝不是"大师班"，一句"我患了人生最邋遢的病"作为引子，再道出真正入院治理的理由："在看不见的地方生疮。"果然翌日瞩目皆是极有可能"名留青史"的这两句"赌王说"。

　　俗中有雅，粗中有细，使人忘记事情的本质——本来就是最无聊、最琐碎、最空洞和最低层次的"名人轶事"——俗称八卦，经过包装再被出售来安慰大众的苦闷心灵，这不正是"娱乐"的终极使命吗？印证了"娱乐"合该是 trivial 的，只是艺人不可让它露出真面目。在这方面，赌王诚然比时下许多艺人更艺人。

2007 年 4 月 7 日

美容关系

刘天王的争议性新闻一波接一波，疯狂粉丝袭港的续集才开演，美容针一支两百四十万台币打下去保持长春不老又传得沸沸扬扬。这两宗与刘个人操守与演艺才能无关的事件皆是无妄之灾，然而，由于刘天王处于被动位置，在未来一段日子他的精神还将会受到一定困扰。即使官方发言人代说多少次对事件不予置评或不作响应，也不能改变"天王在明，争议性新闻无处不在"的残酷事实。

谣言当然止于智者。但在不太尚智的社会里，经常成为被攻讦对象的艺人只能自求多福。像黎明才接下《梅兰芳》，已传出京剧造型有"马脸"之嫌。一句"马脸"就这样替黎天王的新挑战留下先入为主的烙印，可以预见，当造型正式曝光时，媒体又会马首是瞻，让群众能有"公论"依循。

艺人如何才能反客为主？我发现不同文化有不同对应。以整形或修理美容为例，台湾艺人便更倾向与日韩艺人看齐：要么不承认但也不否认，让事实变成想象空间；或就乐于承认。像庾澄庆，上一张专辑在台湾发行前，还是由他的太太伊能静先出面"踢爆"他有电波拉皮，再由他本人站到前台让大家鉴赏整形后的效果。再之后是伊能静在其他场合稍作补充，也就是对群众进行教育。"不动刀不见血的都不能叫整形手术，那只是'午间美容'。"流行教主如是说。

韩国男艺人盛传有整形者也不少。香港人也迷宋秉宪、裴勇俊，只是香港人依旧摆脱不了某种处女情结：原装就是完美。

即使"完美"所指的不过是形象上的。或许"完美"之所以重要，是明星稍有出现半点差池，大众心底的缺陷意识马上便会"水落石出"——他的皱纹使我想起自己的，他的丁点老态也唤起我对自己年华逝去的恐惧。是我们的不完美就造了明星的"花无缺"，但同时因为明星也是人，便造成当现实与理想陷入严重落差时，陷入双输而不是双赢的难堪局面——撕破了别人的脸皮，我们自己的也再光鲜不到哪里去。

所以明星和大众的关系才不得不维持"虚伪"下去。

2007 年 4 月 11 日

块肉余生记之 Great Expectations

一百把不舍和婉惜沈殿霞离世的声音中，九十九把会说到"大家一定要把对肥姐的爱，延续在欣宜上"。潜台词是担心欣宜在失去母亲保护后将面临不利的境况。尤其当态度殷切的这句话出自与沈殿霞同行的艺人口中，听众又是媒体和广大群众，欣宜处境有多"危险"可想而知。许是曾经发生过的事情，白雪公主（欣宜）"狼吻"——在"大众"眼中——王子（吴卓羲）事件的后遗症：连"娱乐了大众四十年，没有功也有劳"的沈殿霞，媒体和大众都可以不给她面子，单单一个欣宜，当然更不会被"网开一面"。

就像小鸡没有了母鸡在身边，森林中驯良的鹿、羊、牛、猫头鹰均会为它有可能成为老虎、狮子、鳄鱼噬咬的目标物而忧虑。在张牙舞爪、龇牙咧嘴的猛兽之前，我们不单担心小鸡能否生存，我们是把对这嗜血的媒体和社会的恐惧全投射到她身上。从正面，即感性角度看，是丧母的欣宜令我们重拾良知；从负面——或务实角度看，那不过是"假慈悲"，香港人总是懂得"在什么时候以什么面貌示人"。

如果欣宜将来从事的是任何一行，只要不是娱乐，她的处境再危险，也坏不过谢霆锋那位打死也不要入娱乐圈的妹妹谢婷婷。谢小姐虽也因为出生艺人世家而逃不掉被狗仔队拍下被标签为"沟仔"、"夜蒲"、"穿大胆泳衣与男友在泳池亲热"之类的照片，但起码她不用肩负所谓的形象责任——她为自己的行为负责，不用因有"教坏青少年"或"破坏代言产品形象"的危险而失去人身自由。但欣宜的志愿是成为受欢迎艺人，那代表她不能在一系列的清规中"犯错"。否则，吃烟是罪，交男友十二点前不回家是罪，被发现有婚前性行为更是"死罪"，需要像阿娇般站出来接受以"公审"来进行的大众强暴。媒体拿谢婷婷的"鬼妹"lifestyle 没办法是因为她 couldn't careless（广东话"话之你"），欣宜身在圈中，有时难免一人分饰两个箭靶——承受自己身份的"不便"之余，还要代人做"出气筒"。

你没注意到吗？过去几年从娱乐扩大成社会新闻的艺人后代"丑闻"，主角占多数是自小在美加受教育的华裔鬼仔和鬼妹。最早有郑中基在机舱醉酒闹事，之后是霆锋的顶包案，再下来是陈冠希。就连纯情如欣宜一吻身边的吴卓羲都能引得广管局收到投诉。这些"中招"的名字中有人确实犯错，另一部分却是踩中文化差异所布下的地雷：香港是个连国际学校学生都较易惹麻烦的社会——英文讲得好与自主意识比较强的年轻人对大多数人总是有着莫名威胁。

欣宜在宣布母亲离世的记者会上落泪，当时她的嘴里正好吐出一句："我会乖，争气。"娱乐新闻节目干脆将这句话剪出来不断回放。这个画面之所以"重要"，是因为欣宜把（我认为）原意是 I'll be good 用中文说成了"我会乖，争气"。是因为她的善意，把面前的所有人——包括媒体——看成是应被尊重的长（前）辈，本来可以全部用她最流畅的英语来朗读的文章——像陈冠希的"致港人道歉书"，她还是选择了广东话。"乖／争气"如是成为一张为兑现别人期望而签下的支票——我们从小答应父母要乖、争气，不就是要让他们更有颜面，在别人面前更有光采吗？

乖，是服从。Be Good 却是做到自己心目中的"有分寸"。"I'll be good"和"我会乖，争气"的分别，在于说出这句话的人是把"自己"放在主动抑或被动位置上。如果欣宜真得乃母真传，有乃母之风，那她往后所追求的便不是"乖"——作为病人，肥姐有多次"乖"的纪录？甚至，她有多介意大众觉得她"乖"还是"不乖"？

带着病容照常逛街，心里盛着不熄的"我是沈殿霞，怎容你（们）

控制我的生命?!"火焰的她，自主意识无比强大，当时也因为把不少心灵弱小的人吓倒，媒体的镜头才会对她穷追不舍——是她的"不乖"打破了病人惯性形象和行为，遂令把她放在封面上的八卦刊物大有市场。

只是人一死，头上便会出现光环。"光环"的作用是令我们对一个人的消费，可以从"病者"到"死者"彻底物尽其用。"病"的时候，便去消费"病"的可怖。"死"了，便消费"怀缅、感慨、遗憾、惆怅"——"她"把一部分的我们也带走了。欣宜近日同是出现在电视荧幕上而没有令广管局收到"有女艺人令我不安"的观众投诉，不只因为她"乖"，更因为她在大众消费"死亡"带来的感伤中有个"恰如其份"的位置和角色。

残酷地说，这极可能是她得以藉身为沈殿霞之女而尝到甜头的唯一一次。如果不是，我们又会接受媒体为沈殿霞所塑造的"托孤"情怀，一改以往对欣宜的刻薄、嘲笑，从此把她视为故人之女，尽力培育尽心关怀吗？只是，从沈殿霞生命后期的自我和"不乖"看来，"开心果"也有放下娱乐别人的时候，我们觉得惊讶，不过是不曾深入认识她。也就是说，欣宜要走上艺人之路，即使她有一个母亲名叫沈殿霞，她还是不太可能遗传到妈妈当年的"优势"，因为在不同时代，大众对艺人品种要求的多少，会决定艺人生存空间的阔窄。而这，并不是"乖"便能改变的现实。

沈殿霞十三岁出道。当年是新移民的她（从上海来港），虽说与欣宜在加拿大出生有点相似，但不同的是，如何"适应环境"和学习"适者生存"从来不是欣宜成长过程的课题。欣宜的踏足娱乐圈不是从加入艺员训练班开始——沈是南国学员；她也无须像沈殿霞般在《红楼梦》中饰演走漏掉包计风声而吃大观园中婆子耳光的"傻丫头"；她不用和其他同龄的小朋友或同辈同台并饰演烘托红花的绿叶，但我（们）当初记得沈殿霞，绝大多数是由于萧芳芳陈宝珠身边有个闺中密友或损友，或是不自量力破坏良缘，与她们争夺男朋友的"肥妹（婆）"。

如果芳芳和宝珠是大力水手，我们一直是以对布鲁图的观感来看沈殿霞的——她有多可爱是其次，重要的是，主角身边或对面不能没有激发他们力量的催化剂。催化剂当然重要，但它到底是功能性的——沈殿霞从出道到最后一次亮相荧幕，几乎全是"功能性"的表演，除了在甘国亮《女人三十》的一集中破天荒饰演一个有（立体）"性格"的女人。

四十六年来操作永不脱线，并不是说她没有人性、没有感情，而是她没有一般女艺人的精神负担：毋须建立让大众投射欲望（性幻想）的自我形象。有趣的是，荧幕上一亲近小生如曾江吕奇谢贤便摆出癞虾蟆想吃天鹅肉姿态的那个她，在现实中却半点不因为郑少秋有着风流倜傥的外表而否定了与他成为一对的欲望——假设传闻中的女追男是事实。

意思是，不管沈殿霞私下对自己有什么想象，她的公众形象一直是中立（中性）的"主持"、"司仪"；她的可观性是不拘小节、声大夹可爱，完全与美女无关。而沈殿霞的吃得开，便是由于聪明的她出道不久便明白到"肥肥"不可能推翻或颠覆大众对于俊男美女才能当主角的欲望规条，但"肥肥"可以从中舒缓、减轻人们的焦灼和戒心。年轻时她是鼠队唯一女性，众鼠兄的解释："从没把她当女人！（哄堂大笑）"。及后变成德高望重，她就是大家姐，连阿姐都敢顶嘴的"顽童"曾志伟也要忌她几分。这条道路，对于十三岁便出来行走的胖女孩来说，真是走来不易，更是少半点决绝之心不行。

而欣宜却是一开始便尝试在大众面前饰演"宝珠"和"芳芳"。命运在某些地方上重叠——自儿童阶段便天才横溢，体形也相似的母亲和女儿，却在对"自我想象"上背道而驰：纯然因为眼中儿女都是一朵花，还是沈殿霞不再在欣宜身上重施当年对自己的"自我幻想"的抑压？

　　欣宜往后真要在娱乐圈发展，身后不只背负妈妈沈殿霞，还有曾与沈殿霞"重量"相若的过去。即是，要大众记得她是肥肥之女，又要大众对她产生幻想。引发的心理恐怕有点矛盾和复杂，也就是对欣宜以后如何拿捏自己的身份的最大考验。虽然，我十分认同她能歌善舞，只是香港人在女艺人身上追求的，才华往往是第二位。

　　当电视台还大量播放粤语片的年代，"人情世故"还是一种普及教育。换了任何节目都是鼓吹消费、增值的今日（包括所谓关怀贫困的"温情真人秀"），即使欣宜一边唱歌一边踏着沈殿霞的足迹当个大众开心果，我怕她还是不大可能成为第二个沈殿霞。因为，当社会整体重视个人欲望多于人情，"个性"比起美貌，只会更加边缘化。

　　不要说大牌如肥肥，当女主持人的名字由粥粉面饭和草莓苹果橙等欲望符号代替开始，女丑生时代已正式落幕。以往必须动用吴君如、梅小惠、朱咪咪和苑琼丹的演技才有说服力的粗鄙动作如挖鼻孔、吐口水和掰大双腿坐等，一来已被《美女厨房》式的索女出洋相所代替，二来，就是真要"历史重现"，观众也会认为男扮女装更有效果。因为经历上世纪九十年代后港产片的衰落，加上电视台对女艺人类型的狭窄化，香港人对"女性"的幻想空间，已不可能生出第二代吴君如、梅小惠、朱咪咪或苑琼丹。

　　更遑论看似搅笑，实则非常优雅的沈殿霞。

　　沈殿霞时代的过去，有可能也为欣宜的"女承母业"带来一些困难——不是说她不可能成为母亲的拷贝，而是假如她要依附大众因为"爱肥姐，所以爱欣宜"的期望走出自己的路，她便永远先要做个"乖"女儿而不能真正发挥己长。纵然，我也明白"爱肥姐，便要爱欣宜"的期许出自一众艺人之口也是有着弦外之音：恳请向来对在镜头前长大的欣宜不会吝啬加盐加醋的媒体对一代艺人之后手下留情。

但媒体若不是掌握大众喜欢把自我恐惧和怨恨发泄在投射在别人（艺人）身上的心理，他们还会对欣宜有兴趣吗？或放大来看，当揭露艺人"丑闻"的杂志都乏人问津，你认为欣宜还要受到保护吗？从这角度看来，一百句要爱惜欣宜的叮咛，有九十九句是希望被香港的广大市民听进心坎里。欣宜日后在银色旅途上会遇上多少贵人或匪类，其实也是对香港人的情操的考验。

2008 年 2 月 22 日

有种香港式偏见叫 Deep V

在《男人与女人之战争与和平》的记者招待会上，女主角之一的何韵诗穿上一条 Vera Wang 的紫色裙子出席。翌日，香港传媒在报道有关消息时，口径近乎一致，均以"平平无奇"形容裙子的效果。当然，被低贬的不是设计，是何小姐的身材。

"平平无奇"，这四个字背后是另有乾坤：（一）何小姐既然没有媒体要求的"份量"，这种深 V 型领口的衣裙，是否与其"献丑"不如"藏拙"？（二）尤其当它被穿在平日不沾裙子的人身上，可谓"唔声唔声，吓你一惊"，一百八十度改变加上事前毫无预警，对于熟悉何韵诗但对"新形象"一时间万二分陌生的媒体而言，"平平无奇"四字就如忽然地震，一只手能抓住什么是什么——压惊之余，也是以一锤定音挽回重心——怎样变，"她"仍是不太可能藉"扮女人"而"性感"起来。所谓"性感"，到底离不开香港人对女性性征的偏见，更是唯一标准——没（大）胸莫问。

也就是说，必须"波涛汹涌"者才有资格当"女人"。在《男人与女人之战争与和平》剧中，就有一句男主角"爆肚"*的台词："你的女朋友、女太太、女妈妈……"谁都知道上述称呼不用加上"女"字标签来形容，王耀庆兴之所致引得哄堂大笑，便是画蛇添足搔着痒处：一半因为当着何韵诗的面，全场观众皆知道王在"指桑骂槐"。另一半，则其实"指桑骂槐"的对象另有其人，一巴掌打向惯性以尺码来定义"性别"和"性感"的人脸上。

"女太太，女妈妈"的"女"字明显多此一举，然而，要在一条裙

---

* 香港里语中"笑破肚子"的意思。

子之前加上"低胸"又何尝不? 放眼当前与艺人有关的报道，只要"她"是"女"的，媒体便会自动把镜头举向此人身上哪里开得高和低之上。作为观众，感觉有如别无选择，就是必须认同"尺度"就是我们最想关注的焦点所在。何韵诗因穿"低胸"赢得话题性，但被"牺牲"掉的，是招待会的真正主题——在剧中，"她"的角色为何作此打扮。可怜甜美的林依晨同样因身穿低胸裙，而被若干媒体的镜头去掉脸蛋，剩下胸口。

当然，媒体也不会主动评价，或关心两位小姐把裙子穿得有多少漂亮。

"漂亮"，为什么不是"性感"的条件之一? 一件衣裳若被玲珑浮凸的人穿在身上而只会使她混身不自在，任它再暴露，表现出来的，也不过是"衣穿人"。反过来身段不见大起大伏，但只要在"深V"的威胁下丝毫不觉那人有被设计绑架，反而举手投足悠然自得，那才堪称"人穿衣"。

看过《男人与女人之战争与和平》第一幕的观众，应该同意何韵诗与该条紫色"深V"如何相得益彰。裙子物料的轻盈、反光，瞬间被何以现代女性敏锐的思辨、灵活自如的行动立体化起来。它亦同时给何的体态多添高贵与妩媚——扮演角色是机智、善辩的女中强者，她或坐或站，时守时攻，甚至做出滑稽的举动，裙子的线条，都能突出何韵诗由脖子到肩位、双手与双腿的比例之美。还有绑在腰背的蝴蝶结，脚上的细跟高跟鞋，全是为视觉效果加强飘逸感。媒体眼中"女扮女装"的异端感觉，原来引证了魅力可被反差衬托出来：剪了一头男孩的短发，清爽干练之外，何韵诗因这一身旖旎更引人瑕想。

同类亦刚亦柔的美丽佳人，在外国影人中有不少典范。我最喜爱的当数法国女演员珍·宝金与今届戛纳影后夏洛特·甘斯布。母女二人堪称影史上将"平胸之美"发扬光大的两大功臣——一个率性浪漫，一个气质上永远介乎男孩与女孩，天真与知性之间。她们身上最夺目耀眼的地方，是满腔热情，满怀自信。伊等骨感带来的幻想，自然与珠圆玉润大不相同。谁更在谁之上而应该受欢迎，就像有人喜欢肥肉粽，有人更爱串烧，是口味有别而非优劣之分。媒体鼓吹"吃粽"才是主流，那是男性中心使然，只是出于大众口味而把"性感"的多样性边缘化，便是锄弱扶强——不承认不爱女性胸前伟大的男生也可以很男人，被他情之所钟的女性也是很女人。

　　侠骨柔肠如何韵诗，不知可会在众多她想改变，要改变的不平现象中，继续以身作则，为华人社会开拓对女性性感的新视野而出力？

2009 年 12 月 1 日

人心博人心的行为艺术 3 分 39 秒

"其实志云大师开这个记招真正目的是什么……只是纯交代自己前几天所发生的事？这太无聊吧？"由一位 Facebook 友人 K 提出的，也是大多数香港人在看罢只有三分半钟的记者会后的疑惑吧。留言栏中抛砖引玉，接下来是各抒己见："Déjà vu 乎？为何想起洪朝丰？"* 亦有觉得匪夷所思："佢话系为咗'满足大家工作上的需要'???!!??"更有深层解构："就是让大家消费他自己。既然娱乐圈的规矩他有份订下来，他当然要遵守自己订下的游戏规则，我地觉得佢"捉虫"，但佢可不跟你"一般见识"。许是我身患重职业病，第一个反应还是回归"文化研究"的课题——如果没有对象，谁愿意抛头露面？"咔嚓咔嚓"闪个不停的镁光灯，说明志云大师开记招的目的其实不重要，重要的是，他已证明他是"对"的：不管抱持什么态度看待他，香港人在此时此刻还是不能没有"他"。

这个"他"，是一个让香港人觉得可在其身上得到启发的"他"。Facebook 上不只一把声音说"佩服他 EQ 高"，理由可以理解——当被残酷现实穷追猛打时，有谁不希望可以同样地"谈笑自若"？所以，陈先生虽有为了"满足大家工作上的需要"而发放翌日将位列各大传媒头条的 soundbite（s），如"三月十二日离开 ICAC 为何戴着口罩？因避免大家误会我面上（被剃刀刮伤）的伤痕是来自 ICAC"，"花墟卖碌柚叶的老板，多谢你的买一送一"，但真要让人听进肺腑的，可能是下面一段：

* Déjà vu，法语"似曾相识"意。
　洪朝丰曾为香港电台及电视节目主持人，传媒称其为香港"四大癫王"之一，指其近年言行不大正常。曾在 2006 年召开记者会，宣布了数项惊人计划，却均属子虚乌有。

"我生活得很好，大家不用忧虑。但说我的生活没有起了变化是不可能的，想深一层谁会没有遇上变化？如果你也遇上一些变化，一些莫名其妙的变化，请你不要惊，不要乱，不要放弃，因为真的假不了，假的真不了。"

"莫名其妙"在字字铿锵的表述中尤其抑扬有致，就在那一瞬间，眼前这一位犹如在扮演给迷航指引方向的灯塔。不似安抚自己，更似在开导别人的一字一句，听上去足以让人忘记谁是"客"谁是"主"。"感性"，可以"移情"，如果自信不足是香港人的弱点，陈先生一番"发放正面能量"的自白，也许已经令他的命运转化成"大众"的命运，也就是说，"我们"是一个共同体。共同体的意思是，（一）在水深火热的现实中，谁不希望自己先死而后生？（二）正如陈总在网志中话斋："俾条生路行吓！"——生存，从来讲求互相依存，只要陈先生能让大众在他身上看见"希望"，他就不会对香港人没有存在价值——深谙人心博人心之道，志云才是大师。

2010 年 3 月 19 日

V | 十五分钟身败名裂

天王是怎么自杀的

香村

粤语像德语？有人点头，有人摇头，只是操其中一种语言谈得兴高采烈的两个人，少不免会被听勿懂的第三者捉狭取笑："你们在吵架？"

两种人群相似与否，五百字写不完，不过近日连串的"黎明事件"*，倒叫我联想到正在香港还阳的德国名产——希特勒皇朝的基石由什么人帮忙奠定？盖世太保也。劳苦功高的秘密警察，此地也有样学样，本来只属传媒作业（如狗仔队），现在门户大开，全民响应，由响应媒体报料开始。

纪录片载："盖世太保始于二十人不足的小规模，但它深谙'人民就是力量'。'人民力量'——仇外、排他，为了巩固自我的优越感，养成狭隘与疑心重的日耳曼人性格。投其所好，成绩斐然，告密信件如是雪片飞来：'我的邻居是个装扮男性化的单身妇人，平日不见访客，形迹可疑……'一夜之间，盖世太保成功地由一个只有几个人工作的单位变成数不清的耳目，遭殃者，当然是不合乎民族'纯粹'标准，又不获社会大众喜好的'异端'。"纳粹倒台，德人经常以历史自警——"如何解下民粹主义的包袱？"答案之一是，"莫把一个都会搞成一条农村。"而这，香港人是否也如醍醐灌顶？

是"香港"抑或"香村"，大可从人们对待信息的态度得知——若终究能从其怪自败的经验获得教训，我们欢迎更多的"黎明吊颈"、"黎明生吞鸦片"、"黎明投河"。

* 黎明在某夜因被发现到养和医院而被炒作成自杀获救。

多谢

黎明被传自杀,当这一位被逼当众招供"昨晚缘何失踪?"的先生再三打躬作揖,壁上观者如你我,到底作何感想?说上 N 次也不嫌多的"多谢各位关心!",分明嘲弄挖苦,换来双方面皮斗厚——你说你的,我问我的,麦克风照样举近阁下的鼻毛,长镜头不停猥琐伸缩。

若数经典,还看下述:男主角以 N 种方式把"官方版本"N 次回放之后,全体(无奈)缄默,死寂忽被一个问题打破,招待会被带回原地起点——"黎明,你自杀么?"

死不悔改者,谁?这样的拔河拉锯,岂不似"文革"批斗?纵然表面强弱悬殊,卒仔似的娱记论声势自不可与红卫兵比较,只是咄咄逼人毋须一定大声夹恶;相反,只要深信人多势众,力气大可留作后用,或者索性以软皮蛇把阁下的意志斗臭斗垮。

没有中国人不把"文革"称为浩劫,然而与异曲同工的场面照面,大家竟又理所当然地把它视为"娱乐就是这样",究其原因,只有一个:我又不是公众人物,就算有火,也烧不到我。却忘记了半年前的"陈健康"*——能够挑起大众的食欲,管他有头有脸还是面目模糊,一样是好菜式。

今日,经理人甲又站出来代表某天后为婚变传闻澄清,没胆量叫文革阴魂"弹开",她只有继续"多谢大家关心!"。

1999 年 3 月 17 日—3 月 18 日

---

* 陈健康是一宗港闻的主角。他的妻子因他没有收入却在内地"包二奶"而抱幼子跳楼身亡。其后香港某传媒机构付钱给他来制造图文并茂的嫖妓报道,从而再用头条对他进行道德审判。

由吊带裙说起

被薛凯琪穿在身上的是一件普通吊带上装，当日她出席的场合是替某儿童组织筹款的活动。两件事情加起来，成就一桩娱乐新闻的标题："薛凯琪穿着性感，有教坏儿童之嫌。"电视娱乐新闻记者把镜头和麦克风挤到她的面前时，薛凯琪如是说："是公司替我安排的穿着。"

背负同类"欲加之罪"的偶像派女歌手，薛凯琪不是第一人，当然也不会是最后一个。上一代的梁咏琪因工作需要穿上比基尼，男友郑伊健马上要向传媒交代"感受"；新一辈的官恩娜、Stephy、Kary、李茏怡、关心妍……只要你叫得出名字的，既然都穿过露出肩膊和双臂的衣裳，自然一一在"有否刻意贩卖性感"的问题前被媒体认定是以退为进：以摇头象征点头，以否认代表承认。

本来，你也不能怪责这些以玉女形象招徕观众的女歌手们"口是心非"：吊带裙子早在四五十年代已大行其道，当年被奥黛丽·赫本穿在身上时，为何不见惹来出卖色相搏宣传的手指指？

如果说赫本的年代太久远，七十年代末的经典，是《过埠新娘》中郑裕玲几乎从头穿到尾的一袭幼细肩带低胸花裙。换了今日，我不敢想象同一袭戏服会被拿来炒作多少借题发挥的所谓新闻——纵然，它在剧中的出现完全合情合理：故事发生在夏天，剧中人不穿凉快点，难道要以棉袄裹身不成？

偏偏踏入了二十一世纪的香港，就是有人会在摄氏三十四度下将毛衣当金钟罩，并且认为这样穿着十分"正常"——尤其当那人是妙龄少女，而毛衫或毛背心又是加护在校服之上。俨然是本地文化特色之一的"不怕热女学生"，正好跟《过埠新娘》中的郑裕玲形成讽刺的对比：郑小姐当年并没介意平胸而需借衣服把身体密封，今天的女学生却有可能是怕身段太好而不敢以轻装示人。

欠缺"条件"的尚未遮遮掩掩，"有前有后"的反而忌讳以真面目面对大众的目光？如此矛盾的现象，反映出香港人对待身体的观念确是经历了在静默中发生的一场大革命：以前不会在身体和性之间自动画上等号，但今天，身体不可能再是单纯的躯体，它已变成"为达到个人目的而随时可被利用的工具"的象征，而括号内的长句子若要简化，就是两个字：性感。

又是目的，又是工具，对于一般不愿意被看成是"不择手段"的女性来说，当然觉得要清楚表明自己的为人跟"性感"无涉。是要出位、争位、霸位的人才有把身体当成武器的必要，"性感"如是成了道德与不道德的分界线——虽然有人会把"健康"加诸性感之上，毕竟会被视为欲盖弥彰、见招拆招——既要强调"性感"也有健康一面，岂不变相承认它本来就是阴暗的？

社会大众把"性感"归类为居心叵测的负面气质，始自小报文化在本地的冒起，继而又由其他媒体发扬光大。七十年代没有名正言顺鼓吹偷窥别人身体和宣传"性感"可以成功"上位"的报刊杂志，郑裕玲的吊带裙可以穿得毫无压力。八十年代梅艳芳林忆莲在乐坛上各领风骚，但群众对个中"骚"味并无抗拒，尤其林忆莲，她可说是香港有史以来第一个以声音发放"性感"的女歌手——梅艳芳的磁性唱腔无疑也有人十分受用，但到底不似忆莲的招牌气声，一句一句让阁下的耳朵似被羽毛搔弄。

只是林忆莲的"性感"无须以身体经营。倒是梅艳芳冲着麦当娜的浪潮而拍下了《烈焰红唇》的"谷胸"封面照片。女人胸部的大小争论于八十年代末期重新回到聚光灯下，先别说"双叶"叶玉卿和叶子楣如何在九十年代以身体杀出一条名利双收的血路——没有她们便没有彭丹，就是当年被一袭吊带花裙衬托出虽然平胸，但是十分史唛脱的郑小姐，也转个身以"第二次发育"的姿态引得全城啧啧称奇，同时不能不把目光投向她的胸前伟大。

（女）艺人利用（投资）身体来提升自信与自我价值当然不是八九十年代才有的事。之前没有演变成"社会风气"，是因为不同时代有不同的价值观。而价值观的建构，随着家庭制度的崩坏、个人主义的膨胀、教育的陷落，已逐渐从正统转向边缘——小报文化，便是利用这个转变拿下主导的位置，从此扮演呼风唤雨的希特勒。

传媒今天积极以不同方式鞭挞藉身体吸引男性目光的女艺人，极可能是因为社会追不上时代的进步——曾几何时，卖弄性感的，不是艳星，就是肉弹。二者之间，只有露多露少的差异，却并无身份地位上的出入。除了一个狄娜会被尊称为"奇女子"，同期的范丽、于倩（冤枉的于倩!）、孟莉、江丹以至后来的葛荻华、刘慧茹、余莎莉等等，无一不因无足轻重而被集忆记忆淘汰。

反过来看八十年代由麦当娜带起的"坏女孩"浪潮怎样影响女性对待身体的自主，便可明白为何传媒——特别是小报——也要跟随时势改变，替自己建构社会价值的角色重新寻找定位。第一件要改变的，便是不能沿用昔日从上而下、由高看低的角度来看待"后麦当娜时代"的女艺人们。她们从普普教母身上承传的"坏"，乃是怎样做个没有枉担虚名的 material girl。

历史已经证明后资本主义时代下的时代女性确是借着经济独立和消费自主来"完成"上一代未竟全功的"解放"，其中一项便是不再为以物易物感到羞耻。我的意思是，正当香港人因援助交际或 AV 文化并无像日本般在本地成行成市而感到欣慰、自豪之际，"瘦身／修身／纤身／塑身"的广告却铺天盖地，把减肥等如赚钱——对于代言人，或投资——对于目标客户，的观念灌输给每一个人。身体如是被物化成可以兑换物质的筹码，而每一个人亦可藉打造身体为未来交易做好准备。

正正由于身体有价，并且数目不菲，社会对"出卖身体"在态度上也出现了改变：以前会被鄙视的行为，今天虽也一样被看不起，但当中已经夹杂了既羡且妒、欲迎还拒的复杂情绪。换句话说，以前的人不会幻想自己是艳星和肉弹，但今天的你和我大抵不会排斥在广告牌上看见丁字脚站立的自己，只要所谓的六位、七位数字报酬将如传闻般降临自己头上。

是的，没有一个时空比现在更让大众渴望在明星、艺人的身上寻找认同和建构自我。也就是说，艺人、媒体和我们，早已在媒体的策动下链接成三位一体。问题是，媒体一方面制造各种机会叫我们以艺人的身体作为认同的对象，但与此同时，它又乐此不疲地指出艺人借身体"诱人犯罪"来打击和挫折我们的欲望投射。如是这般，艺人和我们只能扮演被媒体操控，不断生产和消费欲望的机器，因为它才是脑，我们不过是"身体"。

黄圣依提出要与发掘她的经纪人公司终止合约，几张被认为是她"自把自为"而拍下的性感照片成了双方争拗的导火线，更因被媒体争相刊载而万众瞩目。把杂志掀到另一页，郑希怡说："我愿意为未来的男友不再性感。"

2005 年 8 月 16 日

脱裤时代

　　艺人生涯原是梦？恐怕没有那么美。郑希怡在东华筹款晚会中意外脱裤引证了一件事情：在今天，艺人对自己"为何存在，如何存在"已不宜抱有任何遐想、幻想，因为现实就是现实，你不要面对它，它一样会逼着你妥协，例如，有时候一个艺人就是不可以把自己当"人"看待。

　　一夜之间，郑希怡尝到了再发十张唱片也不会有的"爆红"："脱裤"过程被放上网后，极短时间已被点击超过二百万次，说明这一幕已不限于某个特定地区的人才看到，而是郑希怡已"国际化"起来。从而，没有人会看不到她在事后被媒体拍到的懊恼照片，还有自责的呢喃："在那一刻，我想到的第一件事，是我的事业完了！"可见她是从"蒙羞"的角度来看待是次失手。但，她也可以选择不那么"主观"地预设事件的影响，因为反过来看，由裤子一甩那刻开始，也可以是郑希怡时代的来临。

　　上述绝对不是风凉话——我认为它完全可以是客观的。"客观"者，是不从自己的眼睛看出去，却是以别的角度寻找自己。脱裤镜头无疑是上帝跟郑希怡开的一个玩笑，性质近乎恶作剧多于灾难性，所以即使它让当事人因出洋相而有失面子，但并未为郑希怡带来肉体或精神上的伤害。如果不是因为香港是个把身体和咸湿经常混为一谈的地方，大众不论在网上重看失手画面多少次，那也不过是技术的失误。但由于香港人有着严重的身体恐惧导致性欲过度抑压，我们才会在郑希怡的甩裤中看到跟性和羞耻有关的联想与幻想。

　　可能是连郑希怡也认为自己该为不道德的联想与幻想负责，她才会那么快便认定"事业完了"。只是她也可以想想不只掉了一条裤子，而是全身光光被人强逼拍了裸照的刘嘉玲都能在奇耻大辱中抬起头来，并告诉全世界"那不是我的错，我不该因别人的目光而相信被判死刑"的勇气，也许郑希怡便能找回作为女性，作为艺人，以至作为"人"的立足点：社会愈是不把艺人当人，艺人便愈要明白尊严的重要。

2006 年 12 月 12 日

阿娇哭了

眼泪的作用

阿娇可以不哭吗？她在被偷拍更衣后对杂志表示心中充满恐惧，自然要把情绪释放。哭被公认是女孩子的本能反应，但我很想知道当这种事件发生后，愤怒和委屈在女性身上，可会有先后与哪个该比哪个更重要之分？

看着电视重复播放阿娇流泪、擤鼻子、拭泪。有时候是在新闻报道板块，也有时是娱乐节目的内容。这些画面一下子成了全港某种反抗情绪的催化剂——唯有在弱女子的委屈前，我们才感觉到传媒的恃势凌人，于是上街示威、投诉、呐喊？仿佛因为阿娇哭了，我们才终于知道什么叫愤怒，然而愤怒又怎样？一个人被激出义愤的一拳，要往逼迫他的对象打去，却发现他的对手根本不是一个人，而是一个"现象"！这时候，打到空气里的一拳会对谁构成压力？还是，它极其量只能是一种姿势，并且还不保证会不会反弹到自己身上？

我的意思是，"媒体"作为被攻讦、炮轰的对象，向来都是让群众力气花得最多，成效收得最少的事情。没有人会公开承认一切将是徒劳，但只要不骗自己，谁不知道大部分结果都是"小骂大帮忙"——当人们习惯了将欲望内化，再借媒体把抑压下去的七情六欲发泄出来，继而大骂提供发泄的媒体"不道德"时，其实是一只狗不断吠着自己的尾巴。骂得愈凶，只会造成更严重的集体抑压，当抑压更严重，自然各式扭曲、病态、虚伪的发泄方式便更有市场。

当事人也好，代她出头的任何协会或社团也好，都该明白眼泪是可以被"消费"掉的——未来一周,阿娇的伤心照将成为最受欢迎的杂志封面吧?然而"愤怒"也一样,都因为"愤怒"在我们的文化里是种被动的东西:有太多观念不能被改变,有太多的自己不能被面对。像,我们在"性"面前还是太少勇气,太多欲望;太少自发的想象力,太多对媒体喂养的依赖。要不然八卦周刊也不会是最受欢迎的精神食粮。

因为这城市已经够外在化和表面化了,我承认我想看到愤怒的阿娇多于一群一群登场代她表达愤怒的人。

偷拍和写真

在不久前上映过的《偷拍》(Cache)里,男主角受到的精神困扰,并非来自被偷拍的"内容",而是动机。片中的他也是公众人物,但偷拍录像带无非是些生活琐碎,如几点出门上班之类。乏味的画面即使放上YouTube也不会吸引多少眼球,然而换成是任何人,如你或我,也一定紧张如男主角——倒不是有没有做过亏心事,而是除了因不明所以带来的恐惧,还有别人在暗自己在光的防不胜防。

阿娇更衣被偷拍成为杂志封面的动机一目了然:(一)偶像艺人很难不是大众的欲望投射对象,由形象到工作范畴,重要功能之一便是替大众制造性(有人会把它叫做"浪漫")幻想;(二)Twins虽是二人组合,但阿娇在形象和戏路上无疑比阿Sa更有玉女混合小妇人的气质。媒体以阿Sa"逃过一劫"的形容对比阿娇的"唔好彩",我猜是偷拍者摸清大众心理,知道谁才更有被偷拍换衫的市场价值。

上述动机的背后,是满足消费者的需要。当阿娇事件成就另一次上街游行之际,社会声音几乎是一面倒的谴责和指摘,但每星期出版近十本同类性质,兼且吸引大量以女性为对象的广告商的周刊,甚至日报,还是一样以"偷拍"招徕——分别只在阿娇是被从更衣室外拍进去，其他的则是在光天化日大街小巷下继续偷窥猎奇。

谁与谁在茶餐厅用膳，谁与谁上超级市场走了一圈，原是最平常与无关痛痒的一幅画面，却因为是"偷拍"而忽然变成不寻常——"大揽断背情"，只因相中人是同性。即是说，只要通过隐蔽的镜头，读者便有了偷窥的权力，于是连最普通或根本不构成任何"故事"的图片都变成有了消费的价值。单凭"大揽断背情"这标题去想象而不看图片，大众一定以为将会看见艺人有什么亲热举动，事实却是，文字往往夸大其词，致令任何一张相片都可以变成"因未获被拍摄者同意"之名的"偷拍"，却无真正的偷拍内容之实。

图片提供不到读者所需的满足，文字便成了操纵想象的最终权力。"露底／点"、"露股罅／波罅／Bra带"等字眼之所以深入民间，也是香港传媒多年推动的主流文化之一。大众被训练成看见这些字眼便往图片搜寻要看的东西，接着即使没有类似标题也自动探头探脑。可见"偷拍"已由实物状态转化作一种意识。当这种意识愈来愈壮大，市场便会出现供不应求，偷拍镜头除了更不择手段发掘猎物，文字也要负上加倍耸人听闻的责任。也就是说，在不久的将来，任何一张相片都可以是被大众拿来当成丑闻消费的证据——只要大家不介意把"斜眼睛"与"坏心肠"照单全收。看来平凡不过的"偷拍"照片可以因为相中人身份特殊而"价值不菲"，像张曼玉和梁朝伟在飞机头等舱内平排而坐并且睡着了的一次。被拍到的相片本来很普通——男女主角为宣传电影出埠，难道不可隔邻而坐？换了是改与助手同坐，标题一样可以写成二人不咬弦或避嫌，总之是无私显见私。到光明磊落坐在一起，焦点却被媒体转移到一樽水之上，说"两人亲热地共饮一樽水"。

名人因不足以构成罪证的普通相片被判罪名成立，那是他们要为名气付出的代价。只是反过来，普通人也可以藉普通不过的一张照片或一段影像一夜成名。巴士阿叔是典型例子。近日被放上You Tube的"罗家英撩女仔"更是混合上述"名人／凡人"谁是谁非的最新"偷拍"品种。单凭分辨片中人的光头与罗家英的相似度，大概已可供传媒燃烧数日。燃烧的意思，是炒热话题，制造销量。最后神通广大的狗仔队或可找出真正元凶，届时另一颗凡人明星又将在最短时间内升起与殒落。

都说香港影圈的明星后继无人。新一代艺人的魅力不足是原因之一，但更重要的是香港人已不再，或无法沿用过往的方式制造明星。以前，大众是在明星身上投射幻想，现在，幻想与幻灭却是双生儿，后者抚平了前者带来的焦虑——得不到的东西最好由我们亲自毁灭。

从此角度来看，阿娇换衫被偷拍却是一桩"例外"。

任何人都知道女艺人被偷拍更衣照片所造成的伤害有两样：（一）内在部分，是各种情绪的交杂纠缠；（二）外在的，是形象受到打击。阿娇的反应不论在文字或图像上都合乎了第一项：泪洒镜头前的她不断在电子或平面媒体上看得见。但是形象却似没有构成太大伤害，相反的，几张照片并不足以让大众对她的好印象，或也可说是"刻板印象"——邻家好女孩、玉女——从此破灭，一切"想象"如旧，除了使人"心跳加速"。

先让我们在记忆中搜寻那几张偷拍照。它们的特征有三样：（一）粗微粒；（二）被放大；（三）被偷拍那个人露出了在面对公众（镜头）时所没有的平常一面。这三点之所以能满足偷窥欲，正因为都能提供现场感。就像有人一看见粗微粒，镜头摇晃不定，被拍摄的是无名之辈的影像，便自动为它贴上"纪录片"的卷标。纪录一直被用来代表真实，偷拍既是纪录一种，那相片中阿娇当然就是真实的了。难怪在《壹本便利》上的几张照片，竟有着"写真集"的况味。

　　"写真"是从日本传来的消费形式，藉着摄影来建构、满足观者的欲望。主角通常都已拥有某个固定形象，就如惯性穿着的某种服装。通过"写真"，摄影机把他的层层外衣脱掉，大众便得以看见期望中的"裸"。然而"写真集"呈现的"裸"并不等于赤条条，它们往往强调大自然的背景和生活化的细节，目的是突显模特儿"真"，是基于所有影像被设计过的"自然"过滤了邪恶的"欲"而保留了充满幻想的"色"，观者才会觉得自己和被欲望的那个人同样纯洁。

　　对偷拍镜头懵然不觉的阿娇在照片中仍不失清纯——若不幸被拍到露点便是另一回事了。所以它们呈现的仍是合乎大众"幻想"而并非吓人一跳的阿娇，分别只在这枝花不再插在瓶子里而是被放在田地里，由家花来客串野花。

2006 年 8 月 26 日

2006 年 9 月 6 日

防火防风防走光

如防台风

香港女艺人出席任何活动几乎都要面对相同的问题：穿得这样性感，不怕走光乎？而答案往往众口一词：已经打底、黏胶纸。听在我的耳里，第一件想起的便是天文台在台风袭港时作的呼吁：请做好防风措施。

台风对我们之所以构成威胁，是自然力量不可预测。但穿着本来是个人选择，既然有些设计因暴露而叫人提心吊胆，感到不安全的女艺人何不另觅款式，何须让衣裙变成计时炸弹？然而更常见的情况是"衣穿人，不是人穿衣"：deepV、露背、迷你裙子、高开叉、幼肩带、薄纱衣料等等，都会弄得衣服穿在身上的那位神经紧张。记者或镜头再三把"不怕走光？"逼迫追问，其实就像劝喻别人财不可露眼，只是动机未必纯然出于好心——关怀背后寓意明显："穿得那么少，想引人犯罪乎？"

难怪一股劲回答说"已做好一切防范措施"的女艺人看来都会有点"没有性格"——既要坚守艺人必须以色相取悦别人的本份，又要照顾大众既想看又没胆量承认的弱小心灵。只因她们的"性感"根本不是发自内心，却是为了迎合市场。因此才会"表面主动，实际被动"，造成思想与行为不一致。当然，艺人们可以持"我穿得少不代表你想看哪里就看哪里"来解释既想被看，又怕被看的矛盾。只是话讲得再理直气壮，也掩饰不了背后的心虚：毕竟身处中国人社会，而性感是西方事物，如果能借它而令自己成为焦点固然好，但也不应该为了它而落得不检点的罪名。

却不明白"已做好一切防走光措施"之类的说话其实是鼓吹有心偷窥的人向难度挑战。胶纸、乳贴、双重的内衣内裤把一个女人包扎成男性目光下的现代木乃伊，它的"性感"之处，正是来自把抑压的欲望扭曲成征服的快感，如经典的三寸金莲和小凤仙装下被打了石膏似的脖子。

众人之耻

女艺人不慎露点，到底是一宗尴尬（embarrassment）还是耻辱（shame）事件？

如果世界上不存在传媒这种中间角色，艺人走光事件的性质将会单纯得多，它可以是技术上出现纰漏，也可以纯属意外。只要不是直接或间接涉及"道德"这顶大帽子，大众对于事件的态度也将简单得多——尽管旁观者是在非自愿情况下违反"非礼勿视"，最受影响的到底是当事人，更何况当时她正全神贯注载歌载舞，只会教我们替她双重尴尬：一是设身处地，为她的懵然不知难过；二是想象当她惊醒时会有多难堪。

尴尬本来就是一件双向的事情，因为它必然牵涉某个行为的发生和被目击。而行为本身纵或未必是犯错和罪过，但当中肯定有着不为大众所接受的某些成分，简单来说，就是不雅。当我在 YouTube 上看见郑希怡的走光而感到尴尬，是因为"不该被看见的景象被看见了"，但基于那是当事人的无心之失，我不认为她是蓄意使我不快——像 Justin Timberlake 一手撕开 Janet Jackson 的上衣——毕竟，尴尬之所以带有负面意涵，是尴尬的产生通常会令某些人的名誉或尊严蒙受损失。

即使有人对郑希怡的身体充满好奇，即使走光亦满足了好奇心，但这些人仍可提出是郑希怡的不慎造成他们的不安——就因为他们的"看见"是被动而并非主动，优越感便降了一级。

"传媒"作为中间角色，更加把上述心理复杂化。如果整个事件只牵涉郑希怡和一双眼睛，便不存在他人怎样看走光者与观众的另一层尴尬。"传媒"将走光事件当成道德新闻炒作，是变相要求社会大众就郑希怡是否清白表态。除非阁下完全没有看过报道，没有上过任何网站，否则你已是"被郑希怡陷于不义"，是以受"影响"者皆有"义务"厘清立场：责任不在看过走光的眼睛，而在不该被看到的那个人。为了让群众不用自觉羞耻，传媒必须将走光的性质由"不雅"转化成"不道德"，郑希怡才可以从构成尴尬变成众人之耻。

蟹肉伊面

"打底"这个词在我成长的年代，是指吃喜酒前先祭一轮五脏庙。因为香港人爱在宴会开席前打麻将，如果不"打底"，肚子便要空到九时以后了。"打底"同时也是对主人家有多阔绰的考验，或是不待宾客提出"要叫点什么打底吗?"，或是假设有人会在开席前另叫食物，但当结账时多出了的项目他一样要埋单。最受欢迎的"打底"食品，叫做蟹肉伊面。

所以当"打底"一词铺天盖地出现在今天的媒体上时，没有办法，我就是看见很多很多碗的蟹肉伊面，心里不禁嘀咕："食人只车咩?（怎么这样占便宜，真是贪得无厌!)"，即使埋单结账不是用我的钱，我却心同此理地"肉痛"（因为吝啬）起来——尽管今天"打底"针对的已不再是肠胃，而是身体发肤。

有趣的是，意义虽然相距甚远，但还是在一点上有所牵连，那便是"占便宜"。在饮宴前多吃一碗蟹肉伊面等于是能吃便吃，即广东人说的"食得唔好嘥（不要浪费）"。就是肚子根本不饿，也不要让机会在指间溜走。换了是穿着上的打底，则是对不安分的目光的防范。表面是种安全措施，但十个提到"打底"的人，九个会将它与蚀不蚀底（吃不吃亏）划上等号。以郑希怡日前的走光事件为例，（女）艺人如叶佩雯震惊之外，还实时表示："下次她应该戴个 nude bra……冇咁蚀嘛。"即使其他人没有明说，但在异口同声替她"不值"的背后，可不就是替她担心身价从此不保？因为这样，新闻之外连旧事也被重提：去年在《欢乐满东华》中表演空中飞人而失手扯掉郑希怡裤子的钱家乐在事后曾作出承诺："冇人要你我要你。"——玩笑归玩笑，次货与讲义气的意味仍呼之欲出。

为了不想"冇人要"，"胶纸"遂成为今天传媒中最出锋头的保障物。谜女郎吕慧仪说："我记得有次胶纸黐得太实，点知撕甩皮（差点撕破皮）。"歌手郑融说："平时我嘅助手有个好大胶袋，装满胶纸。"无线艺员胡定欣说："啲胶纸黐得几多得几多。"

"打底"，就是防"蚀底"。但，不知道外国人是否没有蟹肉伊面的引诱。就算二〇〇五年苏菲·玛索在康城影展*红地毯上忽然走光，也没有听说她忙不迭寻找方法"打底"。

2006 年 9 月 5 日

2007 年 6 月 26 日

---

* 康城影展即戛纳电影节。

十五分钟身败名裂

不知道可是近期我在筹备新戏《水浒传》之故，放眼周遭，香港忽然变得很北宋末年，只要你看看各大报章的大字标题或周刊封面，鲜有不涉"男盗女娼"："犯案前五日睇《无间道》，魔警涉贩毒杀同袍"、"侧田秃爸撩女操下面"、"Lisa S.操阴逗吴彦祖"、"闺房纵欲三十日乐基儿吸干黎明"、"郭羡妮除衫逢佬电"、"失踪两小时杨思琦惨遭凌辱"、"李珊珊八字波大晒"、"LV 包起陈慧琳"、"Soler 细孖勾靓妹回家即食"、"犯众憎界人玩徐子珊露下体"……于是想到五十年后回望今日的香港文化，上述的文字若不能令香港人感到骄傲，它们又可以让人从历史中见证和学习到什么？

第一，大抵是要把安迪·沃霍尔说过的"每个人都有十五分钟的成名"，改写成"每个人都有十五分钟的身败名裂"。这个转化过程本来就是小报文化在社会上的主要功能：为针对读者占多数是有强烈向上爬的心理的中下阶层，它一只手透过制造新偶像宣扬名成利就的吸引力，但又为了减轻多数人因不能实现"理想"所产生的焦虑，它必须另一只手把捧上半天的宠儿拉下来。"私隐"如是变成今日的莫须有——理论上每人都应拥有的权利，在消费等于民主，八卦等于言论自由的社会里，凡薄有名气者，均需接受随时变成媒体商人的赚钱工具。有私隐骤成无私隐，有穿衣服变成了赤条条——从大量针对身体出发的报刊标题可见，最能吸金的题材，是身体。吴彦祖在媒体上反问：为何矛头总是指向女人的身体，而且"性"一定是不道德？就像《水浒传》中的女性角色"一涂胭脂一穿名牌，就是五官千篇一律的淫妇，否则只好老老实实当母大虫，闹市觅个摊子卖人肉包子"（迈克语）。

男人对"女人"的不信任，当然是来自对自己幻想的既恨又爱。假如幻想是要藉宣泄男人的控制欲望来掩饰对女人的不安全感，女人最好便是扮演被动的角色。然而乖乖就范又不能满足男人的征服欲，"女人"在很多男人的眼中才会如此难搞——肉体上或是奴才，精神上却可能是主子。

害怕女人主动，其实是恐惧被她的性所操纵，于是将还击的火力全数集中在女人的身体——其实是性器官上。女艺人"操阴"、"吸干"、"八字波"、"唧奶"、"露下体"等词汇在香港街头巷尾龙飞凤舞，但乐此不疲期期必买的顾客中又每每是女性压倒男性——我不是根据市场调查作出结论，而是翻开杂志，九成以上广告均是以女性为对象的商品。加上这类刊物的编采部门中女性员工占了多数，"女性对女性水深火热的处境应该感同身受"的假设便不攻自破——容许我再作一个比喻：时下流行的"淫贱"标题从男性心理出发便恍如是现世的《水浒传》；但是换了从女性的角度，便是那以女性善妒、争宠、互相残杀为主题的《金瓶梅》。

女性敌视女性的导火线，最常见的，非个人如何处理自己的身体以及身体语言莫属。正如约翰·伯格在《观看的方式》(*Ways of Seeing*)所分析：男人注视女人，女人看自己被男人注视。女人内在审视者是男性，被审视者是女性。她把自己转变成对象——尤其是视觉的对象：一种景观。

难怪女人会在看见另一个女人穿少一点或衣物薄一些时，马上觉得她是在取悦男性；若又目睹她"搔首弄姿"，便犹如见证"图穷匕现"：她必然是在利用男人对她的欲望来达到某些目的。因而把对方判断为"不道德"的这个她便更肯定自己不会有错——彼此都是女性，当然明白女性为什么要符合男性的审美观才能有价值。

女性身体如是在传统、传媒的影响下，成为"手段"的象征。条件较好或在工作上有需要借助身体条件的女性，愈来愈容易成为众矢之的。她们既是对一般女性构成身心压力的羡慕对象——为什么我不可以像她那样有吸引力？又是被引以为戒的害群之马：贪慕虚荣、拜金恋物，活该被报章周刊以大字标题进行公审。于是掀起成社会上对女艺人（女性）的身体和心灵的一股非理性践踏热潮，并在大众不自觉之下，播下了不分性别、年龄地对身体恐惧和排斥的种子：**是它引诱我们变成罪人，是它使我们陷于憎恨别人和自我憎恨的痛苦之中。**

在金钱和物质占据人们最多思想和心灵空间的社会里，身体之所以被视为禁忌，很大程度上是它会酿成斗争，个中逻辑就像俗语说的"财不可露眼"。但千方百计地把身体藏起来只会造就更多人想把渴望追求。悲哀的是，因为大家都想在最安全、最不用受道德谴责的高地上释放欲望，我们只好再次任由媒体扮演判官，将原本是挑战压抑、挑战虚伪的艺术演出，也贬斥为艺术家哗众取宠，为搏得名利好处而施展的惯熟伎俩，性质上与娱乐版的（女）艺人并无两样。

如果不是因为迎合大众的价值观，一则表演艺术的新闻是无论如何不会被台湾《苹果日报》放到头版上去的，标题"裸舞撒尿，艺术？低俗？"说的是即将在台北演出的舞作《杰宏贝尔》（*Jerome Bel*），但与作品同名的编舞家偏得不到"出风头"的机会，因为把舞作引进台北的林怀民更为抢镜——单看大题目下的小题目：〈林怀民背书，各界不吭声〉，暗示有势力人士的特权坐大。

细看内文，读者将发现通常只会在文化版出现的新闻放（煲）大成社会事件，原来有助《杰宏贝尔》被更广泛的关注和讨论。只不过艺术家的创作本意则注定是要备受媒体扭曲。"当众撒尿、拉扯睾丸、画面空前，极度挑战观众感官承受度"，准备入场的观众，恐怕很难不被定论成为了见识个别核突场面而不是欣赏整体演出吧？

　　因为不能拥有自己的身体，中国人只好继续被迫扮演偷窥者和猎奇者。

2006 年 4 月 10 日

艳照是怎样拍成的

贼喊捉贼

如果陈冠希要像阿娇般"交代"照片事件的始末，他有可能以"以前的行为很天真，很傻"换来大众对他的体谅，以至同情吗？以目前社会上几近一面倒追究"源头"的状况看来，"陈冠希也是受害者"肯定是较难被接受的观点。因为，假如大众接受陈跟一众"疑似女艺人"一样，都是在两厢情愿的私人空间里留下某种共同记忆，那即使拿相机按失打（快门）的人是他，最后因照片"不雅"而广泛流传，他也一样在名誉上受到巨大损毁。只不过他的"受害"在传统观念里不是很成立——一个大男人，又拍下那么多让人羡慕的"猎物照"，有何损失可言？

是的，若是照片中的陈冠希不是常常以看着镜头来"宣示"他作为操控者的"权力"却是被偷拍，他的形象当然不会像现在般，一致让人觉得他是"沟女王"。但"沟女王"也应该有个人私隐。虽然照片隐透着炫耀成分，然而权利是一回事，道德是另一桩。假如说私下拍摄情色照片等于不道德，并且，大众不会因为"不道德"而不去消费它们，反而边看边骂，愈骂愈看，那最终难免被石头掷到头破血流的陈冠希，首先便是受害于这个社会的双重标准价值观。

少女说出"以前的行为很天真，很傻"而被接受，其实也可以是社会对女性的另一种歧视——大众愿意相信她们都是没有欲望的。甚至，是没有"肉体"的。所以否定个人的欲望，是还原给大众对"玉女"的欲望。有点像一件衣服弄肮脏了，我们得尽快把它洗干净。但衣服是衣服，人是人。衣服洗过可能回复新的一样，但人不可能靠否定自己成长。当然，阿娇的一句话也可以被理解成某种成长，譬如，自这事件后是否将从以前的形象、歌路中走出来？

也就是说，Twins 将面对新的阶段？若是这样，阿娇大可看到自己也有成为麦当娜的一天——乐坛圣母得道前，有她演过的小电影还不是满天飞？

欲望不应是消极的。消极的欲望，是当我们不敢追求或实践自己的，而只去剽窃他人的，最后还大声地贼喊捉贼，那才是一切罪恶的源头。

众志成"门"

陈冠希照片风波翻腾至今，无可避免已演变成又一出真人长寿剧集。作为八卦，它的燃烧期没有一年也还有半载。

由照片在网上浮出，警方高调缉出"源头"，到"源流"被证实只是用来宣示警权——他发放的一张裸照被裁定只属不雅而非淫亵——八星期的"不公义"被扣押将有可能令警方吃上被反控告的官司。加上陈冠希返港"交代"和协助调查日近，盛传江湖中人已下"追杀令"，香港这样的弹丸之地，当事人躲得过无情子弹，恐怕逃不出小小的娱乐圈——且看媒体为他打造的人物关系图，真要继续立足幕前歌影视三栖，陈总不能永远在各种场合都与被牵连或涉嫌、疑似有关的女星们"一个前门进来，一个后门离开"吧？何况还有她们的绯闻男友与真命天子，以至亲人家眷——如谢霆锋和他的父母谢贤与狄波拉……跨世代、跨领域（娱乐与警界／圈内与圈外）、跨地域（网上空间无远弗届）、跨类型（纯情艳情共冶一炉）的一宗事件，即使主角不是艺人，它也充满娱乐性，何况主角都是俊男美女，全属大众的欲望投射物？

　　既是欲望投射物，社会大众自然不断把能量聚集到他们身上。事件的峰回路转也是最佳的"药引"，所以才会出现大量"集体创作"的长篇肥皂剧情节：这分钟说阿娇自杀，下分钟说柏芝跪地向霆锋认错，转过头又对翁姑狄波拉大叫"你以前好好咩"。与此同时陈文媛又与男友避走他乡避风头，甫登飞机便哭倒在男友肩上，只因搭的是商务舱，才没有人认出她是谁。男主角陈冠希也有一章：传闻"拒绝进食"！好不丰富的情节和画面，起码强过晚晚正在喂饲观众的"套餐"和"例汤"——它们都只是倒模出来的"陈列品"，真要把麻辣尝到舌头上，到底要靠"想象力"。可以预见在未来一段日子，街上将有更多天马行空的报纸周刊标题抢夺路人眼球，如"阿娇欲削发为尼被好友 Sammi 劝服改信耶稣"、"霆锋一怒要求柏芝滴血验亲子"、"文媛柏芝欣桐颖思思慧永晴六美联合入禀要求 Edison 赔偿上亿元"……或到主角们的正戏唱罢，旁枝角色便登场了："追杀陈冠希杀手是忠诚阿娇粉丝"，"'源头'原来暗藏警方之中！"

　　我在给一年级的影视学生上编剧课时，整个学期都没有"教"他们如何写剧本——不知道哪一天发明了剧本的新写作模式，"技术"便成为包袱——却把半年时间都用在鼓励他们探索自己的欲望上。因为，流行术语如"创意"，是在二○○○年创意工业文化被政府甚至全球风气大力推波助澜下，才被重新包装命名的一种生命原动力，它的本来面目，就是"好奇"和"探索"。从照片风波可见，香港人不是不会"问问题"，只是问号都被放在物质层面上提出而不是在精神层面上，也就是说，香港人的"探索精神"都是出于对感官刺激——譬如快感——的追求，是以最最匪夷所思、虚妄失实的"假设题"都会渗透我们的思维主宰大众的思想——以正义之名来行使八卦的权利。

难怪这样的社会总是犯上本末倒置因果错乱的毛病，导致乱向别人投掷的石头满天飞。明明大家是借照片风波来消费一些不可能实现的欲望——若不是陈冠希的"犯错"，哪会有这么多人能得睹欲望投射对象的"全豹"？大众却连阿娇站出来说"我以前的行为很天真，很傻"都拒不"收货"。看见报章头条以大字"虚伪"谴责她的"交代"时，我是真的震惊这个社会可以贼喊捉贼到此地步——我们自己若非圣人，怎能要求别人主动戴上荆棘并把自己钉在十字架上示众？"交代"明显是为了复工而做的姿势，那是"务实"，但假若自己不打算住进玻璃屋里而大声疾呼"香港人追求凡事要有透明度"，那便是"待己宽，待人严"的双重标准，那才是舞着道德大旗剥削他人身份（如艺人）的真虚伪。

艺人的功能就是为大众提供幻想的投射。麦当娜在全球的所向无敌，是因她一直带领大众的欲望而并非屈服在别人的欲望肚脐眼下。说她是语不惊人死不休也好，是深谙欲望规条亦未尝不可——她明知"女孩"会有她的"有效日期"，但"女人"可以不断"重生"。"女人"的无边力量在于"性"可以让她变成魔术师，使男人被她的千变万化所迷倒，"女孩"却只能是城堡中等待被拯救的公主，永远要以弱者一面示人。阿娇的"悲哀"是一出道便被塑造成"被动"的欲望投射角色，如今这角色的外衣一被拿下，即使廿七岁的女性无论如何也不该被认为不能有自己的性／情欲，但碍于香港人习惯了没有成年人与青年，又没有青年与儿童之分的文化（电视是其中一例），可怜的一个女人，却仍要像做错事的小女孩般向校长、校董和家长会认错。愚昧之最，是有教育界和家长大声疾呼因阿娇的"失贞"和"道歉"太"虚伪"而令教育下一代更艰困——这些"善良"的受害者们，难道半点也没想过"偶像"和"明星"的真正用途不是"宣教"，却是"宣淫"？"淫"者，是服务大众在平凡和现实生活中不能满足的各种性幻想。如果不是有着这个巨大任务，艺人为何都要有着"性感"的条件？以 Twins 这个组合为例，由当年出道的形象（纯洁），到后来的"扮大人"（《女人味》的 MV 你记得吗?），没有一样不是售卖"纯洁"的性感和诱惑。阿娇当然可以站出来大剌剌说"我的私生活被你们拿来消费我可以不追究，但你们也不要逼我说出'我有眼无珠，我冇面目见江东父老，我错了!'"，但基于现实环境不容许，她的"我以前很天真，很傻"即使有点交差，但只要我们都明白潜台词是什么，它还是可以被体谅的。

只是为人师为人父母者一把年纪还把人生与社会看得那么表面——不懂思考问题之余，还将责任全都推到他人头上才是真的可怕。陈冠希照片风波的确如车港作家健吾所说的"战线太多，也不知道先说哪件事好了"，但我看反映最清楚的事情不多不少，不折不扣只有一件：我们就是陷于"洞穴之困"之中。一群被锁链锁在山洞中的人，对着墙上被火把投射的树、山说三道四，就是没有人敢挣脱捆绑走出山洞，看看真实的风景。当有人走了出去，他或她便成为"叛徒"。惩罚"叛徒"或异类容易，把自己陷于无底的抑压深渊，才是浩劫之"源头"，历史中的抓女巫和异族清洗，有哪一次不是由"为了大众"而开始的？

照片只是投射物，即使它们这次不出现，总有一日我们还是要面对被困在怎样的洞穴里，有着怎样的封闭心灵，和由此衍生的惶惑、恐惧。

2008 年 2 月 13 日、2 月 15 日

陈冠希作为比喻的 A to Z

A is for Angel / Adult / Apologize

天使是来自西方的观念。他是男性的使者。人们把天使转化成女性，本身已具有"性"意味，就像肥皂泡出现在洗碗盘中与音乐影带里是两回事，一个的产生是基于化学反应，另一个是借化学反应的视觉来比喻容易破灭的美丽。

虽说阿娇的"天使（纯洁）"形象在陈冠希照片风暴中被彻底粉碎，但若从"天使"为何由男变女的本质问题上来看，"她"的角色其实就是一个"性使者"——在出道歌曲《明爱暗恋补习社》中阿娇已穿上泳衣。撇开阿娇是个成年人，今次事件容或令人发现"天使"也有性生活，但既然"天使"只是一个角色，扮演她的演员私下有着正常人的生活，既然如此，她哪里有错，为何因此要向大众道歉？

抑或，大众是想以要求阿娇之名上演一出公审戏，又名《特区十大酷刑》？

B is for Blow Job（KJ）

Blow Job 是今次事件的第一主角。在陈冠希面前，"淑女"也会变成大众从未见过有此神态的另一个人。当陈为对手 Blow 时，镜头下的"天使"与平日模样又是大不一样。两者都巩固了男性的优越感。但更触动大众神经的，应是前者——它一直被认为是取悦男性的"手段"，因为它是"肮脏"的，加上镜头前"甘之如饴"的都是知名女艺人，大众——不论男女——的心理难免不会又爱又恨，又妒又羡。

陈冠希选择记录这种性行为，谁说不是出于追求心理满足多于肉体满足。

C is for Cecelia／Consumption／Conspiracy

张柏芝的罗曼史将来不难成为回忆录、畅销书、电影、电视剧。所以找她拍电视剧《周璇》是注定失败——在命途多舛的金嗓子之前，张只有更 larger than life。在这方面，她与谢霆锋确是"地设一双"，分别只在一个是后天培养，一个是生下来便要成为"名人／艺人"。

张在照片风波中没有"破坏（个人）形象"的问题，只有"（伦理）角色冲突"的矛盾——丈夫是圈内人，自己又是一个孩子的母亲，"自由"已经不属于她了。所以传媒对张的消费，一直指向（捣碎）她的"家庭"。

是"策略"，也是"阴谋"。

D is for Desperate／Desire

Desperate Housewives 一直没有最佳中文译名，因为 desperate 是种只能意会，不能直译的状态。不是完全没有，广东话的"猴擒"、"擒青"便能传神地道出我们的饥饿。

陈冠希照片事件是一次"香港人有多 desperate"的鲜活写照。Desperate for 的，也就是极度心痒难熬和饥渴的，是这边厢很想得到——否则不会演变成照片没有"源头"—但又不屑不齿相中所见事物；很想跟人讨论交流，但又要先表明道德立场；很想事件有更重口味的发展，但又不愿反问自己为何有此倾向；很想有人为事件付出巨大代价，但又不认为自己的消费态度也会有代价；很想很想得到很多，但又不知道自己真想和最想要什么。

Desperation 的源头，正是搅不懂"想"和"要"。原来陈冠希比我们更清楚什么是他的"想"和"要"。

E is for Edison / Ego / Envy

如果那个人不是陈冠希，谁会更有"资格"与一众疑似或涉嫌与案有关的女星拉上"性"关系？说到涉嫌，现在是任何女星都有可能，因为陈冠希有条件令不可能成为可能。说真的，我倒想知道陈的同辈艺人怎么想——假设男性的天性之一是"竞争"。尽管在事件未发生前，他的一言一行均已是引发妒忌的火种——"赚够两千万美金便退休，现时已距离不远"云云。陈冠希某种程度上是集《鹿鼎记》的康熙与韦小宝于一身。他既是 CEO，又是街头小子，的确会叫还未找到自己的年轻男性"晕眩"。"晕眩"源于失去方向感，陈冠希之所以激怒很多男性，是因为这些照片令他们相信没有事物不可能，但一照镜子，又要承认因为条件不及陈冠希，不可能就是不可能。作为这次事件的受害人之一，陈却被视为罪魁祸首，说到底可能还是与他的条件给很多人带来了身份焦虑和自卑感有莫大关系。

F is for Fetishism / Friendship

照片是"物件"。又因为被拍摄的对象（物）经过"构图"会给观者带来欲望（与满足），所以，我们可以通过镜头来透视一个人的灵与欲。

由手机附带摄录功能，到每个部落格上都少不了照片浏览，充分说明这是个"物"比"人"重要的时代。聆听不再比观看重要。而"观看"作为感官之一，确是更能令我们掌握生命的"价值"：说话不可能被量化，但食物、风景，统统都可以。由此可知，"经验"已失去了被心领神会的意义，它（们）就是要经历首先被"物质化"，再加以炫耀，继而才能所谓"分享"——其实是害怕"口讲无凭"。

每个人都要手执保障自己／证明自己的 token（筹码）才能自觉存在，彼此友谊（以及其联结）如是也由恋物来维系。

G is for Gillian／Guilty／Girl

香港文化并不鼓励"女孩"变成"女人"。一听到别人尊称她为"女人"，大多数廿岁以上的香港女性均会流露出闻到异味，或踩到异物的神态。早上几年，可能还附送一声"哚"。"女孩"与"女人"之差，在处女膜。

香港女性一方面甚少受离家文化影响——不像台湾、大陆，为了求学、工作，女性一样要离乡背井，独立便是第一步。虽说那不代表就是"精神独立"，起码被一般人认为需要照顾的性别也要面对独立生活。香港女孩最需要思考的问题是社会为什么不让她们替自己负责，却是一味鼓吹等待幸福——终生被"爱"你的男人保护。而换取"幸福"的代价，就是让男人把本来是"女孩"的你变成"女人"。

"阿娇"是这样文化下的产物，因这次事件使她的"内外不一"曝现人前其实是对这种文化的最大讽刺。社会以无形压力逼使她"认错"，是因为不能接受被讽刺之故。

讽刺什么？当然是封建和自欺欺人。

H is for Hypocrite / Hypocritical

"虚伪"两个字在报章头条上被放大，首先使人深思的，倒不是被它们指控的当事人（阿娇）有多表里不一、言不由衷，而是两个字被看到的背景，以及从中引申出来的定义。

如果我们都能明白，并实事求是地接受一份报章可以在新闻版道貌岸然，在风月版却是"大滚友*"，那么，要求一个二十六七岁的女艺人彻头彻尾是童话中的仙子或公主，便是选择性地提出指控。因为，艺人明显是娱乐工业一部分，"童话"的存在是补偿现实中不能达成的美梦，只有儿童（天真）或思想不成熟的人（幼稚）才会相信看似童话人物的艺人是活在现实世界中的卡通人物。

为什么有些人可以一边如此世故，同时又如此无知？抑或，无知不过是一种伪装，为的是开脱自己的锄弱扶强？以谴责阿娇"虚伪"为例，只要认识问题的本质，任何人都知道她的"虚伪"只是服膺虚伪的娱乐制度，甚至是媒体制度——"她"的"纯情"，难道不是由这些制度按照市场需求而塑造？大众渴望她永远保持贞洁，但在渴望背后又隐藏着对她的性幻想——何尝不是出于充满吊诡和抑压的欲望？

不去反思自己的矛盾，偏去怪罪一个平日尽量替大众"圆梦"，却因一次意外而打碎集体幻想的艺人"虚伪"，请问是谁的不诚实和说一套做一套对社会造成更大的误导和影响？

即使阿娇真是"虚伪"，她"口不对心"的理由已是人所共知，但

---

* 广东话中指骗子或私生活糜烂的人。

在这时候还以道德之名摇旗呐喊要她"全盘交代"者，目的却是希望消费过程中更多细节——甚至谋利，那就更是典型的贼喊捉贼，真的很虚伪。

I is for Ignorance／(Dis)illusion

陈冠希照片风波的社会意义可分成消费和反思两种。它们当然不是非黑即白。有些是消费占九成，思考才一点点。另一些是消费之余，觉得它带出大量议题和问号，这些议题和问号既不是因这次事件而起，也不会随事件平息后消失，相反，食髓知味者会继续寻找类似题材再接再厉——在物质层次追求"问题"的来龙去脉，结果只会是同一问题的recycling。真要说到一次事件与另一次事件的差异，那也只会是无关宏旨的细节（trivial）。以今次事件为例，它的本质和过去或将来的名人丑闻可说全无改变，都是把集体的性抑压以消费别人的不幸来宣泄。

不能在不断重复的经验中学乖，是因为没有进步的自觉？抑或，在一个物质挂帅的社会里，跳不出消费框框是我们的宿命？

J is for Justice

陈冠希引起的"公愤"，那个"公"字诚属可圈可点。明明是他的私隐在非自愿情况下被公开消遣，却因为"他害苦了几位女艺人"而必须站出来"向大众交代事件的全部过程"。因为有人名节受到"损害"（damage），所以，"大众便有知道全部真相的权利"。与此同时，"损害"女艺人的主要证物——性爱照片，却无日无夜不被放在公众空间供大众评头品足，再感叹一下"女艺人何其虚伪"。

如果你会被上述的逻辑弄晕昏头转向、啼笑皆非，我想有此感受的不只一个人。说明了"公义"的定义可以随着利益和立场的改变而转变。"公义"理应源自公理。最显浅的公理是"己所不欲，勿施于人"，但从今次事件看，媒体与网民在发布事件最新材料上的不落人后，完全是以满足大众的欲望为出发点。"公义"，成了吃糊的一张百搭牌。

K is for Killer

奇拿（Kira）在《死亡笔记》中是替天行道者。如果陈冠希案中真有手执所有照片与录像片段的"杀手"，他的动机又是哪一种替天行道，抑或是要复哪一种仇？

太多了。正如前述，许多被教育、被灌输必须得到某些东西而又得不到的人都自觉是被辜负、被背叛、被遗弃、被牺牲的"失败者"。尤其在这"每个人都有十五分钟成为名人"的时代里，失败者的伤痕、仇恨并非来自个人恩怨，而是如大坦克车般把他（或她）压扁的"成功意识"。

名人成为被媒体开刀的对象，是身份地位焦虑大幅度发酵的必然结果。在这种社会风气之下，欲望造成我们内伤，受伤更不会令我们明白休养生息的重要，反之，只会加深对欲望追求的逼切感。既然积极无用，消极的满足——如摧毁别人——也能带来成就感。

都说奇拿揭穿艺人的荒淫虚伪，但谁敢说易地而处，"他"不会一样物尽其用？所以，我们就是奇拿，奇拿就是我们。"我们"就是不敢挑战建构大众欲望的制度，而只敢让条件容或比我们好，但同样是受害的人活得不好过。

L is for Link

"连结"（链接）这个词的意义是被陈冠希事件改写的四个词汇之一。另外三个是"疑似"、"朋友"、"源头"。经陈冠希事件一役，"连结"不再是单纯存在于网页与网页之间的关系，它变成一种默契，一个暗号，一种令网民感觉自己属于某个秘密组织的认同，通过进入这些"连结"，大家犹如听命于同一首领，一个"党"或"帮派"如是成立。

这种权力结构符合了男性世界的团结心理，个中内容更是大多数男性趋之若鹜的"性"。由此或可推想，从以往男性在网络空间里各自为政地看"咸相"，今次事件也许会像"芝麻，开门"，将大大增加男性未来"分享"情色信息的意欲和合作。或可以说，是"性"令网上的男性更加团结，团结的程度，从近期数百网民上街对抗警权可见一斑——以往都说网民只会躲在虚拟空间，但因陈冠希事件，他们不但现身现实，还挑战现实。

政治没有的力量，"性"有，原因是?

M is for Morals

阿娇也好，陈冠希也好，两人在今次事件中蒙受的损失再大，承受的压力再大，在媒体和大众眼中，都不能开脱"影响年轻人道德观"的责任。什么是"年轻人道德观"?

在权威（泛指家长）的理想中，年轻人都是白纸，并且以保护他们继续"白纸"下去之名来禁止他们从经验中找到自己，认识自己。有一次我在某教会中学便听过一位校长理所当然地说："外面的世界如此混乱，我不能容许我的学生和它发生任何接触。"我的第一个反问是："你打算让他们一辈子住在校内？"她明显把"我的"看得比一切重要。

每个成年人都曾是年轻人。很多今日说要保护年轻人不让他们被不良风气腐化的父母，过去都曾反抗以同样道理压制他们的上一代。但在今天，他们不想子女道德沦亡的同时，自己的人际与情欲关系却无比复杂混乱。我的意思是，不知多少人是消极利用道德来避免"问题"的产生，而不去教育子女（或自己）以多角度思考和培养辨别是非能力，来回应人生中的什么是对，什么是错。

陈冠希事件在很多"家长"眼中的"罪恶"，乍看是"性"，其实主要还是"不能吃亏"的功利心态。谁叫"性"在我们的社会中一向不被看成是人格发展的重要一步，却是某种的话事啤（最紧要筹码）？

在向来重"着数（好处）教育"而轻"道德教育"的香港地，成年人们总是要年轻人成为他们自己不能成为的那个人。

N is for Narcissism / Notebook / Necromancy

照片中从不放过望镜头的陈冠希犹如水仙花。渴望藉照片满足欲望的人则像希区柯克电影《迷魂记》的男主角占士史钊活（James Stewart）。在经历一次情欲关系的失败后，不再追求新经验的他，只能把对一个死去的女人的欲望重塑在另一个女人的肉体上。是他失去希望，他的欲望也少了应有的生命力。

利用陈冠希这些照片的人其实没有"分享"到他的自恋，相反，他的眼神或只会令一些人"自惭形秽"，于是连带影响他们对照片中女艺人的观感——知道自己条件比不上陈，现实中对陈说"Yes!"的女性对他们便很有可能说"No!"，女艺人的相片如是成为最佳的心理补偿品——就像死尸一般，她们没有拒绝的能力。

是陈冠希以照片形式令他们的欲望变成"死物"，他们才能从陈给他们造成的无力感中得回操控欲望的权力。

O is for Obsession

沉迷是一种症状。日本人将沉迷化成艺术，造就名叫达人的收藏艺术家。达人能从普通人的境界中升华，有"病人"的执迷，却比"病人"理智清醒。他们把收藏变成艺术，他们的精神，其实与艺术家无异。

假以时日，陈冠希拍摄的这些照片未尝不可能让他既成达人，又是艺术家——他收藏的是自己的作品。"收藏"或许也有公开展览一天——如果没有今次事件；或是社会风气变了、开放了，不再把情欲当成禁忌或筹码，并且懂得分辨艺术和无聊的差别——张柏芝的好些照片，以至某些口交照片都有一定美学价值。（卫道之士请不要指责我这样写是鼓吹青少年进行模仿，即使青少年真的拍了类似照片，美就是美，美的标准只能在艺术的标准下被评论，正如不能因为一个人善良和正直，他的画就自然"美"，道德成就不应该被等同为艺术成就，反之亦然。）

简单来说，陈作为摄影师，他有他的"眼睛"。

但社会上大多数人看待这些照片，除了"淫贱"还是"淫贱"，这当中岂不反映出一个可能性：陈冠希的沉迷为他留下"恶名"外，也留下有可能成为艺术品的一些照片，而单一地将沉迷于性和身体看作"引人犯罪"的我们，则一如柏拉图著名的"洞穴之喻"中被锁在山洞里的野人，看见墙上被火光投影的树和山便以为是世界的全部。

到底是什么令我们如此害怕和逃避真实世界？害怕和逃避的程度，直逼一种沉迷？

P is for Philosophy

一件小事都可以触发思考，何况大事如天天在报章头条上和我们打招呼的陈冠希照片？按照事态发展，不幸中之大幸是没有"弄出人命"——媒体今日传言这个自杀，那个崩溃，还有"江湖中人下追杀令"——事件的严重性可想而知。那样一桩大事，理应让我们好好问明"这是怎么一回事？"。

由看似简单的问题开始，其实是借此离开物质世界而进入观念世界。何谓观念？连小孩子都会回答："那便是我们心里所想的。"在今次事件中，大众执著的无一不是"观念"，如道德、公义、诚信（虚伪）、责任、真实、艺术等。但在媒体上谈到这些观念时，观念显得笼统而模糊，像"道德很重要"，但就没有说明道德有多少层面，它在什么时候发挥的力量从长远来说对最多人最有利。我们好像在探索事件的本质和意义，实际上却受制于观念的含糊而使许多讨论变得以偏概全。

陈冠希事件必然会把讨论带到探求心灵质量的范畴内，只不过当前许多被社会大众提出的问题都不是以厘清思想为目标，自然不可能给目前的困境——看来事件将无止尽无了期地"发展"下去——找到出路。

"我们能够做什么？"——重点可能不在"做"，而是应更清楚了解"什么是我们？"。

Q is for Questions

这次事件让你想到多少有关自己的问题？

这次事件让你想到多少你不想讨论的问题?

这次事件让你想到多少你不懂得如何组织的问题?

这次事件让你想到多少以前没有想过的问题?

这次事件有没有让你在问问题中认识到更多自己?

这次事件有没有让你在问问题中发现更隐藏的自己?

这次事件有没有让你在问问题时更明白自己的想法?

明白自己的想法有没有帮助你把今次事件看得更清楚?

R is for Responsibility／Role Model

陈冠希与阿娇是今次事件中的"暴风眼"。凭阿娇在公益事业上对社会的贡献,她领取"十大杰出青年"本来指日可待,现今却因艳照被看见与人有性行为——公认的青少年成长路上的良伴与模楷,"失身"事小,"失职"事大,真要社会大众对她如以往般宠爱,她要面对的即使不是满途荆棘,也将是漫漫长路。

至于陈冠希,"贱男"的令牌由梁荣忠手上接过,虽不排除暗中仍有人对他投以艳羡目光,但公开叫骂者只会有多没少。很明显,社会对二人身受的痛苦不予同情,是因为我们假设了"偶像"的责任就是代替父母、老师"教好"年轻人们,而不是父母、老师自觉自己应该先教懂年轻人该如何面对、阅读、反思流行文化在他们成长过程中扮演的角色。

试想想,"偶像"在社会中的角色和商品无异,但是会有父母、老师叫一张按摩椅"教好"年轻人吗?一张按摩椅有可能"教懂"年轻人什么是忠诚和洁身自爱吗?

把"偶像"的"代言"当成"真言",若是发生在入世未深的年轻人身上还"情有可原"，我们的社会却是身为家长、老师者跑出来呐喊"我被骗了"——荒谬、荒诞、荒唐三个形容词中，哪一个最适合？

长大代表有着承担责任的能力和意愿，也是对生命进程怀有的好奇和热诚。今天看来，Twins 受欢迎于三岁至八十岁，甚至足以象征某种香港精神，可能恰是因为这个社会有不少的人抗拒成长，因为他们抗拒责任。

S is for Source / Suspect

无独有偶，"源头"和"疑似"同时在 S 这个字母下找到了它们的家。前者经陈冠希事件洗礼后，成为代表网络世界向权威的警方脸上打下的一巴掌。警务处助理处长笑骑骑的"就算没有捉到'源头'，但已非常接近'源头'"言犹在耳，"源头"的定义已变成"没有源头"，或"处处都是源头"。《二十二世纪杀人网络》的复制人场面原来可以这番面貌出现在眼下的香港。

接下来更发现被扣押的"源头"根本不足以入罪。疑犯被当庭释放的前一日，新照片又有两张面世。结果是，"疑似"犯罪者原来不是元凶，被戴上"疑似"帽子的受害人却一一站出来脱下帽子。短短两周内，香港人在"源头"和"疑似"两个名词中见识了一场从字面到意义上的大混乱。

T is for Twins / Taboos / Tattoos

陈冠希事件令 Twins 的双生儿命运从此不一样——我认识一个自阿娇阿 Sa 出道至今年一月二十七日前还分不清谁是谁的朋友。但在阿娇几乎日日登上报章头条之后，他发现即使 Twins 跟往常一样二人同场出现，他的眼睛大部分时间都在留意阿娇。

阿娇好像少了一些什么，又多了一些什么。阿 Sa 却仍旧是阿 Sa。所以，是看不见的一些东西令阿娇更能被看见，短期内阿 Sa 要在阿娇身旁争回目光还真不容易。

看得见和看不见在事件中的另一层意义，是如何借大小特征对相中人是真是假验明正身。张柏芝的纹身如是成为关键。可以想象，经历网民、媒体的放大和多番鉴证，同样的纹身对张柏芝将有极不同的意义——谁愿意自己喜爱的东西，有一天反过来成了使自己受伤害的指控。女人的禁忌之一，是她们的情欲只可以被想象，但不能被看见。

U is for Un

Unloved——不被爱的人会把渴望被爱转化成对自己的伤害；

Undesired——不被欲望的人会对自己的欲望抱持轻视，甚至鄙夷；

Uncivilized——欲望是由文明建构，欲望也是由文明控管。唯有打破欲望规条才能使人得到自由。但那将被视为颠覆社会秩序，是不文明。

Uncontrollable——欲望不能被控制，但可以升华。陈冠希的照片或可提供一个问题的思考：拍摄者的动机，有没有可能是想让他对相中人的欲望升华？（如果你能从拍摄构图和被拍者的神态看到摄影师与她们的情感互动。）

V is for Vanity／Victory／Victim

拍照要拍得开心，虚荣心不可缺。否则在镜头前，我们会无所适从。每一张被拍者竖起 V 字手势的照片，都让人看见：一，他或她认为胜利手势带来最佳状态——姑勿论人 V 我 V；二，在最佳状态下留影，将令相片更有分享（给人看）与保存（给自己看）价值。虚荣心，便是渗透于拍摄一张寄望人家赞赏、自己欣赏的照片的时候。

女艺人们在陈冠希照片中留下了明知不会被大众赞赏的影像，但每一个的神态都是自己欣赏。从这角度看来，她们的眼神大多流露出对镜头——也是拍摄者的信任和恋恋。有着感情的眼神，使这些照片不同于为了卖钱而拍的色情照，它们纵然也有展览成分，但被展示的不只是身体，更多的其实是被欣赏的愉悦。

是某种所谓虚荣的被满足。

如果相中不是赤裸或半裸，它们其实和一般男友替女友拍的沙龙照差不了多少——差不了多少的地方在被拍者的被释放感——是"他"让她觉得自己有吸引力和美。

数十年后，我们也许才能因为事过情迁平心静气地看到，这些照片除了身体，还有别的。必然要到那些年后，我们才可能会觉得相中女艺人的神情面貌，是在陈冠希的镜头下才被捕捉到。必然是要到那时候，我们可能才有机会明白"受害人"所受到的各种损害并非尽是来自照片本身，而是我们看它们（也是她们）的眼光。

W is for Witch-hunt

"抓女巫"的最恐怖之处，是抓到后来，每个人都会被发现和女巫有关系，最后，没有人不是该死的女巫，因为"抓女巫"的终极目的是铲除异己。即是，不是自己便是异己。

社会对待非我族类者的非理性排斥，必先要有大众支持。但大众可以是工具，而且这工具很好利用——只要他们的观点一致、口径一致。例如才听见"道德"便一呼百诺，而不是听清楚听明白前文后理。

陈冠希事件在网上和其他媒体上燃烧至今，趋势是牵连愈多人愈好。大众似都情愿把时间用在迅速繁殖的人物关系图表，相片本身，却似乎没有被看清楚。这有点像证据还未成立，警方已在大肆搜捕和检控。警察这样做会被非议，但当我们自己犯上同样毛病，却鲜有人提出危险就在前面。

X is for CGX

这不是为陈冠希辩护的文章。但在全体香港市民对抗陈冠希之际，我们必须检视他和他的相片是否也是一种催化剂。他和他的相片如果出现在另一种文化和另一个社会下，自必有不同后遗。如果是中东国家，则不可能被印成人手一本的照片集。如果是欧美，也不可能在照片版权仍未澄清属谁便被媒体抢闸用来谋利。如此两个例子，是已说明我们这个社会一方面对事件咬牙切齿，与此同时又接受平面媒体以公众有知情权的名义来剥削一众受害人，包括陈冠希。

陈冠希拍摄这些相片是否不道德和他在事件中有没有受到剥削两件事情不应混为一谈。但大众对待事件的态度一直有被媒体操弄之嫌，多少印证了香港人喜欢谈论却不擅长思考。只是未经思辨的逻辑又怎能成为将人入罪的控诉？是否因为随便谈论别人不容易被追究责任，我们才肆无忌惮人云亦云？

责任是"一个人必须做的事"，一个社会出现这么多无从理清头绪的"问题"，作为其中一分子，什么是我们必须做的？

Y is for Y-me

任何人都会在发生不幸时问"何必偏偏选中我？"。陈冠希和一众受害人却较难在今次事件中有此一问，因为答案太简单了："名人"在光，任何时刻都会更易被选中。

但是除了实际的被选中，也有另一层面的"避无可避"：有财富、有地位的人原来一样要面对"成长"的磨难和痛苦。甚至，愈是拥有某些特权的人愈让我们看见磨难与痛苦的加倍。 如果真要让年轻人在今次事件中得到启发——谁说成年人不需要？——它可能就是如何才能在众声喧哗，却没有几多不同想法和看法的社会中找到能够让我们独立思考的空间。

Z is for Zzzz？？

下午五时提笔，清晨七时完稿，还可以睡一个两小时的觉。

2008 年 2 月 15 日

明哥和黎达达荣的"浪漫西游记"

当我在著名作家迈克发来的电子邮件中读到黄耀明（是的，明哥）和漫画家黎达达荣被狗仔队拍到的二人"浪漫西游记"——深夜结伴在港岛西环区出入，我的实时反应实在不知好气还是好笑。迈克倒是一贯俏皮："相识几十年，临老忽然挞着*，当街当巷表演罗曼蒂克——哈哈哈，如果真有其事，我明天即刻挽住林奕华进教堂以作示威！"上述当然只是谈笑用兵，下文才是拳拳到肉："在传媒的字典，从来没有'朋友'这两个简单的字，再普通的交往，一经渲染就七彩缤纷。"

传媒——不，该说"小报文化"——专爱把各式名人互相配对的游戏，其荒诞可笑与荒谬绝伦，早已发展成著名民间故事《乔太守乱点鸳鸯谱》。当今现实之所以媲美民间传奇，皆因故事中的人物一样因为心急而狼狈，因为"猴擒"**而错误百出。那么在心急而猴擒地随便把两个名字凑在一起继而咬定名字的主人是鸳鸯，是比翼鸟的心态背后，到底反映了我们欠缺什么？

是恋爱？浪漫？

我认为都不是，却是一种对于成长、成熟的渴望，偏又被周围环境抑压得只能永远像个小孩子般活着。什么抑压？就是"个性"，包含着对自己作为个体的肯定，例如敢于对选择作出承担；还有对于性态度上的自觉，即是不需要别人告诉自己怎样才叫正确与不正确。

大家一起玩的"乱点鸳鸯谱"，情况一如小学时期男女同学之间最爱玩，也最常玩的游戏。在约八岁到十二岁的人生阶段，正好是对异性

＊　恋情瞬间点燃。

＊＊　广东俗语，翻译成英文便是 desperate，即电视剧《Desperate Housewives》里的 desperate。

产生抗拒但又渴望被认同的开始，学校是小孩的"社会"，所以同学之间最喜欢把这种心理背后的恐惧，转移到编派谁对谁有兴趣，以至谁和谁有"景轰"（私情、暧昧、古怪）的"告密"和"散播传闻"的热衷上。"告密"是把想象出来的绯闻诉诸权威，误以为可借级主任以惩处方式将男女同学分开来以抑压自己心中的不安、焦躁。"散播传闻"乍看只是为了取笑别人，其实透过群众力量抑压别人来抑压自己才是真正目的。

　　谁会想到今天的大众在找寻茶余饭后的话题时，竟会以小学生的心态和行为模式为基础？黄耀明和黎达达荣这两个任何人也不会以"浪漫"来撮合的名字，就是因为身处全民小学生心智化的社会里，便要接受不知名同学的"告发"；更糟的是，散播这些风言风语的人也心知肚明他们不是什么"拖友"，只不过为了报纸上今天少了一点酸辣，黄与黎便要牺牲小我，完成大我。

2007 年 2 月 14 日

谁和谁真的在一起

《纽约时报》当然不只是一份报章，就像香港的许多平面媒体现在也有影像讯息，以增加——主要是八卦新闻的实时性与临场感。这些也被命名为"频道"的网站，最常见的是镜头山摇地动——狗仔队要偷袭、突击在公众场所出没的名人明星，十次有九次都是边走边拍。曾经，我以为画面不清不楚就是真实感，后来才醒觉它的更大作用，原来是方便"造马（假）"。谁叫自己竟也有幸成为这种报道的一位当事人？

话说有次与郑裕玲小姐茶聚，闲话家常之际，郑小姐忽然脸色一沉："又拍啦又拍啦！"我才回头一看究竟，"咔嚓"一声，两个老朋友的"约会"便被定格在"新恋情"的标题下。她是身经百战，嘴上说"我都预咗嚟IFC一定会被跟拍？嘞，就系不记得提议改地方"，但当记者一围而上，郑小姐还是有问有答，笑容可掬地对那说好了不入电梯但又跟到地库停车场的人说："仲跟？唔好跟啦，冇地方去啦……"

我才恍然，狗仔队其实心里有数这不是什么"绯闻"，但当唯有捉奸捉双才有市场，传媒就只能顺应地把镜头摇晃一点，拍摄角度隐蔽一点，看上去自然什么都辛辣一点。所以，我的一位造型师朋友K先生，才会这一日陪张艾嘉与儿子奥斯卡逛街时被派遣了"张艾嘉老公"的角色，换一日与何韵诗把臂同游，又成了把何小姐"由李拗直"的"翻版胡军"男朋友。

乱点鸳鸯成了家常便饭，看多了恐怕对谁跟谁在一起再没感觉。就在这时候让我发现了《纽约时报》多姿多采的视频网页中，除了世界大事文化艺术衣食住行设计建筑的影片应有尽有外，还在"格调"一栏下有着十分温馨的项目，名叫"宣誓"（vows）：让新婚燕尔的男女在镜头前，细说缘份如何把他们"绑在一起"（tied the knots）！

　　片短情长，三分钟明明幸福满档，我们却难免贪婪地要给新人再添祝福——以莞尔和羡慕。看着看着便上瘾的，当然也是"八卦"，但起码《纽约时报》没有把我们对关系的憧憬谋杀掉。

2010 年 3 月 29 日

Hijack 刘德华

刘德华是否到了要给朱丽倩"名分"的时候？刘德华应不应该"现身"拜祭朱父以示孝道？此间成了席卷华人世界的热门话题。如果不是早过了今年的考试季节，这些问题说不准已被各地考试局借来测验莘莘学子的"伦理价值观"！

但，当刘德华是"刘德华"，多重身份的他，真能让我们非黑即白地界定他的出席／缺席孰对孰错吗？媒体藉此刻得到"网民"与大马市民猛烈抨击的助阵，近乎不假思索便把头七才现身以"大马女婿"（身份）到新坟拜祭的刘先生写成是"要补镀挽回民心"，不要说当事人，我看了也只能报以苦笑。

如果你是刘德华，是否一定在"外父"出殡当日便"大大方方"站出来？是的话，你会怎样面对随时过百的镜头、麦克风，和手持这些掠食工具向你汹涌而来的人山人海？他们当然不会放过"发问"，你是刘德华也不可能满足各式各样的打烂沙锅问到底。但保持缄默又会造成另一个不可控制的局面：问题的矛头指向朱家的其他成员怎么办？说也不是，不说也不是，到最后，任谁是刘先生，都会作出"不宜出席"的决定吧——理由不外乎是避免一种乱状的发生：Hijack（ing）。

Hijack（ing）不见得只有在飞机或任何交通工具上才能上演。而"胁持人质"在电影与现实中的最大分别，是现实中不见得一定要有架在别人脖子上的刀枪剑；"人质"也不一定是胁持对象，有时候，某个他想全盘控制的情境才是。古语说的"挟天子以令诸侯"放在眼下就是很多艺人天天都要面对的处境——把同一句话倒过来："挟群众以令艺人"。

以刘德华该不该"站出来"（come out）参加"外父"丧礼为例，刘先生最要担心，以至后来以缺席来避免的，该是基于媒体对他和朱丽倩关系的兴趣一定大于对死者和家属的尊重，而让丧礼应有的庄严气氛彻底被八卦（无聊）所推倒。"你们有注册吗？""是否已有小孩？几岁？""小孩怎样看待父亲是刘德华？""听说之前准备摆酒？""朱老先生会不会很遗憾？""将会在百日内行礼冲喜吗？"……当这些无关哀悼的问题此起彼落响起，刘先生、朱家家人，以及最重要的朱老先生，便是被 hijacked 了——丧礼的主角和纪念他的这个仪式有何"意义"，变相是由媒体决定。

问题是，少有人会觉得这种"胁持"有何不妥——"刘德华是公众人物"是最常被合理化的"理由"。但当刘先生用"缺席"来令公众人物的"他"没有出现时，媒体又鼓吹以"伦理道德"之名要刘现身——即"承认已婚"——来合乎"公众期望"。换言之，"挟持'社会利益'令刘德华廿多年来的'婚姻之谜'水落石出"的这一役，来到这一个回合的"胜利者"，到底不是刘先生。

事到如今，时光不可能倒流，否则在丧礼之前，刘先生或可考虑先公开婚姻状况，再以女婿身份提出请媒体尊重逝者的要求，然后"大大方方"出席丧礼。这样的做法，会不会有效消减后来媒体把丧礼"演变"成类似《溏心风暴》之类肥皂剧中常见的大阵仗？

无论如何，历史将如是记载："二〇〇九年，刘德华与朱丽倩的夫妻关系，终因女方父亲病逝而曝光。"

2009 年 8 月 25 日

解说香港流行文化的十大基因

任何事情它之所以流行，就因为它能够针对到人的劣根性。所以一切有关流行的东西，其实就是能够满足你自己的一些欠缺的东西——你看着别人在做你想做但是做不来的事情，从而得到了一种投射、投影的满足。所以流行它本身，你就可以说，是反映了社会的某一些欠缺。因为如果大家都做得到，或许大家都不稀罕，它就不可能流行。所以我们来看看，香港最流行的是什么。

我曾经想过要写一本书，就叫香港普及文化的十大基因。那些 gene 是什么。也许就离不开我以下所说的一些。

一·金庸

没有金庸，留学生都死掉了。在香港的好多留学生特别是男生，他一辈子看过的书就是金庸。那金庸究竟提供给他们什么呢? 就是说他什么书都不看，就看金庸的原因是什么呢? 因为里面有 fantasy，幻想。因为里面都是小人物怎么变成大英雄再变回小人物，韦小宝就是这样嘛。所以，《鹿鼎记》作为金庸最后一本作品其实是很有值得研究的意义的，因为从乔峰到韦小宝，这标志了金庸整个创作生涯当中的一个转变——不再相信英雄，这是一个很好玩的很值得做的题目。因为金庸非常明白香港文化，所以他用了香港男人作为韦小宝的一个原型。而以前乔峰那些可能他根本不是取自香港，他或许是用内地的，又或许从莎士比亚，或许从希腊神话……金庸的很多小说很像莎士比亚，你不觉得吗?

ok，金庸是一个。

然后王晶。

二 · 王晶

王晶很厉害的一个东西，就是跟你说：不管你长什么样子，都有美女会向你投怀送抱。为什么？因为到最后，你长得丑，没有关系，重要的是你知道女性的弱点在哪里。所以呢，他之所以会让那么多人觉得追女仔是一种精神，而不是一种伎俩或一种手段，就是因为他可以重复地让很多今天我们叫宅男——当时还没那个名词——的人找到了他们的精神力量。相对来讲，又很少有女性会觉得王晶的那些追女仔的手法或是伎俩对她们来讲是一种侮辱或一种丑化，那是因为接下来我要讲的第三样东西，香港小姐。

三 · 香港小姐

香港小姐，其实也应该被归类在接下去会讲的第四个很重要的流行文化基因中，就是无线电视。无线电视从 1972 年有了香港小姐的选举之后，就让这个本来还没有王子、公主，没有 cinderella 的现实的文化，突然之间打开了一个皇宫。每年有一次，也许你们在座的一些女孩子，只要能够跨过那个门坎，能够对十八个女生抢个你死我活之后，就可以成为那个高高在上的，人人都羡慕的女生。所以呢，女孩子对自我形象、对自我价值的设定，很快就在七十年代的时候被这个无孔不入的媒体改变了：**只要你能够达到男人对你的幻想，你就可以成为或许改变你自己的命运，或许成为大家都羡慕的角色**。所以后来，香港小姐都可以去演金庸的那些电视剧，两者就这样联系在一起了。

四·电视剧文化

无线电视是一座神灯。它作为一家电视台，在1967年产生到七十年代的时候，它代表的是：你不用有钱，也可以享受免费的电视服务。这个免费的电视服务，恰恰就是让所有人都可以有一个平民化的娱乐空间。但是最有趣的是，它在七十年代异军突起，让一批从外国留学回来的年轻人，在当中找到了一个他们曾很耽迷的所谓新浪潮的一些电视作品。这些电视作品通过每户家里的一个小盒子，不断地放送给香港的观众。其实我们今天怀念七十年代的电视文化，并不是在怀念当时的"欢乐今宵"，也不是在怀念当时的一些游戏节目，我们最主要怀念的是三个事情，是香港人觉得，我从来没有见过，但是因为七十年代（的电视），我们的眼界打开了。

第一个，就是我刚才讲的，选美。因为选美可以给每一个人今天 *American Idol* 会给的那种：你昨天还是那个样子，今天就已经完全不一样了——就是身份地位的很快的改变。

第二个东西，是我刚才讲的，新浪潮的电视电影——用胶卷来拍的电视节目。这些用胶卷来拍的电视节目，带给观众最大的一个视觉上的改变——就是原来戏剧不一定只有我们看过的名著改编呐，或是那种清宫残梦啊——就是一出姚克的《清宫怨》，明明只有三幕，但是当时我们的电视剧可以把它拍成四十集，每集半小时。后来用胶卷来拍的电视电影，它牵涉到的，全部都是现实当中一些社会问题或社会现象。也就是说，它一方面在这个电视的小屏幕当中，明明好像也都是讲幻想，又打破了以前那种只有这样一个幻想的定型。大家可能没有听过的比如，许鞍华早期的时候拍的《CID》、《北斗星》，谭家明的《七女性》……因为都跟现实有着很密切的关系，**它打开了香港人对现实和幻想中间的那样一个很大的一块晦涩地带的想象**。这里最重要一点就是，把电影普及化，因为他们用的是电影语言，不是电视语言。

第三个从七十年代一直影响到今天的就是肥皂剧。没有《狂潮》没有《家变》这些肥皂剧的话，香港人大概也不知道他们人生的追求目标是什么。《狂潮》、《家变》，这些统统来自美国七十年代后期的所谓 mini series（"迷你剧集"）的这种电视剧体裁，美国人当时用它来拍什么？最有名的就是*Rich Man, Poor Man*（《穷人，富人》）。后来呢，还有，大家都知道的，今天已变成经典了的《Dallas》（《豪门恩怨》）、《Dynasty》（《锦绣豪门》）。所有有关有钱人关起门来背后的那些生活形态，通过七十年代无线电视每天晚上一个小时的《狂潮》、《家变》，让香港人突然之间明白了：对，我们就是要往上爬！之后的什么《大亨》、《变色龙》，直到《大时代》、《义本无言》……所有这些，都是一个永远的主题，它换了名字，换了主角，换了行业，没关系，你一定会看到他们在那边说，股份，多少个 percent，被人家抢去了多少的股权，然后我一定要把这多少个 percent 拿回来！管它是做饮食行业的，还是做地产的，还是怎么样……

选美、肥皂剧，这两个东西影响到今天。中间我说的那个新浪潮，后来，八十年代开始，就没有了。所以呢，它的夭折，其实多多少少都标志着，为什么后来，香港电影到今天只能是这个样子。因为电影作为一种艺术，作为一种语言，并没有真正地能够通过电视这个频道，造福了这个社会，让更多的普通百姓能够享受到一种对电影应该有的认知，造成了变相地令现在很多人分不清电影到底应该是"播映"还是"放映"的混淆。甚至我在某一个城市，演完了戏从剧院走出来，有一个小姐一路追着我，一直说，她刚才看了那个《生活与生存》："林导林导，你的片拍得真好!"

[观众笑声]

不要笑,很多人现在分不出"话剧"和"电影",分不开他家里那个是"屏幕"还是"银幕"——这两个词现在是共通的。我就在等,很快,很多人都会说:"我刚才去'拉饭'了,拉完了饭我就去'吃屎'了。"是一样的!

我去跟人家去纠正"播"跟"放",常得回来的那个答案,包括董桥,很有名的学者,他也会回敬我说:"啊,有分别吗,播跟放?"我觉得很可怕。"播"跟"放"当然有分别,但是以我这么小的力量,我现在怎么可能去让大家觉得,"播"是电视的"播","放"是电影的"放"?请你回家看一看,到处都是在"播"电影,或是这个话剧什么时候"上映",没差别了。很好玩,我不知道在座大家有谁觉得这个重要,大部分都觉得不重要,大部分人都觉得说,"那是你个人执著而已啊。"你可以看得到人微言轻是什么,我只能在我写的东西里面尽量不要写,"电影是播放的"。对这些细节的不要求——或许根本不觉得有重要性,其实也可以说是香港文化的一种特质。因为我们常常都会说:"哎呀,随便啦。(粤语)差唔多的咯。"所以,胡适先生经常在讲的那个"差不多先生"其实从来就没有离开过,他还在我们中间。

所以流行文化有一个很重要的东西就是有时候、大多的时候,都会把这种"放过自己"合理化——我们为什么要对自己那么认真?我们只不过就是要生活,我们何必要把自己弄得那么累。七十年代八十年代比较少讲这些话,现在你听到的都是这些话。所以呢,我会觉得,在香港生活很闷的原因之一就是,我常常被逼要接受这些观念,就是:你不应该太有自己的坚持,人家说什么,你跟着这个就对了。上课也是这个样子,有学生会说:"老师,你教我这个,就好像等于我们跟一个狮子在一起睡觉，一起睡在一个笼子里面，你把我们叫醒，那那个狮子醒过来的时候我们怎么办?!"好像我还要给他一张地图，要怎么离开那个笼子。那怎么办你自己想啊，你先要想想你怎么会跟这个狮子睡在一个笼子里面哪。

所以流行文化其中一个很重要的东西就是，它不是教你思想，它是告诉你：不用想。

这就是我接下来要讲的第五个流行文化，卡啦 OK。

五·卡啦 OK

我觉得卡啦 OK 从八十年代到现在，最厉害的一个东西就是告诉你：爱情是一种 FEEL。你把你的手指切掉也是一种 feel，为什么没有这么多人去追求把手指切断呢? 因为他知道那个会痛，因为他知道他害怕，但是很多人对待爱情其实是，故意不告诉自己很多事情。

所以呢，卡啦 OK 我一直觉得它对外国文化跟对中国文化造成的影响是很不一样的。因为，在外国，并没有一种作词人、歌手跟作曲人为了卡啦 OK 而进行的创作。我们是为了卡啦 OK 去创作这些东西的。你不知道为什么? 外国人要去创作卡啦 OK 一首歌已经放在那边了，他只是利用那个机器来唱；但是香港人不是——我现在先不讲大陆跟台湾，香港人是为了要有卡啦 OK，所以才有这些歌手跟这些作品。已经发展到这样了。这证明香港人去唱卡啦 OK，其实不是要去唱歌，而是要把自己的无力感通过这些歌曲发泄出来，所以不能有一首叫《我很快乐》的歌，因为没有人会唱。大家要唱的是"我很惨"、"我犯贱了"、"我是烂泥"、"我什么都不是……"

所以，并不是卡啦 OK 就是卡啦 OK 那么简单的一个东西，它是一个文化，卡啦 OK 帮助香港人将这些自我价值和自我形象中很低落的那种负面的情绪，用一种最 glamourous 的、最华丽的方式，就此表达出来了。就好像我常举的比喻：即便上厕所大便是一件大家都不希望别人看得到的事情，但是因为有这个需要，然后我们又觉得这个需要很希望得到正面认同，所以我们就做（造）一个很漂亮的厕所，再放一些很漂亮的配乐，于是大家觉得——大便其实是一件很 glamourous 的事情。

卡啦 OK 作为一种文化，能够让那么多人需要它，没有它的话，就好像听不到自己的声音，感觉不到自己的感情，感觉不到自己的存在。而且，大部分人去唱卡啦 OK 的时候，起码我认识的那些朋友，他们唱歌的时候情况是：一伙年轻人，如果他点一首张学友的歌，他一定要唱得很像张学友；如果他点一首陈奕迅的歌，他一定要唱得很像陈奕迅。所以我的经验就是，每次跟他们去唱的时候，他们互相都觉得："好像啊好像啊！"那是在唱歌吗? 对我来讲那不是在唱歌，是在找话语权。其实是通过成为那把声音，来想象自己是一个被很多人欢迎的人。

所以，这些卡啦 OK 里面调子啊歌词啊是什么都是无所谓的——当然矛盾就是，它也有所谓，它不能是正能量，它必须要是比较消极的一种情怀，是比较悲观的一种情怀，因为大家都是 loser 嘛，都是失败者。但是在这个失败者的领域里面、这个范畴里面，你是怎么失败的都 OK，只要你失败就好了。只要每个人都失败的时候就不会凸显到有人成功。没有人成功的时候这群人当中就没有危险。

所以呢，大家都是要通过你模仿的那个歌手的声音，来达到你成功的感觉，来找到自己那种高高在上的失败的感觉。对，心理很复杂。但是去唱卡啦 OK 从来不会心理简单。如果大家心理很简单的话林夕就不会那么红了。[观众笑]。林夕的歌词就是一直在扭曲扭曲扭曲……那种失败的情结。很多那种歌曲我常觉得对我来讲是一种酷刑，就是一个人他明明失败了但是他还会找到很多合理化自己失败的一种 glamour。这会让很多人都开始不去了解自己的心灵，他只会觉得"我就是这首歌"。

香港人有一句口头禅很厉害，就是"中!"。你明白"中"的意思吗？大家去唱卡拉 OK 的时候追求的就是"中"，我常觉得这个很悲哀。你是你自己，你有你的体会你有你的背景你有你的故事，为什么会有那个跟你完全不认识的人要来中你呢？好像他躲在你床底下，你还要觉得他躲得真好。他中了，就代表，你其实不用中自己。

所以大家其实都把自己当成是个射靶，希望别人来"中"、"中"。我最近在排一部戏叫《港女发狂之港男发瘟》，就因为这个"中"，我在互联网上，找了一个歌舞片的片段要我的演员去学，是中国民族舞里面一个叫做"弓舞"的。（模仿"弓舞"的样子。）我希望他们学了这个弓舞以后，在舞台上他们就……［观众大笑］。

我自己也写过歌词，我就很痛苦。因为我的老板（就是那些给我钱要我写歌词的人，也或许是歌手啊作曲人啊）会说："这句不中诶!""这句要中!""这句差一点点就中了"……天哪……这种从文字游戏的角度来做到的一种所谓心灵的陈述，变成了很多香港人把自己的一些体会跟感受完全交给别人来诠释。

所以这太好玩了，一方面你需要有那种话语权，但是另一方面，你又不希望把自己这些真正的感受用自己的方法来陈述。这就等于说，你相信有一种即食面，包装上说龙虾鲍鱼人参汤，你就真觉得是用那些东西来做的。大家都非常非常相信甚至迷信一个东西就是：最好有现成的，不要有自己做的。

这种东西，我觉得最能体现在第六种流行文化当中，爱情小说。

六·爱情小说

在香港，我把最有名的爱情小说分成基本上三个阶段。第一个阶段，大家知道，只有亦舒，丧心病狂的亦舒，是七十年代跟八十年代但主要是八十年代的。然后到九十年代，就是张小娴。张小娴，就是那种叫锱铢必计，就是什么都算计得很厉害的爱情观。到了 2000 年之后，就是所有的亦舒和张小娴生产出来的那种我们叫 amoeba 的变形虫。再没有第三个我们说有代表性的（爱情作家）了。但是严格来讲张小娴也没有代表性，因为张小娴其实是一个不会写作的人，她只会字，她不会写，对我来讲是这样。

每个成功的人或是一个流行的文化符号，他之所以能够到那个位子，也是因为时代帮了他一把。因为大家都在看张小娴的那个时代和大家都在看亦舒的时代不一样——整个文化开始出现一个断层的时候，大家对文字的要求不一样，张小娴最风行的时候，其实大家不是在看爱情，大家在看物质。张小娴也非常明白，所以她的小说常常会让我们看的时候觉得很好笑，因为它是个搞笑小说：她随便下笔便会说这个法国红酒啊，这个法国长面包啊，这个什么名牌……对，然后再伸展下来才有深雪。深雪当然跟张小娴又不一样，深雪她主要是个"神婆"嘛：她会把那些塔罗牌啊，那些女巫啊……所有那些东西放进去。她代表的是 2000 年以后的香港爱情观。

我刚才为什么说亦舒"丧心病狂"，是因为亦舒是大陆移民，大陆移民在香港长大之后，她其实有很多很多的怨气，在她小时候被人家白眼啊，被欺负啊……她没有那种身份优越感，于是在她的散文和小说中，后来一步一步地反过来教育香港人，这是很有趣的。我今天在另外一个场合也说，香港的一些真的有影响力的、在香港文化圈有权力的人，其实大部分是新移民。金庸是大陆去的，亦舒是大陆去的，黎智英是大陆去的，连邵忠也是大陆去的。所以今天的《周末画报》也好，《苹果日报》也好，金庸的这些武侠剧也好，其实还是大陆文化经过转化之后去征服香港文化。

先说回爱情的部分。绝大部分人被亦舒的小说吸引的，其实并不是爱情，而是尊严。你也可以说，Jane Austen 的所有的爱情小说也不是爱情，是尊严。就是这些觉得自己是小女人的女人，在怎样的一个社会和时代环境当中，找到了她可以抬起头来做人的一种力量。亦舒最感动人的那些小说，其实就是她变成一个打工女的那个阶段——大概从八七年到八九年那两年她狂写的那些，像《流金岁月》啊那一大批。当时她让很多 OL 跟女学生非常看得进去，就是因为她们在当中找到了一种 empowerment。很少爱情小说会告诉你说：其实一个女人最终的目的呢，就是找到一个可以给她两栋房子的男人——一栋是自住的，一栋是收租的。但是这个东西并不新鲜，Jane Austen 根本就一直在写这个，其实 Jane Austen 的 *Pride and Prejudice*、*Persuasion* 啊，为什么里面常常都提到 property，就是房子？房子很重要，因为没有房子，就没有 home，光是个 house 是不够的，它还需要是个 home。所以你可以看到，我们说的这些女性小说，其实常常会把幸福放在你拥有多少的安全感这件事情上面。大家追求的真的不是浪漫，而是安全感。

香港的这个历史背景跟它的政治背景，能够产生出亦舒这样一个体系，其实也是因为一个很微妙的契合，就是香港人没有安全感。香港人在回归之前不知道回归之后会怎样，对于自己的很多从祖辈得到的东西，比如这个房子，你也不知道要住多久，因为房价好的时候你就应该去把它炒卖掉，你不炒卖，别人会说你蠢。但是卖了之后，会不会将来又再升值呢? 那你是不是卖在一个错的时间? 所以, 你永远要在评估, 这个东西今天的价值不等于明天的价值, 明天的价值又不等于后天的价值……永远活在这样一个惶恐之中。如果你用这样的一个背景来看亦舒的小说, 你也可以理解, 为什么她的女主角到最后可以得到那么多人的认同, 是不是因为爱情好像给了她一个很明确的安全感?

而且它是双方面的, 它不像《倾城之恋》。《倾城之恋》里, 张爱玲写的白流苏是没有大学毕业的, 是没有工作的。所以亦舒的小说能在八十年代那么受欢迎, 就是她的女主角两样都有: 又有学历, 又可以不用学历。后遗到今天, 香港女孩子的很大的矛盾, 就是"我到底是要靠别人还是要靠自己"。

刚才已经讲了六个, 你们要休息一下么? 这东西其实我也没有准备, 我只是随口讲的。一直下来。

[大家表示不需要休息。]

爱情, 它到底还是牵涉到了性。所以性这个东西, 不管你是男的女的, 什么都好, 其实你还是需要有一个被教育怎么去认识它的过程。在我们的文化当中, 其实并没有这一点。简单来说, 我们的文化是拒绝性感的。

王晶的很多电影, 大家看过都知道, 他在九十年代的时候, 好些作品都有一些性的明示和隐喻, 譬如说邱淑贞就是一个很有代表性的符号。但是香港的电影从来并不因为有邱淑贞就都性感起来。

所以接下来这个, 我觉得他是真正把性感带进香港来, 但是并没有解放我们的压抑, 反而加强了我们压抑的, 那个性感的符号, 他就是王家卫。

七·王家卫

王家卫的电影受欢迎是因为很多人都必须要性压抑。所以你看王家卫的电影，他的电影里面永远有很多人在喃喃自语，对我来讲好像是一个咒语。[￥%……&@#-(念咒语)--｜｜][观众大笑]他的戏，真的，你试试看，把那个旁白拿掉，就不是那回事了。因为他常常是拍完了剪完了之后才把那个旁白补回去。这个喃喃自语代表的是什么呢？对我来讲，它其实就是自圆其说。大家如果真的愿意比较客观地去看王家卫的电影，电影里的每一个人都在说："我其实是很可爱的。""我是应该被爱的。""我不应该是这个样子的。"他把寂寞放在嘴巴里面，每一个人都失魂落魄。你可以讲，从某一个角度来说这是他的风格，但是我常觉得疑惑，风格可以有很多，但为什么偏偏这个是他的风格呢？

如果今天要举出王家卫最受欢迎的一部电影，可能每个人心目中都会有一个不同的名字。但是用国际的标准来讲，当然就是《花样年华》，只有《花样年华》。《花样年华》就是最能够被外国人认同的从香港导演出发的一种性感的极致。为什么？就是因为压抑。旗袍、长楼梯、这个饭壶、那个树洞、那个关着他们两个人的房间……所有这些看得非常静的镜头，通通都是压抑。

所以从王家卫的身上，我们可以看到，王家卫能够成功地把香港人感受得到的那种从中国自元朝承袭下来的性压抑，包装得非常的国际化，然后大家就可以从中得到了一道投影。外国人投影的跟我们中国人投影的那个欲望当然不一样，外国人会说："哇哦！他们可以这样子压抑呀！"因为他们没有这样一种压抑的需要，对吧？但是中国人就不一样了："我们都是这样压抑的。"所以呢，外国人跟中国人同样看张曼玉一边哭一边用指甲抓自己手的时候，我想那个感觉是很不一样的。这种压抑，与其说是情感的压抑，不如说是性的压抑。

王家卫在拍《花样年华》的时候，我觉得最有意思的事情就是，他哪一个版本都拍了——他们上床的拍了，只穿内衣的拍了，什么都不做的也拍了，就是要看最后用的是哪一个。那这个东西就变成，对我来讲的一种计算。就是看放哪一个出来的时候最能够得到最多人的认同。我常觉得，王家卫是一个很好的生意人，但是我从来不认同他是个好的导演。因为好的导演对我来讲，他其实是能够跨越视野上面的一种障碍的，他看到我们看不到的东西。王家卫的电影常让我看到的是，我已经看过很多遍了我还要再看一遍的对事物的刻板形容。当然这是我比较个人的一个看法，我觉得，在《花样年华》当中，他最有趣最微妙的，其实是把《红玫瑰与白玫瑰》再拍一次。我不知道你们刚才有没有看到《红白玫瑰》，《红白玫瑰》还大胆一点，因为有陈冲这样淫荡的一个红玫瑰。但是王家卫一定知道，中国人是不喜欢看到荡妇的，所以呢，张曼玉明明就是集红玫瑰与白玫瑰于一身，她的内心可以很解放，但在外面，一定不让自己做想做的事。

所以，在 2000 年，如果我们还是主要要靠像《花样年华》这样的电影来认同我们中国人的 sexuality，我觉得，这有点不妥。但这当然是我非常个人的看法，有一位年过五十的大学教授很喜欢《花样年华》，他写了一整本多，然后学生一定要念，而且一定要从他的角度来解读。而且，这个《花样年华》还可以用城市的角度来解读，用所有的所谓比较文字的角度来念。

Sex suppression，性的压抑，到底是怎样形成的呢？这里还是得回归到女性的价值是什么。如果在今天女性很多时候还是会觉得，"哎呀，我走光了……""哎呀，我这里被人家拍到了！""哎呀，这里又被人家拍到了!""哎呀，糟糕了!"……"我是不是每天都应该用这块纱布把自己给扎住像木乃伊，可是这不行啊，因为我用纱布扎住自己当作是一套晚装去领 OSCAR 的话，那就没有照相机要来拍我了啊! 或许拍了我也不知道是我，因为我都把自己给扎住了啊……""那我应该穿什么衣服去走红地毯呢?""那我当然是要穿这个啦，那穿这个又不怕走光了吗?"所以常常就会左不是、右不是，露不是、不露也不是。这个大概不会影响到章子怡，但是影响到很多很多香港的普通的女孩子。她们就每天生活在一种紧张当中，就是说，今天三十八度，但是如果我不穿一件毛衣的话……对! 香港很多女学生她们会在夏天穿大毛衣。这不是我编出来的，真的你上网去找找看。香港女生很在意自己的身体被评头品足。但是她的在意其实也不是说你最好不要评论我，而是她不希望别人讲一些她不想听的话，所以这里也有很多的心理斗争。

　　所以女性在我们的文化当中，她的性欲被压抑了，然后再被物化。她造就的方便当然是男性了，因为男性可以很快去搞定女性，因为女性不会搞定自己。所以，我们的这些亦舒也好，金庸也好，我刚才讲的大部分的文化，包括我刚才说的卡啦 OK，我不知道大家有没有注意到一点：以香港广东歌的卡啦 OK 文化来讲，现在真正是 K 歌之王的，是那些男歌手。从比例上来讲，女性并没有那么多 K 歌。杨千嬅的歌没有以前多，最近唱来唱去就是谢安琪，跟容祖儿，但是比起男歌手的 volume，很大的一个男歌手的体系，可以忽略不计。所以你可以看得到，女性对性别的压抑，加上男性现在自我形象的低落，它变得非常的 unsexy! 就是你看着我，我看着你，然后"没什么……"，就是没什么相似的吸引力! 所以说"爱无能"跟"性无能"现在好像有这么一个挂钩的关系了。

八·周星驰

性，除了我们常常会把它用来形容女性，其实另一个很重要的东西，就是要看它的文化脉络是什么。因为当它的文化脉络镶嵌在非常男性化主导的一个社会的时候，其实男性的性是会主导女性的性的。女性的性感是由男性来定义，女性的性感也必须要由男性的性感来体现的。我希望这样讲不会太玄哦。香港的性感男人，其实很多人都会把他认同为就是最有名的那几个。但是最有名的那几个呢，其实就是最不性感的。因为他们的符号性很强。唯一一个相对来讲大家都觉得他很性感的，是谁呢？梁朝伟。问题是，梁朝伟的性感比较像吃了药。所以很多人在说梁朝伟性感的时候，他会把他作为私下的收藏，而大家真正在推崇的那些男人，从来不是梁朝伟。若是用艺人代表一种香港精神，大家来推举的，一定离不开两个：一个是周星驰，一个是刘德华。但是他们两个"性感"吗？都不"性感"。周星驰是自己觉得自己很性感。而你去问很多男生，他们也都希望自己是周星驰，很少男生会希望自己是梁朝伟，也很少男生会希望自己是刘德华。这个问题我也在大学里面跟同学聊过，我问："世界上如果今天只剩下一个人的话，你会希望是周星驰，还是刘德华？""周星驰。""为什么？"他们会说，要那么努力干什么呢？就是当一头牛，根本享受不到生活。所以他们觉得周星驰是他们的认同对象。所以这也是现在香港女生很苦恼的一件事情，当有那么多男生觉得自己是周星驰的时候，而她们又不觉得周星驰性感，那怎么办？她们希望得到的是梁朝伟，但是年轻人会觉得，"我还不能是梁朝伟，我没有那个条件哦，我也不可以去想象自己是。"为什么？因为梁朝伟已经长大了，周星驰还没有长大。

所以性这个东西，在香港，如果从一个男人的角度来讲，周星驰就是给了香港男性一个合理化的理由或是借口："我爽到就好了，你有没有爽到无所谓。"当然香港还有更成功的人，比如说李嘉诚。我们会急切地说希望变成李嘉诚吗？应该不会吧，会希望得到他的钱和他的权吧，但不会希望是他那个样子。他们希望的其实就是像周星驰这样的，可以无厘头，可以耍宝，可以就是玩玩玩玩玩……当香港的男生他们认同的对象是那么有代表性的这个周星驰的时候，大家对男人的预期、盼望、追求，就注定是要落空。

很多人说，香港有一个无厘头文化，很好，大陆没有。那我今天就要说，其实大陆一直都有，只不过它不叫无厘头，它叫犬儒。犬儒没有离开过我们，只不过有人用了一个大家觉得还蛮耍宝的形式把它表现出来，然后它就好像是个新鲜的产物，其实骨子里它并没有那么新鲜。当一个民族——或者就说是这个社群吧，不要讲那么大——他是那么推崇犬儒的时候，所有的力气对他来说都是没用的，他就是应该在那边等嘛！他就应该好像周星驰那样子，突然之间就有特异功能嘛！周星驰的电影受欢迎，跟特技很有关系的。他即便没有科技赋予的特技，都会在口头上有特技。是这种特技让一个男人或者说很多的男人突然之间觉得自己有力量了，但是这种力量它也会自我消耗，消耗到差不多的时候，突然之间你会发现，哦，这真的是跟现实的距离太远了。然后就没有办法再往下走了。

所以，周星驰对我来讲和香港小姐选美是一样的。他是一个Cinderella，周星驰就是男孩子中的灰姑娘——不要以为男孩子中没有灰姑娘哦！当你看着周星驰在《功夫》里可以到最后，突然之间变成神一样，那其实就是他灰姑娘变身的时候了。当然我们也可以说，在压力那么大的中国文化当中，或者在香港压力那么大的一个资本主义社会当中，这样的一种自我释放或者自我想象，是可以减去某一些压力的。但是，我会觉得，在消除一些压力的同时，它也会带来无力感。因为你回到现实的时候，其实就感觉不到自己有那种解决问题的能力了。

周星驰的文化，我觉得，还是有一个渊源，那个渊源其实就是韦小宝文化。而韦小宝文化的源头，就是香港叫做 salesmanship 的文化。[这里怎么翻呢? 推销员文化，对! 对。] 香港是一个推销员文化很浓重的城市。推销员的意思就是：你要用你的嘴巴来把不好的东西讲得好。因为香港其实没有很多条件，从六十年代七十年代，"脱贫"，很重要的就是要靠贸易，要靠卖东西。推销员文化不一定就是街上的推销员，其实各行各业都有推销员。因为他们必须要把东西成功地卖出去。所以第九个很重要的基因，是我们从七十年代就开始发酵的一种推销员文化——我们的商业电台。

九·商业电台

如果没有商业电台，没有商业电台这个叫俞铮的角色的话——WO ~ 她是个很厉害的 salesman 哦! 因为她讲话很厉害——没有铮铮，不会有郑丹瑞；没有郑丹瑞，不会有林姗姗；没有林姗姗、没有郑丹瑞、没有俞铮，不会有软硬天师这对活宝；没有软硬天师，不会有森美小仪这对活宝；没有森美小仪，不会有现在的这对活宝，农夫。一代一代一代一代陪着香港少年长大的"口才了得"的模范就是这样承传下来。

最早的饶舌家是俞铮。你去听听俞铮在七十年代主持的节目，就是以快，以讲话麻利著称。让大家觉得，"哇，话，可以讲成这个样子的哦……"DJ 文化最早是在美国，俞铮是从美国电台引进了这个 DJ 文

化，然后她培养了一批 DJ。在八十年代当时非常流行一张叫《6pair
半》的唱片，就是俞琤操刀，演唱人是电台的六对 DJ，他们每人唱了一
首歌。还有一个叫曾路得，她唱了一首歌叫《天各一方》，里面呢就有俞
琤的朗诵，我建议大家去找来听听，叫《天各一方》，这首歌也是俞琤填
的词。这首歌里面体现了七十年代，大家比较单纯的人的那种情怀。

　　我觉得俞琤，或商业电台，对香港的流行文化造成的最重要的影响
就是：它从俞琤的情怀，慢慢变成了几十年这个电台的情怀。俞琤今天
还是在商台的最高层，在商台，她最厉害的地方就是：她让很多流行歌
曲，其实也是用类似的情怀，找到了一个所谓的香港的 Canton Pop 的模
式。今天的 Canton Pop 很大程度上，还是要靠电台来帮它打歌的。

　　所以电台的意识形态和歌曲的意识形态，必须要结合。那些歌曲里
面的那些人的那些自我形象，或者自我感觉，其实也就跟电台本身的那
个推销员，或是"潜藏挫败感"的推销员精神互相融合在了一起。

　　好，接近最后一个了。我们刚才讲了电台电视，但是还有一个很重
要的媒体，就是《苹果日报》。

十·《苹果日报》

　　《苹果日报》掌握了刚才这九样东西的总合。你要看女人怎么浮夸
吗？它是第一份带来了名媛版、舞会版的报纸，每天都给你看，其实你
本来要去买 80 块到 120 块的外国时装杂志才能看得到的那些图片，它现
在三块五块六块你就看得到了。它给了很多人一种"我跟 luxury（奢
华），紧密扣在一起的"话语权感觉。它也可以通过对大家欲望的这种
掌握，找到了一个跟香港人连结的点，就是什么事情都可以是八卦的。
国际新闻、本地新闻、社会新闻、法律新闻，通通可以从八卦这个角度

放大，证明其实办这个报纸的人非常了解这种小报文化。这种报纸最早在上海出现，日本也有同等，然后英国也非常的壮大。它了如指掌：大家的欲望就不过这样嘛。你们没有什么欲望是我们掌握不到的，你们就是喜欢成名，喜欢漂亮，喜欢有权，喜欢钱，喜欢跑车，喜欢光鲜亮丽，喜欢看到别人比你失败，喜欢看到你可以去掌握别人的所谓生跟死，就是这样。当然你可以说，小报文化并不只有香港才有，但是它在90年代，在香港重新找到了一个开枝散叶的气候。

这十样东西加起来，我觉得离不开三件事情。

第一就是，这些元素让这么多人趋之若鹜，我想最重要的就是绝大部分人都活得很不开心。因为如果每个人都有他自己的生命跟生活，而且都还活得不错的话，我觉得也许就不会把时间跟精力放在这些事情上面。

第二个事情，为什么大多数人都活得不开心而需要我刚才讲的这些东西？表面上，是因为大家都觉得自己没有发展到自己希望成为的那个人，什么人呢？当然不是德兰修女咯，而是成功人士。很多时候我们都认为，只要我们能够成为成功人士，我们很多欲望就会被达到。所以我们一天不成功，我们就觉得，自己好像有点"白活"。我自己的切身的感受，就是每天在看这些杂志跟报章的时候，会让你觉得压力很大，因为你会问自己很多问题。其实，很少人在看电视剧、听歌、翻报纸、翻杂志的时候，他的脑筋不是同时在动的。你在看杂志的时候，所有的这些影像都在跟你说话，它在跟你说的你也会回答，只是没有讲出声音。它会一直问："你买了我没有？你买了我没有？你得到了我没有？你up-grade了我没有？没有啊？真的没有啊？你没钱吗？你旁边的人买了没有？他是不是也买了？那你现在怎么去跟他交代呢？那你什么时候会去买？你不觉得我好吗？你觉得它比我好吗？你为什么会这样觉得？"一直都在说话。所以，在看这些东西的时候，如果你不知道怎么去解读它的话，它是会把你逼疯的。但是谁在反抗？啊？这个很有趣，对我来讲就是为什么那么多东西它跟我们说话，我们原来不知道它在跟我们说话。所以很多人以为，他只要成功，他就可以拥有这些东西，那他就不会不快乐。

好，第三个，如果真的是拥有这些东西就可以快乐的话，那张国荣应该怎么样都不会跳楼吧？他不是很成功吗？他不是很多人爱他吗？他不是很有钱吗？他不是每天穿得很漂亮吗？他不是很有才华吗？很少人会愿意利用一个那么成功的人的自杀来想想，"为什么我们还活着？"这是很严肃的一个问题。所以我觉得，很多人觉得只要有钱就能够解决问题，其实是因为他可能还没有想到一个问题：他是谁？你买了这个包包，别人也有这个包包，那会因为你买了这个包包之后你就跟别人不一样吗？不会啊，你只是更成为另外一种人的其中一个而已。那为什么我们很多时候是用钱来去验证，别人告诉我们的经验是真的呢？我们为什么不可以——我并不是说完全不能做那个事情，我只是说，那是不是也应该——挪出一些时间来自己去找一些自己的经验，然后发现有很多经验其实不见得钱是能够买得到的？所以我刚才讲香港文化的十个基因，绝大部分——全部啦，都是在告诉我们：当你在现实当中没有权力的时候，你就可以用这些普及文化来带给自己一些好像拥有权力的感觉或想象。我常常觉得我在香港很难找到朋友，因为很多人都认同刚才那些东西是成功的。我跟学生在分享这些经验的时候，他们常常就会说，"阿sir，如果像你讲的那么坏，他们就不会那么卖钱啦！都赔啦！"对啊，它就是卖钱啊，就是卖钱才搞到香港现在这个样子。如果，香港的电影，在过去二十年有长进的话，今天会是这个样子吗？我常和人家分享我最近看电影的经验，世界上有哪些地方的电影会在同一部戏里面，用十分钟的放映时间，重复上演用手枪劫持一个人的场面？我最近看《神枪手》就是，不到半小时又来："你不要走过来，你不要走过来！"我到飞机上看《花花刑警》，又是那个，余文乐，还是钟嘉欣，被人家挟持，半个小时就有两次了。我没有看《证人》，我问看过的人：有没有那个镜头？"有啊，当然有啊。"听起来很可笑，但对我来讲，这是不合理的。但是，对很多人来讲这有什么所谓呢，电影嘛，随便看看戏而已嘛，干嘛要那么执著呢？干嘛要有那么多要求呢？我也不知道我为什么会是这个样子。也许是因为我看到过其实可以不这样吧。我就在想，那个编剧在家里，或那个导演拍到这个场景，他不会说"昨天不是拍过了吗"？他怎么可以跟自己交代，又在拍?! 又是那个情节，不知道应该要怎么往下发展，就又拿起一把枪，又"你不要过来不要过来"，所以花多少钱的大片还不是一样。我觉得在目前这个阶段，我没有办法因为香港电影是这样，所以我会为自己是个香港人而骄傲。越讲越远了……Anyway，我从来没有试过一口气把十个"基因"讲完的，我今天讲完了。[掌声]

2009 年 5 月 28 日

即兴演讲于上海新光影艺苑

（本文鸣谢潘琳、解秋婉同学的整理工作。）